Andreï Makine

Requiem
pour l'Est

Mercure de France

Andreï Makine est né en Russie en 1957. Il est l'auteur de sept romans dont *Le testament français* qui a reçu en 1995 le prix Goncourt, le prix Médicis ex æquo et le prix Goncourt des Lycéens.

Les méchants n'ont point de chants.
D'où vient que les Russes aient des
chants?

FRIEDRICH NIETZSCHE,
Le crépuscule des idoles.

Il n'y a plus que deux peuples. La
Russie, c'est barbare encore, mais c'est
grand... L'autre jeunesse, c'est l'Amérique... L'avenir du monde est là, entre
ces deux grands mondes. Ils se heur-
teront quelque jour, et l'on verra alors
des luttes dont le passé ne peut donner
aucune idée...

SAINTE-BEUVE,
Cahiers de 1847.

L'autre jour, j'ai retrouvé un carnet
d'adresses d'avant-guerre. À chaque
page, j'ai dû mettre des croix et de
sinistres mentions : *Exilé... Disparu...
Mort... Tué au combat... Fusillé par l'ennemi... Fusillé par les siens...*

ALFRED FABRE-LUCE,
Journal de l'Europe 1946-1947.

I

J'ai toujours vécu avec la certitude que la maison qui abrita leur amour et plus tard ma naissance était beaucoup plus proche de la nuit et de ses constellations que de la vie de cet immense pays qu'ils avaient réussi à fuir sans quitter son territoire. Ce pays les entourait, les encerclait, mais ils étaient ailleurs. Et s'il finit par les découvrir dans les replis boisés du Caucase, ce fut le hasard d'un jeu de symboles.

Symbolique était le lien qui, d'une manière ou d'une autre, unissait tout habitant du pays à l'existence mythique du maître de l'empire. Dans leur refuge montagneux, ils se croyaient libérés de ce culte que le pays et même la planète tout entière vouaient à un vieillard qui vivait dévoré par la peur de ne pas avoir tué ceux qui pouvaient le tuer. Adoré ou haï, il était dans le cœur de tous. On l'acclamait le jour, on le maudissait dans un chuchotement fiévreux à la tombée de la nuit. Eux, ils avaient le privilège de ne pas évoquer son nom. De penser à la terre, au feu, à l'eau vive du courant, le jour. De s'aimer et d'aimer la fidélité des étoiles, la nuit.

Jusqu'au moment où le dictateur qui consumait la dernière année de sa vie les rappela à l'ordre. Malgré ses manies morbides, l'ironie ne lui était pas étrangère, il souriait souvent à travers sa moustache. Ils ne voulaient pas venir à lui ? Il vint à eux. La montagne qui surplombait l'étroit vallon où se cachait leur maison résonna d'explosions. Préparait-on la construction d'un barrage qui porterait son nom ? Un lac artificiel créé en sa gloire ? Une ligne de haute tension qui, selon sa décision, éclairerait des villages reculés ? Ou bien révélait-on un gisement qui lui serait dédié ? Ils savaient seulement que, quelle que fût la nature de ces travaux, l'ombre du maître de l'empire était là.

Des éclats de roc, après chaque déflagration, surgissaient au-dessus de la crête, puis dévalaient la pente, tantôt pour se figer dans l'enchevêtrement du sous-bois, tantôt pour scinder la surface lisse du courant. Certains blocs s'immobilisaient à quelques mètres à peine de la palissade qui protégeait la maison. En voyant un nouvel obus de pierre, l'homme et la femme sursautaient, ouvraient instinctivement les bras comme s'ils pouvaient empêcher cette chute bondissante qui cassait les troncs, arrachait de larges loques d'humus...

Quand les explosions se turent, ils se regardèrent et eurent le temps de se dire qu'on n'avait pas découvert leur présence et que donc l'endroit était vraiment sûr, ou que peut-être (ils n'osaient pas le croire) on allait enfin accepter leur vie clandestine et criminelle... La dernière salve ne ressembla pas aux précédentes, ils crurent entendre un écho égaré qui avait pris du retard. Le pan de rocher qui se détacha de la crête était aussi différent — plat, arrondi et, eût-on dit, silencieux. Sa chute fut presque muette. Il percuta un arbre, se redressa et montra sa vraie nature — c'était un disque de granit découpé par le caprice de l'explosion et qui roula de plus en plus vite. L'homme et la femme ne firent aucun geste, subjugués à la fois par la rapidité de la rotation et l'invraisemblable lenteur avec laquelle le mouvement se déployait devant leur regard. Un tronc qui barra le chemin à cette roue de pierre fut non pas cassé mais tranché tel un bras par un sabre. La broussaille qui aurait pu la retenir sembla s'écarter sur son passage. Un autre arbre fut évité avec une agilité sournoise de félin. Le crépuscule déroba certaines étapes de la chute — ils entendirent, avant de voir, l'éclatement sec de la palissade...

Le disque ne défonça pas leur maison. Il s'y enlisa, comme dans l'argile, en pénétrant dans son milieu, en éventrant le plancher, en se figeant toujours debout.

L'homme, posté à une centaine de mètres de la maison, se jeta en direction de la crête, menaça quelqu'un de ses poings levés, lança un juron. Puis, d'un pas d'automate, alla vers leur gîte qui semblait encore vibrer, muet, du choc reçu. La mère, plus près de la porte, n'avança pas, mais se laissa tomber à genoux et cacha son visage dans ses mains. Le silence était revenu à son essence première — à la pureté tranchante des sommets dans le ciel encore ample de lumière. On n'entendait plus que le pas heurté de l'homme. Et l'on croyait entendre la densité du murmure intérieur de l'inconnaissable prière que disait la femme...

En pénétrant dans la pièce, ils virent le disque de granit, plus massif encore sous ce plafond bas, encastré entre les planches profondément labourées. Le berceau de l'enfant suspendu au milieu de la pièce (on avait peur des serpents) avait été frôlé et se balançait doucement. Mais les attaches avaient résisté. Et l'enfant ne s'était pas réveillé... La mère le serra contre elle, encore incrédule, puis se laissa convaincre, l'écouta vivre. Quand elle leva les yeux, le père vit dans son regard la trace d'un effroi qui ne concernait plus la vie de l'enfant. C'était l'écho de sa terrible prière, de son vœu, de l'inhumain sacrifice qu'elle avait consenti d'avance à celui qui allait repousser la mort. Le père ne connaissait pas le nom de ce dieu ténébreux et vigilant, il croyait au destin ou tout simplement au hasard.

Le hasard voulut que les explosions ne reprennent plus. L'homme et la femme qui recevaient chaque jour de silence comme un don de

16

Dieu ou du destin ne savaient pas qu'on n'avait plus besoin de lacs artificiels car celui à qui on les dédiait venait de mourir.

La nouvelle de la mort de Staline leur serait apportée, trois mois après, par cette femme aux cheveux blancs, à la démarche souple et jeune, aux yeux qui ne jugeaient pas. Seule à connaître leur refuge secret. Plus qu'une amie ou une parente. Elle viendrait à la nuit tombante, les saluerait et passerait quelques secondes à caresser la surface du granit dont la présence dans leur maison n'étonnerait plus les époux et semblerait à l'enfant aussi naturelle que le soleil à la fenêtre ou l'odeur fraîche du linge accroché derrière le mur. Le mot « pierre » serait l'un des premiers qu'il apprendrait.

C'est de cet enfant sans doute que j'ai hérité la peur et la douloureuse tentation de nommer. Cet enfant porté par la femme aux cheveux blancs qui, en fuyant dans la nuit, faisait tout son possible pour qu'il ne devine pas. Elle y parvint, au début, avant la traversée d'un étroit pont suspendu au-dessus du courant. L'enfant sommeillait, les yeux ouverts, et ne paraissait pas surpris. Il reconnaissait la tiédeur du corps féminin, la forme et la résistance des bras qui le serraient. Malgré l'obscurité, l'air avait la même senteur que d'habitude, l'agréable acidité des feuilles mortes. Même les montagnes devenues noires et les arbres bleus par la lune ne l'étonnaient pas : souvent, la violence du soleil semblait noircir ainsi, à midi, le sol et le feuillage autour de leur maison.

Mais à mi-parcours du petit pont qui tangue sur ses cordes soudain tout change. L'enfant ne voit pas les lattes usées sur lesquelles la femme avance en chancelant, ni le vide laissé par les lattes manquantes, ni l'écume phosphorescente du courant. Pourtant il devine, sans savoir pourquoi, que la femme qui le porte a peur. Et cette peur chez une adulte est aussi étrange que ce brusque mouvement par lequel elle mord le col de sa chemise d'enfant, écarte ses bras pour s'accrocher aux cordes et le laisse en suspens dans l'air noir. L'enfant a l'impression de voler tant le pas, un saut presque, par-dessus les lattes cassées est long... Les galets de la berge s'entrechoquent sous les pieds de la femme. Elle desserre les mâchoires, reprend l'enfant dans ses bras. Et avec hâte lui applique sa paume sur la bouche en devançant le cri que cet être qui commence à comprendre allait lancer.

Leur fuite nocturne coïncida, pour l'enfant, avec cet instant unique où le monde devient mots. La veille encore tout se fondait dans un lumineux alliage de sons, de ciels, de visages familiers. Le soleil déclinait et sur le seuil de la maison apparaissait le père — et la joie de ce soleil bas était aussi celle de voir cet homme souriant que le soleil ramenait chez lui, ou peut-être était-ce le retour du père qui plongeait le soleil dans les branches de la forêt et cuivrait ses rayons. Les mains de la mère sentaient le linge lavé dans l'eau glacée du courant et cette odeur embaumait les premières heures des matinées en se mêlant avec la coulée de l'air qui descendait des montagnes. Et ce flux odorant était inséparable de la brève caresse que les doigts de la mère égaraient dans les cheveux de l'enfant en le réveillant. Parfois, au milieu de ce tissage de lumières et de senteurs, une note plus rare : la présence de cette femme aux cheveux blancs. Sa venue correspondait tantôt au retrait des dernières neiges vers les sommets, tantôt à la floraison de ces grandes fleurs pourpres qui, sur leurs longues tiges, semblaient éclairer le sous-bois. Elle venait et l'enfant percevait un surcroît de clarté sur tout ce qu'il voyait et respirait. Il finit par associer ce mystérieux bonheur au petit pont suspendu que la femme traversait pour passer quelques jours dans leur maison.

Cette nuit-là, la même femme serra dans ses dents le col de sa chemise et le transporta sur le petit pont qui leur tendait les pièges de ses lattes cassées. S'affalant au milieu de la broussaille, elle eut le temps d'étouffer le cri de l'enfant. Il se débattit une seconde puis se figea, effrayé par une sensation toute neuve : la main de la femme tremblait. À présent silencieux, il regardait le monde se briser en objets qu'il pouvait nommer et qui, nommés, lui faisaient mal aux yeux. Cette lune, une sorte de soleil glacé. Ce pont qui ne portait plus aucun secret de bonheur. L'odeur de l'eau qui n'évoquait plus la fraîcheur des mains maternelles. Mais surtout cette femme assise dans le noir, le visage anxieux tendu vers une menace.

Il se souvint que toute leur promenade qui avait débuté bien avant le coucher du soleil n'était qu'un lent glissement vers ce monde fissuré par l'étrangeté et la peur. Ils avaient marché d'abord dans la forêt, en montant, en descendant, d'un pas trop rapide pour une balade ordinaire. Le soleil avait décliné sans attendre le sourire du père. Puis la forêt les avait poussés vers un espace vide et plan, et l'enfant, n'en croyant pas ses yeux, avait vu plusieurs maisons alignées le long d'un chemin. Avant, il n'y avait au monde qu'une seule maison, la leur, cachée entre le courant et le flanc boisé de la montagne. La maison unique comme le ciel ou le soleil, imprégnée de toutes les senteurs que répandait la forêt, liée au jaunissement des feuilles qui recouvraient son toit, attentive aux changements des lumières. Maintenant, cette rue bordée de maisons ! Leur multiplication blesse la vue, provoque une douloureuse nécessité de réagir... Le mot « maison » se forme dans la bouche de l'enfant en laissant un goût fade, creux. Ils passent un long moment dans une cour déserte, derrière une haie, et quand l'enfant s'impatiente et articule « maison » pour dire qu'il veut rentrer, la femme le serre contre elle et l'empêche de parler. Par-dessus son épaule, il parvient à apercevoir un groupe d'hommes. Leur apparition le laisse dans une incompréhension totale. Inconscient, il dit : « Les gens... » Le mot qu'il avait entendu à la maison, prononcé toujours avec un léger flottement d'angoisse. Les gens, les autres, eux... Il les voit maintenant, en chair et en os, ils existent. Le monde s'élargit, grouille, détruit la singularité de ceux qui l'entouraient avant : la mère, le père, la femme aux cheveux blancs. En disant « les gens », il croit commettre quelque chose d'irrémédiable. Il ferme les yeux, les rouvre. Les gens qui disparaissent au bout de la rue sont tous pareils dans leurs vestes et pantalons sombres, chaussés de leurs longues bottes noires. Il entend la femme respirer profondément.

C'est dans la nuit, après la traversée du petit pont suspendu, que les mots l'agressent, le forcent à comprendre. Il comprend que ce qui manquait aux maisons du village où ils viennent de voir « les gens », c'était le grand disque de pierre. Ces maisons étaient vides, leurs portes bâillaient et aucun éclat de mica ne brillait dans la pénombre de leurs pièces. Soudain, un doute surgit : et si la maison n'avait pas besoin de ce roc gris en son milieu ? Et si leur maison n'était pas une vraie maison ? Les conversations des adultes qu'il gardait dans sa mémoire comme une simple cadence se hérissent de mots. Il comprend, par bribes, ces paroles retenues malgré lui. L'histoire de la pierre, de son apparition, de sa force... Ils en parlaient souvent. Donc, tout cela n'aurait pas dû être : même ce geste de la mère qui, le soir, fixait une bougie dans cette longue fissure sur la tranche du roc.

La vie de sa famille lui paraît tout à coup très fragile face à ce monde menaçant où les maisons se passent de disque de granit et où les habitants, portant tous des bottes noires, disparaissent dans une rue qui ne finit nulle part. L'enfant devine confusément que c'est à cause de ces « gens » que leur famille était obligée de vivre dans la forêt et non dans le village des autres. Il continue à déchiffrer les mots qu'il a retenus des conversations des adultes, il a de plus en plus peur. Il n'a pas vu ses parents depuis le soleil d'après-midi et cette séparation, il le sent, peut durer indéfiniment dans ce monde sans limites...

Son cri est étouffé par une main qui lui semble étrangère. Car elle tremble. Il se tait un instant. Dans l'obscurité, on entend, en contre-bas de leur cache, les pas sur les galets de la berge, des voix, un bref grincement métallique. L'enfant se débat, il va se libérer de cette main qui comprime ses sanglots, il va appeler sa mère, il a reconnu la voix de son père, là-bas. Il ne veut plus de ce monde où tout est miné par les mots. Il ne veut pas comprendre.

C'est à travers l'essoufflement de sa lutte qu'il

entend soudain une mélodie. Une musique à peine audible. Un petit chant presque silencieux que la femme murmure à son oreille. Il essaie d'en saisir les mots. Mais les paroles ont une étrange beauté libre de sens. Une langue qu'il n'a jamais entendue. Tout autre que celle de ses parents. Une langue qui n'exige pas la compréhension, juste la plongée dans son rythme ondoyant, dans la souplesse veloutée de ses sons.

Grisé par cette langue inconnue, l'enfant s'endort et il n'entend ni les coups de feu lointains multipliés par les échos, ni ce long cri qui parvient jusqu'à eux avec tout son désespoir d'amour.

Sans toi j'aurais définitivement abandonné cet enfant endormi au milieu de la forêt caucasienne, comme souvent nous abandonnons à l'oubli des parcelles irrécupérables de nous-mêmes, jugées trop lointaines, ou trop pénibles, ou bien trop difficiles à avouer. Un soir, tu parlas de la vérité de nos vies. Je dus mal te comprendre. Je me trompai certainement sur le sens de tes paroles. Et pourtant c'est cette erreur qui fit renaître en moi l'enfant oublié.

Plus tard, j'attribuerais ce contresens à la fièvre des lents et des rapides dangers dont se composait notre existence d'alors. À notre dispersion entre plusieurs pays, plusieurs langues, à tous ces masques que notre métier nous imposait. Et plus encore à cet amour que superstitieusement nous refusions de nommer, moi, le sachant immérité, toi, croyant qu'il était déjà dit par les instants de silence dans les villes en guerre où nous aurions pu mourir sans connaître ces minutes de fin de combats qui nous rendaient à nous-mêmes.

« Un jour, il faudra pouvoir dire la vérité... »
C'est cette parole prononcée avec un mélange
d'insistance et d'amertume résignée qui me
trompa. J'imaginai un témoin — moi! confus,
manquant de mots, désemparé par l'énormité
de la tâche. Dire la vérité sur l'époque dont
notre vie avait maladroitement épousé, çà et là,
le cours. Attester l'histoire d'un pays, le nôtre,
qui avait réussi, sous nos yeux presque, à s'édifier
en un redoutable empire et à s'écrouler dans un
vacarme de vies broyées.

« Un jour, il faudra dire la vérité. » Tu te taisais,
à moitié allongée à côté de moi, le visage tourné
vers le rapide mûrissement de la nuit derrière la
fenêtre. La résille de la moustiquaire se détachait
à vue d'œil du fond noir et chaud. Et l'on voyait
de mieux en mieux, au milieu de ce rectangle
empoussiéré, une déchirure en zigzag : l'onde de
choc de l'un des derniers obus avait incisé ce tissu
qui nous séparait de la ville et de son agonie.

« Dire la vérité... » Je n'osai pas objecter. Trou-
blé par le rôle de témoin ou de juge que tu me
confiais, j'alignai mentalement toutes les raisons
qui me rendaient incapable ou même indigne
d'une telle mission. Notre époque, me disais-je,
se retirait déjà et nous laissait au bord du temps,
pareils à des poissons piégés par le recul de la
mer. Témoigner sur ce que nous avions vécu eût
été parler d'un océan disparu, évoquer ses lames
de fond et les victimes de ses tempêtes devant
l'impassible vallonnement des sables. Oui, prê-

cher dans le désert. Et notre patrie, cet écrasant empire, cette tour de Babel cimentée de rêves et de sang, ne se désagrégeait-elle pas, étage par étage, voûte par voûte, transformant ses galeries des glaces en amas de miroirs déformants et ses perspectives en impasses?

La fatigue des nuits sans sommeil matérialisait les mots. Je voyais ce désert et les minuscules flaques d'eau aspirées par le sable, cette tour cyclopéenne en ruine surchargée de longs drapeaux rouges, un rouge liquide, tout un fleuve de pourpre...

Tu glissas du lit, je m'éveillai. Prêt, comme à chaque éveil soudain depuis des années, à quitter notre gîte du moment, à empoigner une arme, à répondre tranquillement à ceux qui auraient tambouriné à la porte. Cette fois, ce réflexe fut inutile. Le silence de la ville conquise n'était traversé que de rares tirs désordonnés, d'un bref rugissement de camions aussitôt étouffé par l'épaisseur de la nuit. Tu t'approchas de la table. Dans l'obscurité je vis la touche claire de ton corps que brossaient les reflets d'un incendie à l'autre bout de la rue. « Dire la vérité... » Toute l'énergie de mon réveil se mobilisa sur cette idée irréalisable. Je repris ma dénégation silencieuse en suivant tes mouvements dans le noir de la pièce.

« Tu parles de vérité... Mais tous mes souvenirs sont faussés. Depuis ma naissance. Et je ne pourrai jamais témoigner au nom des autres. Je ne connais pas leur vie. Je ne la comprends pas. Enfant, je ne savais pas comment ils vivaient, tous ces gens normaux. Leur monde s'arrêtait à la porte de notre orphelinat. Lorsqu'un jour on m'a invité à un anniversaire, dans une famille normale — deux fillettes aux longues nattes, des parents débordants de bienveillance, selon la formule, de la confiture dans des coupelles en maillechort, des serviettes que je n'osais pas toucher —, j'ai cru qu'ils jouaient une comédie et que d'une minute à l'autre ils allaient l'avouer et me chasser... Je m'en souviens encore, tu vois, et avec une reconnaissance maladive, comme s'il s'agissait de leur part d'une générosité surhumaine. Pensez donc, tolérer ce jeune barbare aux cheveux ras, aux mains violacées de froid sous les manches trop courtes. Et, le comble, fils d'un père déchu. Comment veux-tu que je sois un témoin impartial ? »

Tu allumas une torche électrique, je vis tes doigts dans l'étroit faisceau de lumière, le scintillement d'une aiguille. « Dire la vérité sur ce que nous avons vécu... » Je me dressai sur un coude avec l'envie de t'expliquer que je ne comprenais rien à l'époque qui se dérobait déjà sous nos pieds. Et que sa confusion me faisait penser aux entrailles de ce véhicule blindé que j'avais vu la veille, dans le centre-ville, en m'abritant des rafales. Éventré par une roquette, il fumait encore en exhibant un mélange complexe d'appareils désarticulés, de métal tordu et de chairs humaines déchiquetées. La force de l'explosion avait rendu ce désordre étonnamment homogène, presque ordonné. Les fils électriques ressemblaient à des vaisseaux sanguins, le tableau de bord défoncé et éclaboussé de sang — au cerveau d'un être insolite, d'une bête de guerre futuriste. Et enfouie quelque part dans ce magma de mort, la radio, indemne, lançait ses appels chevrotants. La scène n'était pas nouvelle pour moi. Seule la conscience très claire de ne pas comprendre était toute neuve. Caché dans mon refuge, je me disais que les hommes qui s'entre-tuaient sous ce ciel sans nuages vivaient dans un pays où les épidémies se montraient bien plus efficaces que les armes, que le prix d'une roquette aurait suffi à nourrir tout un village dans cette contrée africaine, que le véhicule, monnayé, aurait payé le forage de centaines de puits, que la faute de cette guerre revenait aux Américains, et à nous, à eux et à nous car nous nous battions par peuples interposés, et aux anciens colonisateurs qui avaient corrompu l'état adamique de ces pays, et que d'ailleurs ce paradis primitif n'était qu'un mythe, et que les hommes s'étaient toujours battus, aux lances autrefois, aux lance-roquettes à présent, et que la seule chose qui distinguait la mort des occupants du blindé incendié et le carnage du temps de leurs ancêtres était la complexité avec laquelle cette mort, une mort si individuelle (je voyais, sous une couche de blindage arrachée, un long bras très mince, presque adolescent, avec un fin bracelet en cuir au poignet) et si anonyme se noyait dans les intérêts des puissances lointaines, dans leur soif de pétrole ou d'or, dans le jeu bureaucratique de leurs diplomaties, dans la démagogie de leurs doctrines. Et même dans les petits soucis et les prochains plaisirs de ce vendeur d'armes que j'avais vu, deux jours avant l'éclatement des combats, prendre l'avion pour Londres : il se faisait appeler Ron Scalper, ressemblait à un représentant de commerce très banal et cherchait à accentuer cette banalité en livrant sa valise au contrôle avec une naïve maladresse de touriste, en s'essuyant le front devant celui qui vérifiait son passeport... Oui, ce soldat tué était insidieusement lié au soulagement de cet homme qui, une fois installé dans l'avion, avait tourné le bouton de la ventilation et fermé les yeux, déjà transporté dans l'antichambre du monde civilisé. Par les mêmes voies sinueuses, ce poignet avec son bracelet de cuir se prolongeait dans la vie de la femme que le passager pour Londres imaginait déjà, offerte, nue, malléable sous son désir, cette jeune maîtresse qu'il avait bien méritée en prenant tous ces risques... « Notre époque, pensai-je, n'est rien d'autre que cette monstrueuse physiologie qui digère l'or, le pétrole, la politique, les guerres en sécrétant le plaisir pour les uns, la mort pour les autres. Un gigantesque estomac qui transvase et broie les matières que pudiquement et hypocritement nous séparons. Cette jeune maîtresse qui soupire, en ce moment même, sous son vendeur d'armes, pousserait un cri indigné si je lui disais que leur bonheur (car ils appellent cela, sans doute, le bonheur) est inséparable de ce poignet puéril taché de cambouis et de sang ! »

Je me levai avec l'envie de te confier ces réflexions dans leur désespérante simplicité : non, je ne comprends rien à cette physiologie grotesque parce qu'il n'y a rien à comprendre. Je traversai l'obscurité de notre chambre striée de reflets de flammes, te rejoignis près de la fenêtre. « Un jour il faudra pouvoir dire la vérité... » J'allais te répondre que la vérité de notre époque c'était ce jeune corps imbibé de crèmes de beauté, cette chair que le marchand d'armes s'offrait contre les lance-roquettes et que ce marché, dénouement tragi-comique d'un jeu planétaire, ordonnait que ce jour-là, à cet endroit précis, ce soldat portant un lacet de cuir au poignet fût déchiqueté par une explosion. La vérité d'une logique et d'un arbitraire absolus.

C'est au moment de te le dire que je vis ton geste. Mains levées à mi-hauteur de la fenêtre, tu rapiéçais la moustiquaire déchirée. De longs points de fil clair, des mouvements très lents guidés par l'aiguille qui tâtonnait dans l'obscurité, mais aussi cette autre lenteur, celle d'une profonde rêverie, d'une lassitude telle qu'elle ne cherchait même plus le repos. Il me sembla que jamais encore je ne t'avais surprise dans un tel abandon, dans la consonance aussi parfaite de cet instant de ta vie avec toi-même, avec ce que tu étais pour moi. Tu étais cette femme dont ma main effleurait les épaules qui paraissaient froides dans la touffeur de la nuit. Une femme dont je percevais comme jamais l'infinie singularité, la troublante unicité d'être aimé et qui, inexplicablement, se trouvait vivre, ce soir-là, dans cette ville ravagée, si près d'une mort accidentelle ou d'une mort calculée. Une femme qui refermait les bords du tissu sur une nuit de fin de combats. Et qui, apercevant enfin ma main, inclinait la tête, retenait mes doigts sous sa joue et se figeait déjà dans un demi-sommeil.

Ta présence était d'une totale étrangeté. Et en même temps d'une nécessité toute naturelle. Tu étais là et la complexité meurtrière de ce monde, cet enchevêtrement des guerres, des avidités, des vengeances, des mensonges se trouvait face à une vérité qui se passait d'arguments. Cette vérité était suspendue à ton geste : une main qui referme les pans du tissu sur la nuit gorgée de mort. Je sentis que tous les témoignages que j'aurais pu apporter étaient dépassés par la vérité de cet instant arraché à la folie des hommes.

Je n'osai pas, je n'aurais de toute façon pas su, t'interroger sur le sens de tes paroles. J'embrassai ta nuque, ton cou, le début du fragile chapelet des vertèbres — avec cette tendresse aiguë que provoque le corps d'une femme désarmée

par une occupation qu'elle ne peut pas interrompre. Et c'est en simple écho à ton souhait
de vérité que je me mis à te raconter la naissance
du monde dans le regard de cet enfant perdu au
milieu des montagnes. Sa peur de comprendre,
son refus de nommer et son salut par la musique
d'une langue inconnue. Il a vacillé un instant au
seuil de nos jeux de plaisir et de mort et s'est
laissé noyer de nouveau dans l'intimité frater-
nelle de l'univers. La femme qui le tenait dans
ses bras continuait à chanter doucement sa ber-
ceuse même quand l'écho des coups de feu est
parvenu de l'autre rive du courant. Cette langue
inconnue était sa langue maternelle.

Je commençai ce récit devant la fenêtre,
devant ce rectangle en résille que tu rapiéçais, je
le terminai en chuchotant, incliné vers ton
visage détendu par le sommeil. Je pensai qu'en
t'endormant tu avais manqué la fin. Mais aux
dernières paroles, sans rien dire, tu serras légèrement ma main.

Bien avant de t'avoir connue, il m'arrivait de revenir dans cette nuit au Caucase, auprès de l'enfant endormi. Ces retours permettaient d'échapper à un soudain surplus de douleur, à une laideur trop agressive. Ils balisaient ma vie par un pointillé de brèves résurrections après ces morts intermédiaires dont notre vie est parsemée. L'une de ces morts m'atteignit le jour où un élève, chef de l'une des petites bandes qui sévissaient dans notre orphelinat, crachota des miettes de tabac de son mégot dans ma direction et annonça avec un chuintement méprisant : « Mais tout le monde le sait, ton père, les mitrailleurs l'ont abattu comme un chien… » Ou une autre fois, lorsque au hasard d'un vagabondage je surpris, noyée dans les herbes folles d'un ravin, cette femme en partie dénudée et ivre que deux hommes possédaient avec une hâte brutale, dans un soufflement de petits rires faux et de jurons. Sur le fond sombre des herbes de juin, son corps très rond, très gras aveuglait par sa blancheur. Elle tourna la tête, je reconnus la simple d'esprit que les habitants de la ville appelaient par un diminutif de petite fille, Lubotchka... Ou bien cet anniversaire et ses coupelles en maillechort. Tout le monde essaya de faire comme si j'étais pareil aux autres, de ne pas remarquer mes maladresses ou de les prévenir. Et leur bonne volonté était si évidente qu'il n'y avait plus aucun doute : je ne serais jamais comme eux, je resterais toujours cet adolescent aux mains rouges de froid, traqué par son passé et qui, interrogé sur ses origines, tantôt bafouillerait des vérités qu'on prendrait pour des mensonges échevelés, tantôt mentirait en rassurant les curieux. Et il y aurait toujours, comme ce jour-là, un tout jeune enfant qui le tirerait par la manche et lui demanderait : « Et pourquoi tu ne ris pas avec nous ? »

Après chacune de ces morts, je me retrouvais dans ma nuit caucasienne, je voyais le visage de la femme aux cheveux blancs, ses yeux qui fixaient mes paupières, j'écoutais son chant murmuré dans une langue dont la beauté semblait protéger cet instant nocturne.

Plus tard, étudiant en médecine, j'essayai de mettre fin à ces retours en y voyant un signe de faiblesse sentimentale, honteuse pour un futur médecin militaire. Je cessai d'en avoir honte au moment où je compris que cette nuit n'avait rien en commun avec l'attendrissement que nous extorque une enfance heureuse. Car il n'y avait pas eu d'enfance heureuse. Juste cette nuit où l'enfant en franchissant la frontière du monde s'était effrayé et avait pu, par la magie d'une langue inconnue, revenir pour quelque temps encore dans l'univers d'avant.

C'est cet univers que je rejoignais désormais en fuyant les étouffements de la vie. Et quand, engagé par l'armée, je me retrouvai à soigner les soldats des guerres non déclarées que l'empire menait aux quatre bouts de la planète, la nuit de l'enfant devint, peu à peu, l'unique trace grâce à laquelle je me reconnaissais encore.

Un jour, cette trace s'effaça.

Au début je m'obligeais à croire que le tout dernier blessé existait. Celui de la fin de la toute dernière guerre. Les guerres étaient à présent petites, me disais-je, locales, selon les diplomates. Donc, logiquement, leur fin était pensable. J'allais découvrir assez vite que c'étaient les grandes guerres qui avaient une fin, pas les petites qui n'étaient que leur prolongement en temps de paix... Durant les premiers mois, ou toute une année peut-être, je tins un journal : coutumes du pays, caractères des habitants, des bribes de destins que les blessés me confiaient. Puis ce fut un autre pays, une autre guerre et je m'aperçus que les différences de paysages et de mœurs s'estompaient de plus en plus dans le quotidien des combats, le même sous tous les ciels avec sa monotonie de souffrances et de cruauté. L'Éthiopie, l'Angola, l'Afghanistan... Les pages de mon journal me dégoûtaient désormais par leur ton de touriste fouineur, par le détachement de l'observateur qui part demain. Je savais déjà que je ne partirais pas. Mon sommeil était peuplé non plus de visages humains, mais du rictus des plaies. Chacune avait son sourire singulier, tantôt large et charnu, tantôt en entaille échancrée, noircie de brûlures. Et le même reflet, comme un filtre photographique, teintait ces rêves, couleur de sang souillé, de rouille sur les carcasses des blindés, de poussière roussâtre que les hélicoptères soulevaient en apportant de nouveaux blessés à l'hôpital. Souvent la même vision me réveillait : je posais des points de suture non pas sur le rictus d'une plaie, mais sur les lèvres qui s'efforçaient de parler. Je me levais, la lumière semblait alléger pour quelques secondes la fournaise dans laquelle s'enlisait un vieux ventilateur, la montre indiquait l'heure où les soldats revenaient des opérations nocturnes. J'essayais de recomposer devant la glace l'homme qu'il me faudrait redevenir au matin. Je supportais l'effort pendant quelques secondes, puis revenais vers l'enfant caché dans les montagnes du Caucase.

Un jour, ce refuge perdit son pouvoir. Un soldat amputé des deux bras se sauva la nuit, surgit devant la sentinelle avec un cri de menace et fut tué d'une rafale. On préféra parler d'un accès de folie plutôt que d'un suicide. Le soir, après une journée où il y eut deux brûlés graves et une autre amputation, je me rendis compte que j'avais presque oublié le suicidé de la nuit. En me couchant, j'attendis l'apesanteur béate de la morphine pour avouer qu'à l'intérieur de moi il n'y avait plus un lieu, plus un instant où me cacher.

Je vécus ainsi, en laissant chaque nouvelle journée effacer les douleurs de la précédente par le regard affolé des nouveaux blessés. La seule mesure du temps qui me restât était l'évident perfectionnement des armes que nos soldats et leurs ennemis utilisaient. Je ne me souviens plus dans quelle guerre (au Nicaragua, peut-être) nous tombâmes pour la première fois sur ces drôles de balles avec le centre de gravité déplacé. Elles avaient l'atroce particularité de se promener dans le corps d'une façon imprévisible et de se loger aux endroits les plus difficiles à atteindre. Quelque temps après apparurent des bombes à ferraille, des obus à aiguilles toujours plus ingénieux et qui semblaient nous entraîner dans une macabre compétition où nos instruments habituels se révélaient souvent inadaptés. Et puis, un matin, l'hélicoptère qui devait ramener les survivants, les blessés et les morts après un combat ne revint pas. On apprit qu'il avait été abattu par un nouveau missile portable. Depuis ce matin-là, nos oreilles détectaient dans la stridulation des hélices une sourde vibration de détresse.

Je n'avais pas le temps de méditer sur les raisons profondes de ces guerres. D'ailleurs toutes les discussions que nous menions avec d'autres médecins ou avec les officiers-instructeurs débouchaient toujours sur la même petite géopolitique sans issue. La terre devenait trop exiguë pour les deux grands empires surarmés qui se la partageaient. Ils se heurtaient, comme deux banquises dans l'étranglement d'un détroit, leurs bords s'effritaient en cassant en deux les pays en déchirant les peuples, en évitant le pire dans le permanent broyage des zones en litige. Hiroshima et le Viêt-nam suffisaient pour désigner l'agresseur : l'Amérique, l'Occident. Certains parmi nous, les plus prudents ou les plus patriotes, s'arrêtaient là. D'autres ajoutaient que cet ennemi utile, l'Amérique, justifiait bon nombre d'absurdités dans notre propre pays. En retour, notre existence maléfique aidait les Américains à faire excuser les leurs. L'équilibre planétaire était à ce prix, concluaient-ils... Ces sages conclusions étaient souvent balayées quelques heures après par un blindé en flammes dont la coquille d'acier résonnait des cris de brûlés vifs ou, comme la dernière fois, par la mort de ce blessé tendant ses moignons vers les rafales d'une mitraillette.

Je m'efforçais de ne pas comprendre ces morts pour ne pas les diluer dans nos bavardages stratégiques.

Curieusement, c'est grâce à un homme qui adorait la guerre que je sus préserver cette incompréhension salutaire.

Instructeur de carrière, petit, robuste, impeccable dans son uniforme de mercenaire d'élite, il présentait aux soldats les nouvelles armes et les engins de guerre, expliquait le maniement, comparait les caractéristiques. La salle où il professait était séparée de notre bloc opératoire par un mur peu épais. Sa voix aurait pu, à mon avis, percer le tintamarre d'une colonne de chars. J'entendais chaque mot.

« Ce fusil d'assaut a une cadence de tir formidable : 720 coups par minute ! Il se démonte très facilement en six pièces et, comme il est peu encombrant, vous pouvez tirer d'une voiture ; il y a aussi des chargeurs à cinquante coups... Ceci est un missile guidé, il porte trois dards avec une charge explosive qui détone après avoir pénétré dans la cible... Pour ce calibre on peut utiliser des munitions perforantes ou bien explosives, ou encore incendiaires... »

Sa voix était entrecoupée seulement par celle, moins forte, de l'interprète et de temps à autre par les questions des soldats. Je finis par détester ce ton qui se voulait à la fois professoral et décontracté.

39

« Non, mon vieux, si tu ne bloques pas bien cette vis de fixation, t'es fichu dès le premier tir... »

Il semblait annoncer, encore théoriquement, les résultats qui se retrouveraient bientôt sur notre table d'opération, déjà sous l'aspect de cette chair humaine lacérée par toutes ces trouvailles explosives, incendiaires et perforantes. Je faisais donc partie d'une même chaîne de la mort reliant les politiciens qui décidaient les guerres, ce brave instructeur qui les enseignait, les soldats qui allaient mourir ou s'étaler nus sous l'affairement de nos mains gantées. Et je n'avais pas la maigre excuse de l'humaniste de service, car souvent je soignais pour remettre dans la chaîne.

L'idée de faire irruption dans la salle et d'égorger le militaire devant ses auditeurs me venait souvent à l'esprit. Une scène de révolte pour un film sur les guerres coloniales, me disais-je aussitôt en comprenant que la vie, par sa routine, par la paresse de ses compromis, allait peu à peu me réconcilier avec la voix derrière le mur.

« C'est un véritable tank volant... Le cockpit est protégé par du titanium... Il peut combattre de jour comme de nuit... »

En effet, je l'écoutais sans la colère d'autrefois. Comme tout conférencier de talent il avait son sujet de prédilection. C'étaient les hélicoptères de combat (il avait piloté plusieurs modèles avant de devenir instructeur). Ce thème le rendait épique. En répétant aux générations de soldats le même récit, il était parvenu à élaborer une véritable mythologie qui retraçait la naissance de l'hélicoptère, les faiblesses de son enfance, les audaces de sa jeunesse et surtout les exploits techniques des derniers temps. Le fabuleux engin transportait les camions, exterminait les chars, se couvrait d'appareillages qui le protégeaient des missiles. Je sentais que la voix derrière le mur allait d'une minute à l'autre se moduler en strophes.

« Les Américains qui pensaient nous avoir eus avec leurs Stinger peuvent toujours courir. On installe maintenant des brouilleurs infrarouges, des lanceurs de leurres, là, à l'extrémité des ailettes. Et ce n'est pas tout ! Même si un éclat perce le réservoir, pas de panique à bord : les réservoirs sont désormais auto-obturants ! Même si l'appareil tombe, rien n'est perdu car les sièges supportent une chute de quatorze mètres par seconde, vous vous rendez compte : quatorze mètres par seconde ! En plus, les boulons explosifs font sauter les portes et une seconde après un toboggan se gonfle et on évacue sans être charcuté par le rotor ! »

Il y avait quelque part au milieu de ce poème un moment où la sincérité de l'officier devenait indubitable. Je finis par apprendre l'épisode par cœur : en pleine guerre du Kippour, dans un ciel battu par les rotors, s'opposèrent un hélicoptère de l'armée syrienne (un Mi-8 soviétique dont le pilote avait été entraîné par l'instructeur lui-même) et un Super-Frelon israélien. Et ce fut la toute première bataille entre hélicoptères dans l'histoire humaine ! Car personne n'avait jamais prévu que cet appareil pût attaquer son semblable. Avec une perfidie inouïe, le soldat israélien ouvrit largement la porte latérale, pointa une mitrailleuse et cribla l'hélicoptère syrien qui s'abattit sous les yeux de l'inspecteur... En racontant ce combat, l'officier disait tantôt « juif », tantôt « israélien », le second terme devenant dans sa bouche une sorte de superlatif du premier, pour en indiquer le degré de malignité et de nuisance. Pourtant, en vrai poète, il reconnaissait l'utilité de ce mauvais génie sans lequel l'Histoire aurait piétiné et perdu peut-être l'une de ses plus belles pages.

La voix qui résonnait derrière le mur et m'exaspérait tellement au début était sur le point de s'effacer dans l'indifférence amusée lorsque soudain je perçai son secret. C'est grâce à de tels poètes que les guerres devenaient efficaces et durables. Il fallait cette passion pure, cet enthousiasme de croyant qu'aucune géopolitique ne pouvait remplacer.

Ces cours guerriers que j'écoutais penché sur les corps des opérés me poussèrent, d'une manière à la fois très directe et détournée, à réfléchir à la stupéfiante pauvreté de ce que je vivais avec les femmes que je rencontrais et croyais aimer. Une comparaison comique opposa dans ma tête l'ingéniosité des armes que vantait l'instructeur (tous ces réservoirs auto-obturants et autres lance-leurres) et la rudimentaire mécanique de ces amours. Je n'avais pas encore trente ans à l'époque et mon cynisme avait parfois la peau tendre. « J'ai eu d'elles ce que j'avais envie de prendre », me disais-je sans le croire. « Ce qu'elles avaient envie de me donner... Tout ce qu'une telle liaison pouvait nous donner... » Je tournais et retournais ces formules, en essayant, au moins par ces assemblages verbaux, de concurrencer la perfection des machines.

« Curiosité ! » Ce mot, inconsciemment deviné depuis longtemps, sonna tout à coup d'un ton juste et dur. La femme qui, trois jours auparavant, était repartie à Moscou, avait de la curiosité pour moi. Et cette curiosité nous procurait une liaison vive, bien jouée du début à la fin, sans risque d'amour. Comme dans une plongée sous-marine, elle me sondait avec son corps, explorait l'homme qui l'avait intriguée, se créant un souvenir pareil à celui d'un pays exotique qui manque à l'expérience de nos yeux. Elle n'était pas venue la dernière nuit avant son départ, elle avait « trop de valises à bourrer ». J'avais ressenti la vague impression qu'elle me manquait déjà. Sans grand effort de cynisme, j'étais parvenu à réduire ce manque à la sensation de la pulpe de ses seins, à l'angle de ses

43

genoux écartés, à la cadence respiratoire de son plaisir...

« Caractéristiques techniques, comme dirait l'instructeur », pensais-je à présent en me rappelant que les femmes qui avaient précédé celle-ci (l'une travaillant à l'ambassade, l'autre rencontrée à Moscou...) avaient aussi cette curiosité d'exploratrices. Le souvenir très lointain qui me poursuivait depuis l'enfance revint : l'anniversaire dans une famille qui a la générosité d'inviter un jeune barbare aux cheveux ras, deux fillettes qui me regardent avec une curiosité en petits coups de sonde. Leurs parents ont dû sans doute les prévenir qu'il s'agissait d'un enfant pas comme les autres, sans famille, sans domicile bien à lui, et qui n'a peut-être jamais goûté de la confiture. Tous ces « sans » apparaissent aux deux sœurs blondes tantôt comme une privation inimaginable, tantôt comme une promesse confuse de liberté. Elles m'observent avec la nonchalance feinte d'un zoologue qui, pour ne pas effaroucher l'animal, le contourne la tête en l'air, tout en scrutant du coin de l'œil chacun de ses mouvements...

Je traduisis la curiosité des fillettes en langage de femmes. J'étais toujours la même bête étrange qui ne faisait pas comme les autres, c'est-à-dire n'économisait pas sa solde gagnée dans ces pays en guerre, ne briguait pas une carrière, n'avait aucun projet. Cette vie « sans » contenait pour les femmes la promesse, à présent évidente, d'une liaison sans le poids de l'amour, d'une rapide exploration zoologique qui n'aurait pas de suite dans leur vie principale. Avec une ironie un peu acide, je me disais qu'en fin de compte je ressemblais beaucoup à l'instructeur qui hurlait derrière le mur (« Quatre lance-pots fumigènes sont placés à l'avant du véhicule, là et là... ») et qui, à part son uniforme toujours sans un pli, n'avait dans son unique valise qu'un vieux costume et une paire de chaussures d'un autre âge.

C'est peut-être sa jeunesse ou son inexpérience (elle venait d'avoir vingt-deux ans et se retrouvait pour la première fois à l'étranger) qui me firent quitter ma carapace zoologique. Interprète à l'ambassade d'Aden, elle attrapa, un jour, une insolation, on l'amena chez nous, à l'hôpital... Je me sentis utile, je connaissais déjà bien le Yémen, et puis sa fragilité me rendait agréablement âgé et protecteur. Cette impression ressemblait à de la tendresse. Et dans l'amour, son corps gardait la même faiblesse résignée et touchante que le jour de son malaise. J'en vins à espérer que cet attachement se poursuivrait malgré le départ de l'ambassade dès le début de la guerre civile. « Nous nous reverrons à Moscou, me disais-je, il est temps de toute façon que je jette l'ancre... » C'était la première fois de ma vie que de telles pensées me venaient à l'esprit.

Elle partit avec l'un des premiers avions qui évacuaient le personnel de l'ambassade et les coopérants. Ce qui me frappa le plus ce n'était pas son refus de nous revoir à Moscou, mais plutôt la peur de ce refus que je surpris subitement en moi, une peur vieille de plusieurs jours. « Ce serait diplomatiquement délicat », coupa-t-elle en souriant mais avec un air de fermeté qui la mettait déjà dans un futur où je n'existais pas. « Délicat vis-à-vis de ton fiancé ? » demandai-je en copiant, mais mal, son ironie. « C'est plus compliqué que ça... » Elle évita ma réplique (« Que peut-il y avoir de plus compliqué qu'un fiancé ? ») en me demandant de l'aider à descendre ses valises. Devant le car, je la vis telle qu'elle serait à l'arrivée : un tailleur (les journées encore fraîches à Moscou), des escarpins qui avaient remplacé les sandales, un air de jeune femme ayant travaillé à l'étranger avec tout ce que cela supposait dans un pays d'où l'on sortait difficilement à l'époque. Je cherchai en vain un mot poli mais blessant qui eût pu, ne fût-ce que pour une seconde, la rendre de nouveau faible, enfantine, étonnée — telle que je l'aimais et que j'avais peur de la perdre. Assise derrière la vitre, elle posa sur moi un regard déjà tout à fait détaché et dut apercevoir mes chaussures grises de poussière. « Un homme que j'ai aimé... », dut-elle se dire, et elle ressentit sans doute cette brève pitié qui nous saisit à la vue d'une parcelle de nous-mêmes conservée dans le corps d'un être désormais étranger.

« Je t'écrirai...

— Mais... »

Nous dîmes ce « mais » d'une seule voix, elle, se redressant sur son siège, moi, me protégeant de la poussière que le car souleva en démarrant. Là où elle allait, je n'avais que cette adresse vague d'une chambre, dans un appartement communautaire, depuis longtemps louée à quelqu'un d'autre. Ici, on entendait déjà le premier crépitement des armes à la périphérie de la ville.

Je rentrai à l'hôpital à pied. Autour des ambassades les gens s'attroupaient, les voitures partaient toutes dans la même direction, vers l'aéroport. Il était amusant de voir que malgré ce remue-ménage, chaque nation restait fidèle à elle-même. Les Américains bloquaient la rue par l'abondance des moyens de locomotion, par la pesante et tranquille arrogance de leurs préparatifs. Les Anglais quittaient les lieux comme s'il s'agissait d'un déplacement quotidien dont la banalité ne méritait pas un mot, pas un geste de plus. Les Français organisaient le désordre, se donnaient des consignes les uns aux autres, attendaient quelqu'un sans qui le départ était impossible et qui pourtant était déjà parti. Les représentants des petits pays sollicitaient la compréhension des grands...

Je ne parvins pas à pénétrer dans l'hôpital. Les soldats installaient autour du bâtiment des abris

47

de tir, condamnaient, on ne savait trop pourquoi, la porte principale et pointaient vers le ciel
les canons des mortiers dont j'entendrais le
bruit sur le chemin du retour. Pendant la nuit,
passée à l'ambassade, j'essaierais d'identifier à
l'oreille le quartier de la ville le plus touché, en
imaginant les salles vides de l'hôpital, ma valise
dans la chambre au premier étage et, dans un
tiroir, ce coquillage de la mer Rouge, préparé
en cadeau pour celle qui venait de partir. Le
cynisme n'étant pas un sentiment nocturne, je
ne réussirais à railler ni ce coquillage (qui se
retrouverait le lendemain sous les décombres
de l'hôpital bombardé) ni nos adieux devant le
car. Et quand, enfin, je raviverais cette moquerie
sans gaîté, je verrais qu'il ne restait rien d'autre
dans ma vie : cette dérision usée et la charpie de
souvenirs inutiles.

Au matin, la ville brûlait et la progression
du feu semblait repousser les derniers étrangers vers la mer. Je me retrouvai sur une plage,
dans la foule de mes compatriotes qui agitaient
les bras en direction de quelques canots qui
venaient vers nous. Au large, on voyait un lourd
paquebot blanc, un drapeau rouge légèrement
soulevé par le vent. Les canots paraissaient
immobiles, englués dans l'huile bleue de la mer.
À quelques centaines de mètres, dans les rues
débouchant sur la côte, les soldats couraient,
tiraient, tombaient et leur jeu mortel avançait

vers nous et allait d'une minute à l'autre exiger notre participation. Les bras se tendaient vers le va-et-vient des rames, les cris s'étranglaient dans une exaspération d'angoisse. Ce désir de ne pas être tué sottement sur cette plage ensoleillée me gagna, contagieux comme toute hystérie collective. Je faillis suivre les hommes qui, chargeant sur leurs épaules d'énormes valises, entraient dans l'eau pour élargir la distance entre leur vie devenue soudain fébrilement précieuse et la mort. C'est l'absence de tout bagage qui me dégrisa. Le peu que je possédais avait brûlé dans l'hôpital détruit pendant la nuit par les obus. Le matin, un employé de l'ambassade m'avait prêté son rasoir...

Je m'assis sur le sable en observant la scène d'un œil à présent presque distrait. Le nombre des valises que les hommes embarquaient sur les canots me laissait perplexe. Je me disais qu'il existait donc quelque part une vie où toutes ces choses péniblement transportées étaient irremplaçables. J'imaginai cette vie à laquelle mon passé me rendait inapte, je devinai ses joies confortées par le contenu des valises, je la trouvais légitime et touchante. En me levant pour aider à l'embarquement, je tombai sur un homme qui voulait monter à côté de ses bagages et me prit pour un concurrent. Je reculai, il grimpa en évitant mon regard. Un obus fit jaillir derrière une jetée un large geyser de sable, l'homme déjà installé se pencha rapidement en appliquant son front sur le cuir des valises. Quelqu'un hurla : « Allez, vite, on part! » Un autre qui piétinait encore dans l'eau l'injuria. On se bousculait maintenant sans dissimuler sa peur.

C'est juste après l'explosion que je vis cet homme, sans bagages lui non plus, et qui, posté légèrement derrière moi, semblait suivre la querelle entre deux candidats au départ. Ce qu'il dit d'abord ne s'adressait à personne : « On devient très nu à des moments pareils... » Puis, se tournant vers moi, il ajouta : « Comme vous n'avez rien à embarquer, je voudrais vous demander un service. Sur l'injonction expresse de l'ambassadeur.. » Il fit cette remarque d'un ton à la fois respectueux et souriant, me faisant comprendre que son autorité n'avait pas besoin de s'appuyer sur celle de l'ambassadeur déjà rapatrié. Je fixai son visage en me souvenant l'avoir entrevu lors d'une réception à l'ambassade. J'avais retenu ses traits parce qu'il ressemblait à Lino Ventura. Je l'avais oublié pour la même raison, en égarant son visage parmi des images de films... Devançant ma question, il précisa : « Nous partirons un peu plus tard ensemble... » Puis jeta un dernier regard sur les canots surchargés de valises et je crus voir dans ses yeux une brève lueur d'ironie qui s'effaça tout de suite dans la neutralité.

La bousculade sur la rive nous rendit invisibles. Il m'amena vers une construction en parpaings derrière laquelle était garée une voiture tout terrain. Nous prîmes la direction de la ville que la fumée des incendies semblait étirer vers le ciel. En conduisant, il m'apprit son nom (l'un de ses noms que je connaîtrais par la suite) et me demanda de l'appeler, devant ceux que nous allions rencontrer, « Monsieur le conseiller ». Depuis un moment déjà, je vivais comme à l'écart de la réalité. La simplicité, presque l'indifférence, avec laquelle le conseiller m'expliquait la tâche qui m'attendait ne faisait qu'accentuer l'étrangeté de la situation. « Votre présence à ces négociations, ou plutôt à ces marchandages, sera doublement utile. L'un des participants a été blessé et puis, vu son âge, la chaleur, l'émotion... Il faudra soutenir son vieux cœur jusqu'à l'accord final. Mais surtout, si je ne me trompe, vous parlez sa langue... »

Je crus d'abord que son ton détaché était une pose, une crânerie qu'il feignait à mon intention (la ressemblance avec le comédien était pour quelque chose dans ma méprise). Mais quand, dans une rue, nous tombâmes sous un feu croisé et qu'il réussit à éviter les rafales en plaquant la voiture contre un mur sans quitter cet air indifférent, je compris qu'il s'agissait tout simplement d'une très longue habitude du danger.

Nous arrivâmes dans un quartier que je ne connaissais pas et qui, à quelques rues des combats, paraissait assoupi. Seules les traces de fumée sur la surface ocreuse des maisons et les douilles sur lesquelles on glissait en marchant trahissaient la présence de la guerre. Nous traversâmes une cour, une autre en enfilade, nous arrêtant devant un passage étroit qui faisait penser à l'entrée d'un labyrinthe. Une demi-douzaine de soldats qui s'y abritaient du soleil sortirent, nous fouillèrent, puis nous laissèrent pénétrer à l'intérieur.

Les fenêtres, protégées par des panneaux métalliques, incisaient l'obscurité de longues raies de soleil. Le regard se coupait sur ces lames aveuglantes. Après quelques secondes de cécité, je vis deux gardes, l'un accroupi près de la porte, sa mitraillette posée sur les genoux, l'autre regardant la rue par l'interstice entre deux feuilles d'acier. Deux autres hommes se faisaient face : assis, dos au mur, un Yéménite, au visage brun et luisant, avec un turban bigarré qui descendait en queue de cheval sur une épaule et, à l'autre bout de la pièce, à moitié allongé dans un fauteuil, cet homme très pâle avec, comme une étrange réplique du turban, un bandeau de pansements sur le front. Ses traits anguleux et affinés par la fatigue paraissaient presque transparents sous le reflet de la sueur. Malgré ses cheveux blancs, il y avait dans son visage cette sorte de jeunesse qui naît chez les hommes âgés à l'instant d'un défi mortel. Notre venue interrompit leur discussion. On n'entendait plus que le tambourinement rageur des mouches prises entre la vitre et l'acier, l'écho lointain de la fusillade et la respiration de l'homme blessé, des brèves saccades comme s'il s'apprêtait à chanter et ne se décidait pas.

C'est lui qui nous salua et se mit à parler en imposant avec effort une cadence régulière à son souffle. Le conseiller me demanda de traduire. L'homme s'arrêta pour me donner le temps de le faire. Mais je me taisais, me sentant à une distance vertigineuse de cette pièce étouffante.

L'homme blessé parlait la même langue qu'avait entendue l'enfant endormi au milieu des montagnes du Caucase, dans la nuit la plus profonde de ma vie.

Celui dont je devais assurer la survie et traduire les propos savait que sa mort aurait simplifié les tractations. Il me le dit avec un sourire
imperceptible pendant que je lui faisais une
nouvelle piqûre : « Je me sens un vieillard richis-
sime dont la résistance désespère les héritiers... »
C'était l'une des phrases que j'omis de traduire.
D'ailleurs, dès les premières paroles, une sorte
de double traduction s'était établie entre nous :
j'interprétais de mon mieux ses arguments et
ceux de ses adversaires, mais parallèlement je
suivais en moi la reviviscence de cette langue
restée muette depuis tant d'années.

L'objet de leur laborieux combat verbal m'apparut assez vite sous forme de devinette.
L'homme au turban, l'un des chefs militaires de
la rébellion, avait capturé trois Occidentaux. Le
diplomate blessé s'efforçait d'obtenir leur libération. « Monsieur le conseiller » pouvait faire
pression sur le Yéménite puisque les troupes de
celui-ci étaient armées et soutenues par nous.

Pour ce service, le diplomate devait garantir la neutralité de la France qui fermerait les yeux sur notre participation militaire au conflit. Dix fois le marché fut sur le point d'être conclu, mais soudain le Yéménite se fâchait, se mettait à fustiger la perfidie de l'Occident et le grand satan américain. Sa colère exprimée tantôt dans un anglais rudimentaire et tranchant, tantôt dans un russe de propagande appris sans doute à Moscou, semblait chaque fois sonner le glas des pourparlers, j'étais prêt à me lever. Mais ni le Français allongé dans son fauteuil ni le conseiller qui écoutait, la tête légèrement penchée de mon côté, ne paraissaient impressionnés par ces crises, ils en attendaient la fin en silence, chacun avec sa façon d'être poliment indifférent. Un aide de camp entrait, chuchotait longtemps à l'oreille du chef qui opinait en se départant peu à peu de son air outré. La discussion reprenait, en décrivant le cercle déjà connu : le Yéménite libère les otages, le conseiller arrange la livraison des armes, le diplomate s'engage sur la discrétion de son gouvernement. Je comprenais à présent que la réussite dépendait non pas de la logique des arguments, mais de quelque rituel dont seul le Yéménite possédait le secret et que le Français et le Russe essayaient de percer. Un sésame.

La ronde des phrases plus ou moins identiques me laissait le loisir de toucher, comme on touche le grain des pages d'un vieux livre, la texture des mots que je traduisais. Le diplomate dut remarquer cette traduction souterraine et parla d'une manière de plus en plus personnelle en abandonnant ce langage nivelé qu'on adopte face à un interprète dont on ignore à quel point il maîtrise la langue. Certaines de ses paroles avaient, pour moi, plus de vingt ans, venant de l'époque où je les avais apprises et où elles s'étaient conservées, très rarement utilisées. Elles résonnaient dans cette pièce basse, surchauffée, barricadée par des pans d'acier et leur sonorité ouvrait de longues percées de lumière et de vent. À ce souvenir se mêlait même, intact, l'orgueil enfantin d'avoir dompté cette langue insolite. Pendant une nouvelle rupture des négociations, le Français parla ironiquement d'un « navicert » dont le conseiller et moi aurions besoin pour quitter la ville par la mer. En entendant ce mot, je ressentis cette comique fierté d'enfant, car le vocable m'était connu grâce à Loti, et la tonalité de ces sons apportèrent dans l'étouffement de la pièce et la brise océanique de ses romans et la fraîcheur d'une longue soirée neigeuse rythmée par le froissement des pages.

De temps en temps, la discussion s'interrompait à cause du Français. Il fermait les paupières quelques secondes, puis les rouvrait largement dans des orbites de plus en plus creuses et qui ne voyaient pas, en tout cas ne nous voyaient pas. Son visage sous les filets de sueur ressemblait à un éclat de quartz, tantôt laiteux, tantôt translucide. J'intervenais, en sachant très bien que toutes ces piqûres étaient juste bonnes pour prolonger encore d'un tour ces tractations absurdes. Je le lui dis. Son visage de quartz s'éclaira d'un reflet de sourire : « Vous savez, ici en Orient on pratique souvent la médecine expectante... » J'eus de nouveau l'impression d'être en face d'un homme d'une autre époque. Non tant en raison de son français qui était celui de mes livres, mais à cause de ce calme à la fois ironique et altier qu'il opposait à la cruelle farce du présent, comme s'il l'observait du haut d'une longue et grande histoire remplie de victoire et de défaites.

Il résista jusqu'au bout, jusqu'à l'accord défi-nitif, tard dans la soirée. En devinant la partie gagnée, il se redressa un peu dans son fauteuil et même lança une petite pique à « Monsieur le conseiller » (qui promettait quelques mortiers de plus au chef yéménite) : « Votre générosité vous perdra, cher confrère. » Le conseiller lui sourit, avant d'écouter ma traduction comme pour montrer qu'ils n'avaient plus besoin de cacher leur vrai métier sous des couvertures diplomatiques, ni de simuler l'ignorance d'une langue.

Le lendemain, un hélicoptère venu de Dji-bouti emporta les trois otages relâchés (un couple d'Allemands et une coopérante fran-çaise) et le corps du diplomate mort dans la nuit.

Un peu à l'écart, nous assistions aux préparatifs. En attendant le départ, les rescapés échangèrent leurs adresses, s'invitèrent à passer des vacances en France et en Allemagne, puis voulurent à tout prix prendre une photo en compagnie des légionnaires. Le corps enveloppé dans une toile de bâche était déjà chargé....

« Toute notre vie n'est que médecine expectante, n'est-ce pas? »

Le conseiller le dit en français et se tut en regardant les passagers qui montaient dans l'hélicoptère en poussant de petits rires d'admiration. J'examinai un instant son visage tourné de profil. Aucune volonté d'impressionner ne s'y lisait.

« Pourquoi alors toute cette comédie avec l'interprète? »

Je forçai exprès le ton qui pouvait paraître presque blessé.

« D'abord, vous n'étiez pas que l'interprète! Et puis, dans les marchandages de ce genre il est parfois utile de plaider une erreur de traduction... Mais surtout considérez cela comme un début qui pourra avoir une suite si vous vous sentez prêt à changer de vie. Pendant le voyage vous aurez le temps de réfléchir à ma proposition. »

L'hélicoptère décolla en balayant les traces de pas sur le sol poudreux. Nous le suivîmes un instant des yeux. En s'en allant l'appareil semblait tirer sur le ciel une lourde housse de nuages fauves qui avançaient rapidement du côté de l'océan.

« L'un des derniers Mohicans de la vieille garde, ce Bertrand Jansac, dit le conseiller en abandonnant l'hélicoptère au-dessus des eaux. Ou plutôt l'un des derniers Mohicans tout court... Quant à nous, notre navire va bientôt partir toutes voiles au vent mais, hélas, sans la protection de... comment il disait déjà ? d'un "navicert", n'est-ce pas ? »

Dans le flux de gestes et de mots de cette dernière journée, une seule phrase persista, et sa tentation cadença toutes mes pensées : « Si vous vous sentez prêt à changer de vie... »

J'avais vingt-huit ans. Ma vie, par son épaisseur de chair et de mort, aurait pu être celle d'un homme beaucoup plus âgé. Et pourtant, le même enfant tressaillait en moi quand, distraitement ou avec curiosité, quelqu'un me demandait : « Mais où êtes-vous né ? Que font vos parents ? » Depuis longtemps, je savais répondre par le mensonge, par l'évasion, par la surdité. Cela ne changeait rien. Le frisson enfantin glissait comme une lame entre les plaques disjointes d'une armure. Seulement si, adolescent, j'avais peur qu'on ne découvre la vérité, désormais, à cette peur et à cette honte se mêlait la certitude de ne pas savoir faire comprendre cette vérité, de ne rencontrer personne à qui la confier.

J'éprouvai ce malaise en me retrouvant dans

une cabine exiguë, sur un bateau qui encore arrimé tanguait déjà sous les premiers fouettements de la tempête. Installés face à face sur nos étroites couchettes, nous pouvions murmurer l'un à l'oreille de l'autre tant nos visages étaient proches. Le réflexe enfantin s'éveilla aussitôt : j'imaginai le conseiller me questionner sur le début de ma vie. Une seconde après, je me traitai d'idiot en comprenant qu'il savait tout... J'étais en face d'un homme qui, malgré notre situation propice aux confidences, ne chercherait pas à fouiller dans mon passé. C'est alors que sa proposition de « changer de vie » m'apparut comme une offre libératrice. D'ailleurs cette libération exaltante s'accomplissait déjà avec la rapidité d'un songe heureux. En montant sur ce bateau j'étais déjà libéré de mon nom et du passeport qui le certifiait. En échange, le conseiller m'en avait fourni un autre : mes premiers faux papiers avec un nom que je répétais intérieurement pour me l'approprier tout comme ces quelques ébauches de ma nouvelle biographie que je devais apprendre par cœur. J'étais parfaitement conscient que le naturel avec lequel s'engageait cette mue n'était qu'une technique de recrutement bien rodée et que la proposition de « changer de vie » n'avait rien d'improvisé. À chaque nouveau pas dans cette direction, le conseiller marquait comme un petit temps d'arrêt pour me donner la possibilité de me désengager — refuser de changer de passeport, ne pas monter avec lui dans ce petit cargo de mine douteuse, ne pas accepter le pistolet qu'il m'avait transmis. Plus tard je comprendrais que pour lui un tel départ et ce changement d'identité étaient une suite de mouvements presque machinaux, une routine qu'il exécutait sans se rendre compte de mon émoi. Mais pour l'instant, je voyais dans ses gestes l'insolente adresse d'un prestidigitateur qui, dédaigneux des apparences admises, me libérait par ses tours de muscade de ce qui me pesait le plus : moi-même.

Quand il quitta pour quelques minutes la cabine, je sortis mon nouveau passeport et je scrutai longuement ce visage, le mien, rendu méconnaissable par les informations de la page précédente. Cet homme sur la photographie semblait me dévisager avec dédain. Je me sentis fébrilement envieux de sa liberté.

La nuit, c'est cette jalousie qui m'imprégna tout entier d'une peur animale, d'un désir de survie que je n'aurais jamais pu imaginer en moi. Dans l'obscurité de la cabine, j'avais l'illusion que sous le déferlement des vagues le bateau se fluidifiait lui-même, fondait comme un bloc de glace. J'entendais l'eau partout — derrière la coque, dans le couloir et soudain, en ruisseau, sur le sol de la cabine ! Je me penchai et avec une précipitation affolée je tâtai une surface métallique sèche qui vibrait sous mes doigts. Ma main frôla aussi mes chaussures sagement alignées dans une attente absurde. Je m'allongeai de nouveau, en espérant que le conseiller n'avait pas deviné la raison de mon agitation. Il restait muet dans le noir et paraissait endormi. Sans hublot, notre cabine me rappelait un cercueil d'acier qui depuis un moment se serait détaché du bateau. J'imaginai sa lente descente dans les entrailles glauques des eaux. Et cette paire de chaussures rangées sous ma couchette. Et ce pistolet qui rouillerait dans sa gaine. Il bougeait doucement en suivant le tangage du bateau et semblait me caresser sous le bras, à côté du cœur. Toute la perfidie de la vie se concentra pour moi dans cette caresse : j'allais mourir d'une mort lente et consciente, en possession d'un nouveau passeport, sous une identité qui m'avait enfin affranchi. Cet homme sur la photo que j'enviais tant pour sa liberté allait sombrer après sa brève existence pleine de promesses.

Je m'assis sur ma couchette, en m'agrippant à son bord comme si j'étais perché sur la corniche d'un abîme. Et cette corniche penchait de plus en plus en me faisant perdre la notion du haut et du bas. C'est après avoir imploré que je saisis le sens de mon chuchotement :

« Il faut faire quelque chose, je ne veux pas mourir ! Pas maintenant... »

Je ne savais pas si le conseiller m'avait entendu. Mais c'est du fond de cet abîme, me sembla-t-il, qu'une minute après retentit sa voix.

Il parlait d'un ton monocorde comme s'il s'adressait à lui-même et comme si son récit se poursuivait déjà depuis un moment. Étonnamment, cette litanie parvint à s'imposer à travers la rage des vagues et l'hystérie du vent, telle la trace égale et droite d'une torpille sur une mer agitée. Au début, la répétition de ma supplique (« Je ne veux pas mourir... Pas maintenant... Je ne veux pas... ») et surtout la honte de l'avoir formulée m'avaient empêché de le suivre. Mais comme ce qu'il évoquait était très éloigné de notre situation (il parlait d'un désert), je finis par trouver dans l'étrangeté de cette histoire l'unique point auquel ma pensée enfiévrée pouvait s'accrocher.

... C'était une ville, ou plutôt quelques rues surgies au milieu d'un désert d'Asie centrale. Des maisons de quatre étages, toutes identiques, aux fenêtres vides, aux embrasures de portes béantes, comme si les constructeurs avaient interrompu leurs travaux juste avant les finitions. Cependant, les habitants se montraient déjà — on voyait tantôt un visage dans l'ouverture d'une fenêtre, tantôt, quand le soleil inondait l'intérieur d'une pièce, une silhouette humaine tout entière. Dehors, dans des enclos protégés du soleil par de la tôle ondulée, des animaux dormaient ou traînaient le long de la clôture. Un troupeau de moutons, quelques chameaux, des chevaux, des chiens. Une seule route menait dans cette ville et, après avoir relié ces trois ou quatre rues, s'enlisait dans le sable. Sur le carrefour central se dressait un énorme cube formé de planches bien ajustées qui faisait songer au coffrage d'une statue qu'on se serait apprêté à exhiber devant le public lors d'une célébration toute proche...

La violence de la vague qui s'abattit sur le cargo fut telle que tous les bruits cessèrent pendant quelques secondes. Il était impossible de comprendre si c'était les machines qui s'étaient arrêtées brusquement ou bien la terreur qui paralysait tous mes sens. Le bateau gîtait, glissant de plus en plus vite sur une pente liquide, et semblait ne plus pouvoir interrompre cette fuite. Et c'est dans ce silence, comme pour briser son envoûtement et relancer la marche des machines, que résonna de nouveau la voix du conseiller. Il avait dû se rendre compte que son récit faisait involontairement durer un suspense, ce qui n'était pas du tout son but, et il le termina en quelques phrases où ne subsistait plus aucun mystère :

« Le cube sur la place centrale, c'était notre première bombe atomique. Et les habitants, des prisonniers condamnés à mort et qui servaient de cobayes. La ville avait été spécialement construite pour ce premier essai... Nous l'avons survolée plusieurs fois. Les prisonniers nous saluaient, ils ne savaient pas ce qui allait se passer la nuit suivante. Certains, même s'ils étaient attachés par une chaîne, espéraient sans doute voir leur peine commuée et commençaient déjà à aimer cette ville où les fenêtres n'avaient pas de grilles. Dans l'avion, tous les appareils qui mesuraient la radiation étaient bloqués sur le rouge... La nuit, au moment de l'explosion, nous étions à plus de quinze kilomètres de la ville. L'ordre était de rester allongé au sol, de ne pas se retourner, de ne pas ouvrir les yeux. Pour la première fois de ma vie j'ai senti la terre vivre. Tellement elle a remué sous mon corps. Il y a eu une onde de choc qui a traîné les corps de ceux qui avaient essayé de se lever. Et aussi les hurlements de ceux qui s'étaient retournés et avaient perdu la vue. Et cette lourde secousse de la terre sous nos ventres... Le lendemain, en repartant pour la ville des prisonniers, j'imaginais les destructions, les ruines des maisons et les carcasses carbonisées des animaux. J'avais connu des villes bombardées pendant la guerre... Je me trompais. Quand l'avion s'est approché du lieu, nous avons vu un miroir. Un immense miroir de sable vitrifié. Une surface lisse, concave, qui reflétait le soleil, les nuages et même la croix de notre avion. Rien d'autre... J'étais suffisamment jeune pour avoir cette idiote pensée d'orgueil : "Après ça, rien ne pourra plus me troubler ni me faire peur..." »

Il se tut et je devinai que son silence guettait. Il semblait évaluer le tambourinement des pas au-dessus de nos têtes, les associer aux cris qui se répondaient derrière la porte, mesurer ces bruits au déchaînement de la tempête. Sa voix qui reprenait le récit donna à ce vacarme une apparence d'ordre.

« Moins d'un an après, il ne restait rien de cet orgueil. Je sillonnais les États-Unis, vaste pays où je me sentais, à ce moment-là, comme un rat qu'on chasse d'une cage à l'autre à coups d'aiguilles plantées dans le crâne. Les Rosenberg venaient d'être arrêtés, la presse les accusait d'avoir vendu la bombe américaine aux Soviets, les bons citoyens attendaient le verdict avec un appétit assez carnivore. Je travaillais avec les Rosenberg depuis deux ans. Dans leur appartement à New York, il y avait une pièce transformée en laboratoire photo où nous préparions les documents envoyés au Centre. C'est dans cette pièce d'ailleurs qu'il m'est arrivé de jouer aux échecs avec Julius... Je savais que les accusations portées contre eux étaient absurdes, en tout cas complètement disproportionnées. Ils n'avaient aucun accès aux secrets de la bombe. Mais l'opinion avait besoin d'un bouc émissaire. Les Américains savaient déjà que quelque part dans les déserts de l'Asie centrale, nous avions fait exploser une bombe copiée sur celle d'Hiroshima et qui mettait fin à leur règne atomique. Une vraie gifle. Il fallait sévir. L'hypothèse de la chaise électrique lancée par un enragé ne paraissait plus invraisemblable. La chaise ou les aveux. J'étais persuadé que les Rosenberg allaient parler. J'avais une confiance absolue en leur amitié, mais... Comment dire? Un jour, nous sortions avec Julius du labo et dans la cuisine j'ai vu Ethel. Elle était assise et coupait des légumes sur une petite planche en bois. J'ai pensé bêtement qu'elle ressemblait à une femme russe. Non, tout simplement à une femme comme les autres, une femme heureuse d'être là, dans le calme de ce moment, et de parler à son fils aîné qui restait debout, adossé au chambranle, et lui souriait... Quand j'ai appris leur arrestation, je me suis souvenu de ce moment, de ce regard maternel et je me suis dit : "Elle va parler..." J'ai quitté New York, j'ai tourné de ville en ville dans ce pays qui se resserrait sur moi. Le Centre, pour limiter les dégâts, mettait en sommeil tous les réseaux, ne répondait plus aux appels et, je m'en doutais, était prêt à sacrifier certains d'entre nous comme on ampute une main gangrenée. D'ailleurs c'est à Moscou que les effets de cette arrestation allaient être les plus durs. Staline, en apprenant la nouvelle, avait ordonné une purge totale de l'appareil du renseignement. Des centaines de personnes se préparaient au pire. Même si j'avais réussi à regagner Moscou, je serais revenu juste pour être exécuté. Je tournais, puis me terrais pour un mois ou deux dans la fourmilière d'une grande ville. Chaque matin, j'achetais le journal. "Les Rosenberg ont parlé!", "Les traîtres ont tout avoué!" Je m'attendais à un titre de ce genre. Je me souvenais d'Ethel qui préparait le dîner et parlait à son fils aîné qui lui souriait... Ils n'ont rien dit. Des dizaines d'interrogatoires, des confrontations, des menaces qui évoquaient la chaise électrique, du chantage sur la vie des enfants et même des rabbins très persuasifs qu'on envoyait dans la cellule de Julius... Rien. Julius a été exécuté le premier. On a refait la même offre à Ethel : la vie contre les aveux. Elle a refusé. J'ai pu rentrer à Moscou. Les purges au Centre n'ont pas eu lieu. Et beaucoup de choses ont changé pendant le temps où l'on s'acharnait sur le couple. Staline était mort. Les Américains n'ont pas lancé leur bombe en Corée, ni en Chine, comme ils s'apprêtaient à le faire. Nous avons eu le temps de les rattraper, dans la dernière ligne droite pour ainsi dire. Le conflit atomique devenait une affaire à double tranchant. Bref, la Troisième Guerre mondiale n'a pas eu lieu. Grâce au silence de cette femme qui coupait des légumes sur une petite planche en bois et parlait à son fils... »

Les masses d'eau qui tonnaient contre le bord du cargo paraissaient à présent plus rythmiques, comme résignées à une logique de résistance que ce dérisoire bateau leur opposait. J'entendis le conseiller se relever et dans l'éclat soudain d'une allumette son visage m'apparut vieilli, buriné. Sa voix avait l'accent légèrement déçu de quelqu'un qui a préparé une surprise mais laissé passer le bon moment pour l'annoncer : « Ça y est. Nous sommes en mer Rouge. On sera un peu moins ballotté... » Ou plutôt c'était un léger agacement de devoir interrompre son récit en annonçant la nouvelle. Il le reprit mais pour le conclure aussitôt :

« À cause de nos batailles aux échecs, Ethel m'a surnommé Chakhmatoff ou, en abrégeant, Chakh. Elle comprenait le russe. Il reste encore deux ou trois personnes qui connaissent ce surnom... Bonne nuit ! »

Dans les années qui suivirent, il reparla parfois des Rosenberg. Un jour, il me dit pourquoi, au moment de leur arrestation, il était sûr qu'ils avoueraient. « Parce que je l'aurais fait si j'avais eu ces deux enfants... », dit-il.

C'est aussi avec la distance de ces années que je compris que son récit m'avait permis d'oublier ma peur, cette égoïste et humiliante peur de perdre la vie quand elle promet d'être belle.

Enfin, cette nuit-là m'apprit le surnom de Chakh que seules quelques rares personnes connaissaient. Dont toi.

II

Tout ce que leurs voix, leurs corps et sans doute leurs pensées exprimaient, ce soir-là, me semblait marqué d'une exagération théâtrale. Les jugements trop admiratifs devant telle statue, face à tel tableau. Les sourires grimaçant de trop de bonheur. Et derrière ces mines enthousiasmées, l'inattention trop évidente pour celui qu'on leur présentait. Et l'hypocrisie trop mondaine et presque joyeuse avec laquelle ils se promettaient de déjeuner ensemble, un jour. Et les regards des hommes qui découpaient trop âprement les silhouettes des femmes pour feindre tout de suite l'indifférence et la dignité glacées.

Je me disais d'abord que dans cette galerie d'art une telle exagération des sentiments éprouvés ou simulés tenait à la chaleur plastique, donc sensuelle, des œuvres exposées. Supposition erronée car les tableaux étaient tous d'une géométrie désincarnée et froide, les sculptures, cubes superposés et cylindres tronqués, paraissaient creuses malgré le poids de leur bronze.

J'attribuai alors ces réactions excessives à la schizophrénie de la ville coupée en deux parts, comme deux hémisphères d'un cerveau, chacune avec sa vision du monde très personnelle, ses habitudes, ses manies. Ce Berlin dont les rues s'écrasaient contre le Mur, puis réapparaissaient de l'autre côté, pareilles et méconnaissables. Dans l'hémisphère occidental de ce cerveau dérangé par la guerre, les gens se sentaient investis d'une mission particulière, surtout les invités de la toute première exposition de ce nouveau centre d'art, pensais-je en traversant lentement leur foule. Ces grandes salles illuminées devenaient, à leurs yeux, l'avant-poste de l'Occident face à l'angoissant infini des terres barbares qui commençaient derrière le Mur. Chacun de leurs gestes se projetait sur l'écran des ténèbres qui s'étendaient à l'est. Chaque mot, chaque sourire éveillait un écho dans ce noir imprévisible. Chaque cylindre tronqué défiait, de son piédestal, les tableaux réalistes et les sculptures aux formes humaines qu'on exposait dans l'hémisphère oriental. Les invités se sentaient observés par des yeux attentifs — jaloux, haineux ou émerveillés. C'est pour ces regards de l'autre côté du Mur qu'ils jouaient à exagérer leurs émotions en s'extasiant devant une toile, en saluant une nouvelle connaissance, en affrontant, d'un coup d'œil, un corps ou un visage...

Un serveur vint me proposer du champagne. Je pris le verre, en pensant avec un sourire que cet Occident presque caricatural était tel car je le voyais pour la première fois. Je le voyais encore par-delà le Mur. Il ne pouvait être que théâtral.

À l'autre bout de la salle, à travers le va-et-vient de la foule, j'apercevais Chakh, costume sombre, nœud papillon, sa tête grise inclinée vers son interlocuteur. Je savais que nous ferions semblant de ne pas nous connaître et que juste avant son départ quelqu'un nous présenterait. Ce quelqu'un serait une femme que je n'avais jamais rencontrée et que pourtant je devrais avoir l'air de connaître de longue date. Au moment de cette présentation factice, Chakh serait à côté du propriétaire d'un magasin de philatélie. Tout naturellement je ferais sa connaissance pour pouvoir rencontrer quelques jours plus tard, dans sa boutique, un de ses fidèles clients, spécialiste en vente d'armes et collectionneur passionné de timbres consacrés au monde floral... C'est peut-être finalement notre jeu tissé dans la comédie mondaine de cette soirée qui me faisait penser au théâtre. Il était amusant de voir le vendeur de timbres qui passait à quelques centimètres de moi sans se douter de mon existence. Je me sentais non pas caché dans les coulisses, mais tout simplement invisible sur scène, au milieu des comédiens qui récitaient, en gesticulant, leurs rôles.

Mon émotion était une sorte d'ivresse très lucide. Je croyais entendre la pulsation intime de la vie occidentale dans laquelle il fallait me fondre. Une telle fusion avait la discrète violence d'une possession physique. Je devais lutter intérieurement pour ne pas me reconnaître heureux. Cette quintessence berlinoise de l'Occident me rendait l'agressive volupté de vivre que j'avais crue en hibernation définitive en moi.

J'avais perçu ce réveil encore à Moscou, durant les mois d'études et d'entraînement qui me préparaient à ce nouveau travail à l'étranger. Cette préparation m'éloignait de plus en plus de celui que j'avais été avant. Et ce n'était pas le fait d'apprendre les techniques du renseignement ou de sauter en parachute la nuit qui avait confirmé cette rupture. Mais le plaisir de devenir un homme sans passé, de me réduire à ce corps entraîné pour l'action future. N'être que ce futur et n'avoir en guise de passé qu'une légende bien rodée et apprise par cœur...

Un couple s'arrêta devant un tableau et je pus entendre les paroles de la femme dont l'épaule frôlait presque la mienne. L'étalement pâle des couleurs sur la toile avait, pour elle, « non, mais cette force, tu vois, chez lui, cette crudité, et puis ce rouge qui transcende complètement le fond... ». Je tournai légèrement la tête. Jeune, brune, d'une grande élégance, un visage véritablement transporté par la contemplation. Je l'admirais. Tout l'Occident était là, dans cette hypocrisie extatique devant un veule barbouillage où il fallait voir du génie. Ce mensonge partagé était leur contrat social, leur mot de passe mondain, leur non-conformisme bien-pensant. C'est cet accord tacite qui leur assurait et leur prospérité, et l'éclat de ce palais des arts, et ce corps féminin presque arrogant de sa beauté soigneusement entretenue... Je regardai la femme, puis le tableau, en éprouvant ce mélange de fascination et de dégoût que l'Ouest de tout temps avait inspiré à l'Est. Une envie soudaine me saisit de serrer de plus en plus le verre dans ma main, de l'écraser, de voir le couple se retourner, de voir le reflet du sang dans leurs yeux, d'attendre avec un sourire leur réaction...

C'est à ce moment que je t'aperçus.

Je vis une femme dont le visage m'était connu grâce aux photos qu'on m'avait montrées pendant la mise au point de ma mission. Je connaissais sa vie : cette vie d'emprunt aussi fictive que ma légende qu'elle connaissait à son tour... Elle entra non pas du côté de la rue, mais par la vaste baie qui donnait sur un grand jardin. J'avais sans doute manqué sa première apparition dans la salle. Et maintenant elle revenait après avoir vu les sculptures les plus volumineuses exposées à ciel ouvert...

Ma première impression me laissa perplexe : tu ressemblais à la femme qui venait d'encenser le tableau. Brune comme elle, même coupe du tailleur, même carnation du visage. Je compris aussitôt la cause de mon erreur. Tu te déplaçais avec la même assurance qu'elle, répondais aux saluts des autres avec autant d'aisance et cette fusion parfaite dans la foule des invités te rapprochait physiquement de la femme dithyrambique. À présent que tu venais à ma rencontre je notais les différences : tes cheveux étaient plus foncés, tes yeux légèrement bridés, le front plus haut, la bouche... Non, tu n'avais rien à voir avec elle.

Durant cette traversée de la salle, on te retint deux ou trois fois et j'eus le temps de t'observer avec le regard des autres, ce regard qui exagérait le désir, qui moulait le corps, qui possédait. Je fis semblant de t'apercevoir, je me dirigeai vers toi en louvoyant entre les groupes en conversation. C'est au moment où nos yeux se rencontrèrent que je vis passer sur ton front comme l'ombre vite dissimulée d'une très grande fatigue. Je t'en voulus de rompre ainsi, très brièvement, l'exaltation de la première journée de ma nouvelle vie. Mais déjà tu me parlais comme à une vieille connaissance et me laissais t'embrasser sur la joue. Nous imitâmes la flânerie des autres. Puis quand nous vîmes Chakh en compagnie d'un homme au gros crâne chauve et lisse, nous allâmes vers la baie du jardin pour être interpellés par lui au passage...

Une scène inattendue interrompit brusquement ce jeu si bien réglé. Un attroupement se forma. Un homme qu'on ne voyait pas par-dessus les têtes parla, en bonimenteur, dans un allemand haché qui faisait penser à celui des militaires allemands dans les films comiques sur la guerre. Nous nous enfonçâmes légèrement dans la foule et vîmes l'homme qui montrait au public une grande toupie. Les rires répondaient déjà à ses explications.

« Les Soviétiques produisent ça dans leurs usines d'armement. Ce qui leur permet d'abord de dissimuler la production des missiles, et puis de faire plaisir aux enfants. Bien que cet engin pèse plus qu'un obus et fasse le bruit d'un char. Regardez ! »

L'homme s'accroupit, pressa plusieurs fois la pointe de la toupie pour actionner le ressort caché dans son corps nickelé. Le jouet se lança dans une rotation valsante, avec un fracas de ferraille, en décrivant des cercles de plus en plus larges, en faisant reculer les spectateurs qui riaient aux éclats. Certains, comme cet invité aux chaussures vernies, essayaient de repousser la bête du bout de leur pied. Le propriétaire de la toupie avait un air de triomphe.

« Je ne me trompe pas, c'est bien lui ? te demandai-je en me retirant devant les gens qui battaient en retraite.

— Oui, il a drôlement vieilli, n'est-ce pas ? » me dis-tu en examinant l'homme à la toupie.

C'était un dissident connu, expulsé de Moscou, et qui vivait à Munich. Le jouet exécuta quelques tours essoufflés et se figea sous les applaudissements des invités.

Nous rejoignîmes Chakh et le philatéliste. Ce premier contact se déroula comme prévu, au mot près. Seule la vision de la toupie passait de temps en temps au fond de mon regard.

En sortant dans le parc, nous restâmes quelques minutes au milieu des grosses constructions en bronze et en béton qui n'avaient pas trouvé suffisamment de place à l'intérieur de la galerie. Les arbres jaunissaient déjà. « Sous les feuilles mortes, me dis-tu en souriant, tous ces chefs-d'œuvre sont beaucoup plus supportables. » Et tu ajoutas d'une voix qui semblait hésiter sur la nécessité de ces paroles :

« Je suis plus âgée que vous... Mon enfance, c'était les premières années d'après-guerre. Une misère à ronger les pierres. Je me souviens des rares journées où l'on n'avait pas faim. De vraies fêtes. Mais surtout, pas un jouet. Nous ne savions pas ce que ça voulait dire. Et puis, un jour, pour le Nouvel an, on nous a apporté un énorme carton rempli de trésors : des toupies, toutes neuves, qui sentaient encore la peinture. Exactement le même modèle que tout à l'heure. Après, quand on a recommencé à fabriquer des poupées et le reste, nous étions déjà trop grands pour jouer... »

Je faillis te dire que malgré ces quelques années de différence entre nous, j'avais connu, moi aussi, ces grosses toupies, et que leur odeur et même leur tintamarre m'étaient chers. Je ne dis rien car il aurait fallu alors parler de l'enfant perdu dans la nuit du Caucase. Pourtant, pour la première fois de ma vie, ce passé me paraissait avouable.

Nous ne savons jamais où ni à travers quelle épaisseur d'années vécues les objets et les gestes d'autrefois perceront un jour. La toupie de la galerie d'art berlinoise me revint à l'esprit trois ans après, au milieu de cette grande capitale africaine en guerre. Les soldats venus, ce jour-là, perquisitionner dans la maison où nous habitions la quittèrent en emportant le peu de biens que nous possédions. Deux ou trois vêtements, un poste de télévision, quelques billets de banque que tu avais mis exprès bien en vue sur le bureau... En sortant, ils furent piégés par le tir d'une mitrailleuse lourde qui, du fond de la rue, hersa soudain les façades. Leur groupe éclata, se laissa aspirer dans l'étroitesse d'un passage. Seul le dernier fut atteint en pleine course. Touché au côté, il se mit à tourner sur lui, les bras écartés et encore chargés d'objets confisqués. Les balles de ce calibre transforment souvent le mouvement du coureur en cette rapide rotation de danse. « Une toupie... », pensai-je, et je vis dans tes yeux le reflet du même souvenir.

Pendant la perquisition, ils m'avaient obligé à me tenir le front contre le mur, comme un enfant puni. Toi, en maîtresse de maison, tu étais de temps en temps sollicitée pour ouvrir un tiroir, offrir un verre d'eau. Tu t'exécutais sans interrompre le va-et-vient d'un éventail improvisé : quelques-uns de ces tracts révolutionnaires qui jonchaient les rues et pénétraient dans les maisons par les fenêtres brisées. C'est entre leurs feuilles que tu avais glissé les photos et les messages chiffrés que nous n'avions eu le temps ni d'envoyer au Centre ni de brûler. C'eût été l'unique découverte vraiment dangereuse. Curieusement, ces tracts dans ta main traçaient une fragile zone de protection autour de nos vies qui manifestement gênaient les soldats. Je sentais cette tension, je la comprenais chez les jeunes hommes armés. Ils luttaient contre la tentation d'une brève rafale qui les auraient libérés de notre regard en rendant au pillage sa joyeuse sauvagerie. Mais il y avait ces slogans de justice révolutionnaire fraîchement imprimés sur les tracts en éventail. Il y avait aussi ce haut-parleur, sur un camion, qui depuis le matin déversait dans les rues les appels au calme et proclamait les bienfaits du nouveau régime... En tournant légèrement la tête, je voyais les mains qui fourraient dans le sac un transistor, une veste et même cette lampe vissée sur le bord de la table et que tu aidas à détacher en réussissant à ne pas trahir le côté comique de ta participation. Tu savais qu'un infime changement d'humeur pouvait provoquer la colère toute mûre et le bref crachat d'une mitraillette. Le soldat qui enleva la lampe s'appropria aussi les billets de banque exposés sur le bureau. Et comme ce geste ressemblait plus que les précédents à un simple vol, il crut bon de le justifier en parlant, sur un ton à la fois menaçant et moraliste, de la corruption, de l'impérialisme et des ennemis de la révolution. Ce ton était celui, didactique et pompeux, du haut-parleur. Les mots d'ordre répétés sans cesse finirent par imprégner jusqu'à nos pensées et c'est dans ce style que, malgré moi, se formula ma parole muette : « Cet argent convoité, c'est la fin de votre révolution. Le serpent de la cupidité s'est glissé dans votre maison neuve... »

Quand ils furent sortis, je me retournai et te vis assise avec ton éventail dont tu remuais machinalement les feuilles. Le désordre de la pièce la rapprochait du chaos extérieur, à croire que c'était le but de leur visite... De la fenêtre, nous les vîmes s'éloigner tranquillement dans la rue et, une seconde après, ce furent cette fuite sous le crépitement des balles et la mort dansante du soldat qui, en pivotant plusieurs fois sur lui-même, éparpilla tout autour les objets confisqués, ces fragments familiers de notre quotidien. Il s'écroula, je te jetai un regard, devinant en toi le même souvenir : « Cette toupie... »

L'éloignement de la soirée du vernissage berlinois paraissait infini. Pourtant, trois ans à peine nous séparaient d'elle. Je discernais les visages qui s'étaient alors reflétés dans la surface nickelée du jouet lancé par un homme au rire forcé de bonimenteur. Cette jeune femme brune en transe devant la pâleur d'une toile. Chakh parlant au philatéliste. Et aussi cet homme qui avait réussi à repousser la toupie du bout de sa chaussure vernie... Il m'était arrivé plus tard de croiser la femme dans un restaurant : parlant avec une amie, elle commentait les plats et sa description était aussi enthousiaste que celle qu'elle réservait autrefois au tableau. Elle était donc moins hypocrite que je ne le pensais, m'étais-je dit, juste un peu excessive dans ses éloges. Le philatéliste, comme avant, passait plus de la moitié de sa vie dans son magasin encombré de liasses d'enveloppes timbrées et d'albums, sans avoir le moindre soupçon d'être entré, pour quelques heures, dans notre existence d'espions et d'en être ressorti, inconscient de ce qui lui arrivait. Quant à l'homme qui, d'un petit coup de pied, avait changé la trajectoire de la toupie, il avait perdu son poste de premier secrétaire d'une ambassade occidentale, deux ans après, à cause d'une liaison amoureuse. C'est Chakh qui nous avait raconté cette mésaventure. « Il n'était pas un novice, il savait que le lit est le meilleur piège pour un diplomate. Mais c'est un peu comme la mort, cela n'arrive qu'aux autres... » Nous pensions que le récit allait s'arrêter là : l'histoire d'un de ces stupides quinquagénaires qui gobent les rencontres amoureuses mises en scène pour eux. Cependant un détail avait poussé Chakh à continuer. Il y avait dans sa voix la curiosité d'un joueur d'échecs pour une belle combinaison : « Le cas de figure était d'une banalité à pleurer, je pense que même dans les écoles de renseignement on ne cite plus des exemples aussi évidents. En revanche, pour la psychologie, là, nos collègues est-allemands méritent un coup de chapeau. Tenez, ce diplomate fait la connaissance d'une jeune beauté aryenne, succombe, mais se souvient des consignes de prudence et hésite. Que faire pour dissiper les doutes? La belle amoureuse invite l'une de ses amies. Encore plus jeune et encore plus irrésistible. Le pauvre diplomate ne résiste pas. La première lui fait une terrible scène de jalousie et part pour toujours. À présent, il est tout à fait rassuré : vous avez déjà vu une espionne jalouse? Certain de son charme, il fonce. Tout le reste est de nouveau plus que classique. Même l'éventuelle réaction de l'épouse qui lui faisait plus peur que la justice de son pays... »

C'est toi qui ce jour-là, après la perquisition, parlais de ces ombres reflétées dans le tournoiement brillant d'une toupie. Tu savais qu'après ces heures où la mort avait tenu à un mot de trop, à un geste qui aurait pu déplaire aux soldats, il fallait bouger, parler et rire de ce diplomate qui était prêt à vendre tous les secrets du monde pourvu que sa femme n'apprenne pas son inconduite. Tu parlais tout en remettant en ordre notre maison, en faisant disparaître le vide qu'avaient laissé les objets emportés.

Je t'écoutais distraitement, conscient que ce n'était pas le contenu de ces histoires qui comptait. Dans l'éclat de la toupie je voyais ce jeune homme en complet noir, un verre de champagne à la main. Ce moi-même qui me paraissait une caricature réussie avec son avidité de vivre, son attente fébrile de la nouvelle vie, sa hâte à plonger dans la complexité séductrice de l'Occident, le pistolet au creux du bras et un verre refroidissant sa main brûlante.

Notre vie effaça rapidement cette caricature, en devenant une épuisante chasse aux hommes qui fabriquaient la mort. Ceux qui inventaient les armes dans le confort protégé des laboratoires, ceux qui, dans les hautes sphères, décidaient leur production et plus tard leur utilisation, ceux qui les vendaient et les revendaient, ceux qui tuaient. De cette chaîne humaine, il nous fallait saisir ne fût-ce qu'un minuscule chaînon d'information, une adresse, un nom. Et c'est souvent dans les pays en guerre que la chaîne se découvrait plus facilement. Nous nous y installions, sous telle ou telle identité (dans cette ville africaine nous représentions un bureau de prospection géologique), nous recherchions la rencontre avec celui qui alimentait en armes les combats qui allaient éclater. « Les combats qui n'éclateraient peut-être pas, s'il n'y avait pas tous ces moyens de tuer », me disais-je, deux jours avant le début des massacres, en parlant avec ce trafiquant d'armes qui prenait son avion pour Londres. Au début, je pensais qu'il eût été plus simple d'abattre ce Ron Scalper, lui et ses semblables, tant leur insignifiance était évidente comparée au carnage que leur commerce provoquait. Mais cette volonté était restée dans les fantasmes du jeune homme avec son verre de champagne au milieu d'une galerie berlinoise. En réalité, il fallait entourer ce vendeur de tous les soins possibles car il était ce premier maillon qui pouvait mettre à nu toute la chaîne. À l'aéroport il m'avait laissé son adresse à Londres. Notre prochaine destination...

Nous continuâmes à plaisanter pour oublier ces quelques heures vécues dans l'écœurante promiscuité de la mort. Tu disais que l'homme qui se sent séducteur devient très adroit, comme ce diplomate aux chaussures vernies qui, en glissant son pied à travers les jambes des invités, avait poussé la toupie avec une habileté de footballeur. Je te racontais mon désir de tuer ce vendeur d'armes que j'avais accompagné à l'aéroport deux jours auparavant, mon regret aussi que cette solution radicale ne fût efficace que dans les films d'espionnage. En ramassant les livres que les soldats avaient jetés au sol pendant leur fouille, je m'approchai de la fenêtre, je revis leur camarade malchanceux étendu dans la rue et, dans l'ombre déjà envahissante du soir, ces deux silhouettes furtives qui, surgissant d'une ruelle, abordèrent le cadavre, attrapèrent son butin éparpillé dans la poussière et disparurent dans leur trou. Tu me rejoignis et, en apercevant le détail qui m'avait échappé, murmuras en souriant : « Regarde, notre album... »

C'était un grand album de photos que les détrousseurs du mort avaient négligé, emportant la lampe et les vêtements. Un album dont les clichés, savamment exécutés et disposés dans un ordre voulu, devaient confirmer l'identité sous laquelle nous vivions à ce moment-là : un couple de chercheurs canadiens qui dirigeaient une prospection géologique. Des photos de famille, de notre famille qui n'avait jamais existé, qui n'avait pour réalité que ces visages souriants de nos soi-disant proches et de nous-mêmes dans un décor de vacances ou de réunions familiales. Cette reconstitution avait été fabriquée bien sûr non pas à l'intention des pilleurs hâtifs, mais pour un examen par des professionnels qu'il nous était déjà arrivé de subir durant ces trois années. Glissé dans le coin poussiéreux d'un rayonnage, cet album, avec sa bonhomie de routine conjugale, était plus convaincant que la légende la mieux élaborée. À présent, il gisait près du cadavre du soldat, dans cette ville à moitié brûlée, et le plus étrange était d'imaginer un habitant qui le feuilletterait, un jour, croyant à une vraie histoire familiale, toujours touchante dans l'immuable répétition des sentiments, des étapes de la vie, de la croissance des enfants d'une photo à l'autre...

Plus tard, dans la nuit, je devinerais que ce passé photographié et jamais vécu éveillait en toi un souvenir de nous-mêmes, de notre vraie vie que nous remarquions si peu sous nos identités d'emprunt. Cette vie n'avait laissé aucune photo, aucune lettre, n'avait provoqué aucun aveu. Le faux album rappela soudainement qu'il y avait ces trois années de notre quotidienne complicité, un rapprochement insensible, un attachement auquel nous évitions de donner le nom de l'amour. Il y avait l'existence lointaine de notre pays, de cet empire fatigué dont nous reconnaissions, même à travers la nuit africaine, la masse qui aimantait nos pensées. Il y avait ses odeurs et ses fumées d'hiver au-dessus des villages, les neiges de ses bourgades muettes sous les tempêtes blanches, ses visages marqués par les guerres oubliées et les exils sans retour, son histoire où le tintamarre victorieux des cuivres se brisait souvent sur un sanglot, sur un silence rythmé par le piétinement d'une colonne de soldats après une bataille perdue. Il y avait, enfouies dans cette neige et ces routes boueuses, les années de notre enfance et de notre jeunesse, inséparables de la pulsation de joie et de douleur, de cet alliage vivant qu'on appelle la terre natale.

Ta parole vint comme un écho de cette lointaine présence :

« Il faudra, un jour, pouvoir dire la vérité... »

Je me sentis pris en flagrant délit d'avoir suivi tes pensées. Mais surtout obligé de témoigner de cette vérité surgie derrière les photos falsifiées d'un album de famille. Quelle vérité ? Je revis le cadavre du soldat étendu sur le sol, ce jeune homme qui venait de nous confisquer quelques billets de banque au nom de la justice révolutionnaire. Je me souvins que la veille j'avais vu un blindé incendié et ce bras avec un bracelet de cuir au poignet, un bras pointant d'un chaos de métal et de chair mélangés. Le porteur du bracelet était l'ennemi du jeune révolutionnaire. Ils avaient à peu près le même âge, étaient nés peut-être dans deux villages voisins. Ceux qui se disaient révolutionnaires étaient appuyés par les Américains, ceux qui avaient été battus recevaient, jusqu'à la chute de la capitale, nos armes et l'aide de nos instructeurs. Les deux jeunes soldats ne se rendaient certainement pas compte de l'énormité des forces qui s'opposaient derrière leur dos...

Était-ce la vérité dont tu parlais ? J'en doutais. Car pour être vrai, il fallait parler aussi de ce trafiquant d'armes qui, au même moment peut-être, était allongé entre les cuisses de sa jeune maîtresse, scrupuleusement attentif au plaisir qu'il avait si durement gagné. Il fallait décoder les deux messages que tu avais glissés dans ton éventail : l'information tardive et à présent inutile sur les combats, déjà terminés. Ces deux colonnes de chiffres qui auraient pu nous coûter la vie. D'ailleurs nous serions morts dans la peau de ces époux canadiens dont l'existence aurait été authentifiée par la souriante banalité d'un album de photos...

Tu te levas. Dans l'obscurité, je perçus comme une attente de réponse. Je me redressai à mon tour, prêt à avouer ma confusion : cette vérité que tu évoquais muait constamment en donnant naissance à des petites vérités troubles, fuyantes, tentaculaires. Le drame des massacres était souillé par mes bavardages avec le vendeur d'armes, à l'aéroport, par la vision de son corps replet collé à la nudité de sa maîtresse. Notre bras de fer avec les Américains s'enlisait dans la démagogie politique si souvent réécrite que nous en venions à soutenir un régime réputé conservateur tandis qu'ils misaient sur la victoire des révolutionnaires. Ces étiquettes ne disaient plus rien, la révolution signifiait l'accès aux puits de pétrole. Quant à notre vérité personnelle, elle se résumait à cette vingtaine de visages, jeunes et vieux, qui nous entouraient sur les pages d'un album de photos, nos chers proches que nous n'avions jamais connus...

J'allais te dire tout cela quand, grâce au reflet de l'incendie qui s'essoufflait dans la rue voisine, je vis ton geste. Debout devant la fenêtre, les bras levés, tu raccommodais la moustiquaire déchirée. On devinait l'aiguille hésitante qui remontait lentement, dans le noir, et refermait les pans du tissu poussiéreux. Je sentis, avec une joie toute neuve, que cet instant n'avait pas besoin de mots. Tu étais là, dans l'identité la plus fidèle à toi-même, dans cette vérité du silence qui suit l'échec de notre prétention à comprendre. Sous l'entassement des masques, des grimaces, des alibis dont se composait ma vie, un seul jour semblait répondre à ta vérité.

En hésitant, comme si je venais juste d'apprendre les mots prononcés, je me mis à te parler de l'enfant qui s'endormait au fond d'une forêt du Caucase.

Un jour, dans une autre ville, dans une autre guerre, je surpris de nouveau en toi ce recueillement silencieux. Les vitres de la terrasse avaient été soufflées par une explosion et la table sur laquelle nous prenions souvent nos repas était saupoudrée d'éclats. Tu les ramassais patiemment, sans rien dire, tantôt accroupie, tantôt t'appuyant d'une main sur le dossier d'une chaise. Tu étais à peine vêtue, tant la chaleur du golfe en ce moment de marée basse était suffocante. Je voyais ton corps et ce mélange de fragilité et de force que tes mouvements laissaient apparaître. Ce jeu charnel et innocent de la nudité qui ne se sait pas contemplée. Un torse aux galbes musclés, le dessin ferme d'une jambe et, soudain, comme trahie, cette fine clavicule, presque douloureuse dans ses lignes enfantines...

Quelque chose se révolta en moi. Ce travail de ramassage des débris paraît toujours, au début, sans fin. Mais surtout, c'était toi, ta vie épargnée face à tant de menaces, depuis tant d'années, qui étais dépensée bêtement dans cette soirée de répit, si rare pour nous. Une semaine avant l'éclatement des combats, nous avions fini de remonter une filière de vente d'armes : neuf intermédiaires à travers l'Europe qui achetaient et revendaient pour s'engraisser au passage et, comme toujours dans ce genre de trafic, pour brouiller les pistes. L'affaire paraissait d'abord lisse, inabordable. Chakh avait réussi à obtenir la copie du premier de ces contrats et nous l'avait transmise à Londres. Une transaction banale, même si en lisant la liste des armes fournies nous pouvions très bien imaginer leur productivité de mort sur le terrain. Sinon, une vente d'armes comme des milliers d'autres. C'est toi qui avais détecté l'anomalie, ce premier maillon qui allait nous permettre de remonter la chaîne : nulle part dans ce contrat, l'assistance technique après la livraison n'était mentionnée. Comme si les acheteurs n'avaient pas l'intention d'utiliser tous ces blindés et roquettes. Tu avais parlé de revente par un pays tiers. Nous avions tiré le maillon, en parvenant à approcher ce premier acheteur étrangement pacifique. Puis, un autre... Neuf avant d'en arriver à ceux qui, dans cette ville ravagée, tuaient et se laissaient tuer avec les armes énumérées dans le contrat. Des millions de dollars de commissions. Et parmi les bénéficiaires, un ministre des Affaires étrangères en activité...

Tu continuais à ramasser les éclats de verre, accroupie près de la fenêtre. Calme, résignée, insoutenable par la tendresse de cette silencieuse présence, par sa folie, par l'injustice du destin qui t'assignait cette maison aux vitres soufflées, cette intimité avec la mort et les fantômes de ces neuf personnages qui s'étaient installés dans ta vie.

Mes paroles restèrent dans leur colère muette. Dans notre vie éclatée où l'imprévu devenait la seule logique, cette table nettoyée sur laquelle tu allais mettre le couvert comme avant le début des combats, ce simple geste avait tout son sens. « J'ai bientôt fini », me dis-tu en te redressant, et tu parlas du couple qui allait nous remplacer. C'était ça, entre autres, notre tâche : préparer le terrain pour les collègues qui reprendraient le réseau après la fin de la guerre... J'aperçus sur ta main gauche une légère entaille marquée de sang. Le bord coupant d'un éclat, sans doute. Absurdement, au milieu de toutes ces morts, cette minuscule blessure me fit très mal.

Cette nuit-là, je te parlai de l'enfant qui apprenait à marcher autour d'un bloc de granit planté au milieu de la maison construite par son père.

Les paroles que j'avais retenues en te voyant sur la terrasse jaillirent une autre fois, un an plus tard, dans la maison appartenant à un couple de médecins envoyés par une organisation humanitaire, telle était notre identité en ce moment-là.

La villa voisine restait déserte. Ses propriétaires étaient partis dès les premières échauffourées dans les rues. Et à présent, de leur jardin parvenaient les cris déchirants des paons que les soldats s'amusaient à pourchasser. L'un des oiseaux, le cou cassé, se débattait sur le sol, l'autre gisait embroché par une barre de fer... En jetant de temps en temps des coups d'œil sur le massacre, je tisonnais dans un seau les pages et les photos mangées lentement par de petites flammes fumeuses. Il n'y avait plus rien à voler dans notre maison déjà mise à sac. Mais après une semaine de pillages, cette activité devenait de plus en plus désintéressée, presque artistique, comme ce supplice infligé aux paons. Et je savais d'expérience que c'est la fouille désintéressée qui était souvent la plus dangereuse... Les soldats abattirent le dernier oiseau, le plus agile, en l'arrosant de balles — un tourbillon de plumes et de sang — puis se dirigèrent vers le centre-ville, guidés par les rafales. J'écrasai les cendres, les mélangeai et les jetai au milieu d'une plate-bande desséchée. Et je me mis à t'attendre, c'est-à-dire à me précipiter toutes les heures dans le chaos des rues envahies par les vagues hurlantes des gens qui semblaient se poursuivre les uns les autres et en même temps fuir devant ceux qu'ils poursuivaient. Je tombais sur un barrage, me laissais fouiller, essayais de parlementer. Et me disais que si l'on ne me tuait pas c'était à cause du bruit infernal qui régnait dans la ville, les soldats ne m'entendaient pas, sinon le tout premier mot aurait déclenché leur colère. Je rentrais, je voyais cette maison vide, la fenêtre qui donnait sur le jardin voisin avec, au milieu, un paon cloué au sol par une broche... Tu étais quelque part dans cette ville. Douloureusement je devinais ta présence, peut-être là, dans sa partie riche, avec le faisceau des tours de verre dont deux étaient à présent surmontées de fumée, ou bien dans la partie basse, dans les ruelles près du canal embourbé d'immondices. Je ressortais, me jetais vers chaque attroupement qui se refermait autour d'une personne dont on écoutait les ordres ou préparait l'exécution. Dans une cour, comme si son carré s'était trouvé arraché à cette ville en folie, je tombai sur une femme qui, assise, adossée au mur, paraissait absente, les yeux largement dilatés, la joue déformée par une boule de qât que sa langue déplaçait mollement. Et dans la rue, les hommes traînaient par terre un corps demi-nu que les passants essayaient de piétiner avec un rugissement de joie...

Quand tu rentras, il y avait encore assez de jour pour voir sur ton visage cette résille de coupures. « Le pare-brise... », murmuras-tu, et tu restas quelques secondes en face de moi à me dévisager en silence. Sur ton front, les écorchures que tu avais essuyées en entrant de nouveau s'imprégnèrent de sang. Je me taisais aussi, abasourdi par la parole qui venait de se former en moi mais ne pouvait pas se dire : « De toute façon tu ne serais pas morte... » Ou plutôt, c'était : « Même si tu étais morte, cela ne changerait rien pour nous... » J'étais surtout frappé par la sérénité, une joie presque, que cette phrase étrange, imprononçable, apparemment cruelle, m'avait donnée. Une fulgurante chute dans la lumière, très loin de cette ville, au-delà de notre vie... Je me mis à te parler sur un ton dur, de plus en plus dur à mesure que tu devenais plus touchante et désarmée dans ces gestes quotidiens du soir : tu te déshabillas, allas dans la salle de bains, demandas mon aide. Je versais un filet d'eau, en puisant de temps en temps dans nos réserves, dans les récipients qui s'alignaient le long du mur, et je parlais toujours, je criais presque, en forçant mon indignation comme pour me convaincre que cette chute lumineuse n'était qu'une illusion due à la tension.

« Tu sais à qui notre vie me fait penser ! À ces samouraïs de la dernière guerre qui se terraient dans la jungle et continuaient à se battre quinze ans après la fin des combats ! Non, c'est pire encore. Car eux, au moins, déposaient les armes en apprenant la vérité. Tandis que nous... Si, si, nous avons exactement la même utilité que ces fous qui finissaient par tirer sur les fantômes. Oui, nous aussi nous chassons des fantômes ! Nous avons mis six mois pour approcher ce crétin d'attaché militaire. Trois mois à Rome, en plein été, pour arranger une entrevue infor-melle de dix minutes. Je déteste cette ville ! Je deviens idiot dans ce bazar à touristes. Et il fallait passer des heures dans ces archives mitées parce que notre bonhomme se passionnait pour l'écri-ture onciale ou je ne sais quelle autre niaiserie. Il fallait le retrouver ici — le pur hasard, bien sûr, mais c'était un hasard gros comme une car-touche de fusil de chasse dans un chargeur de pistolet. Nos petits stratèges du Centre ont besoin de résultats rapides et spectaculaires, n'est-ce pas, pour gagner des galons. Et nous, après, il nous faut recruter, vite fait, un type que les services tiennent à l'œil depuis des années. Mais le comble, c'est son départ, tu as entendu son rire si gentil : ah, comme ça tombe bien, les combats éclatent au moment où de toute façon j'allais prendre mes vacances ! Et il part. Six mois de travail et quelques bonnes occasions de lais-ser sa peau sous ces tropiques pourris. Et tout ça pour rien. Ah, pardon, j'allais oublier. Nous avons obtenu un renseignement de première importance : les mines sur lesquelles vont sauter les gens d'ici sont de fabrication italienne. Ça te vaudra sans doute une citation... Pourquoi tu ris ? »

Je voyais le reflet de ton sourire dans le miroir devant lequel tu essuyais tes cheveux en incli-nant la tête d'un côté puis de l'autre. Tu ne répondais pas, me souriais en rassemblant tes cheveux en arrière. Les coins de tes yeux s'étiraient vers les tempes et te donnaient l'air d'une femme d'Asie. Je me tus en comprenant soudain que l'impression d'une chute lumineuse n'était pas imaginaire. Cette intuition de clarté et d'espace qui nous éloignait du monde venait de ton visage, de ton regard, de cette enfilade de jours qui se perdait dans tes yeux mi-clos. « Même si tu étais morte, cela ne changerait rien pour nous... » Tu vins vers moi et restas un long moment le front contre mon épaule... Et la nuit, quand je me levai pour te relayer dans ta veille et te laisser dormir, tu me dis que tu n'avais pas sommeil. Tu te mis à me parler d'une journée d'hiver, d'une maison au bord d'un lac gelé. Il y avait dans cette maison une pendule à poids dont la chaîne avait été nouée, au milieu, par quelque mauvais plaisantin. Ce nœud obligeait ta mère à remonter souvent les poids, à veiller à ce qu'il ne bloquât pas les rouages. Et cette vague inquiétude domestique s'opposait dans ta tête d'enfant au calme qui régnait autour du lac, dans la forêt enneigée.

Je sortis juste avant le lever du jour, lorsque tu t'étais endormie. J'enlevai les corps des paons et les traînai, en contournant la clôture, vers les décombres d'une maison. En revenant sur mes pas, je dus m'incliner souvent pour ramasser les plumes qui, dans la clarté grise du matin, ponctuaient le chemin de leur chatoiement éteint.

Trois jours après, on pouvait déjà traverser la ville, en négociant, ici ou là, le droit de passer devant un péage composé de deux tonneaux rouillés et d'un bout de câble barrant la route. La guerre s'écartait de la capitale, reculait vers l'intérieur du pays. À un carrefour, sur un marché encore furtif, je pus acheter quelques légumes et une galette de blé. En rentrant, je te vis de loin, près de l'entrée qui donnait sur le jardin. C'est elle que nous empruntions désormais pour ne pas trop nous montrer dans la rue. Tu étais assise sur le seuil, les mains abandonnées entre les genoux, les paupières mi-closes. Près de la porte, l'eau dans le seau que tu venais d'apporter semblait violette comme le ciel du couchant. En me voyant au bout du jardin, tu agitas doucement la main et j'eus cette pensée à la fois claire et déroutante : « Voilà la femme que j'aime et qui m'attend à la porte de cette maison que nous quitterons bientôt pour toujours, dans ce pays où nous avons failli mourir, sous ce ciel qui est si beau ce soir. » Je répétai : « Une femme que j'aime » juste pour mesurer combien ce mot était pauvre. J'avais envie de te dire ce que tu étais pour moi. Ce qu'étaient ton silence et cette attente si calme sur le seuil d'une maison que nous ne reverrions jamais.

Tu te levas, entras, en emportant l'eau. Je ressentis très physiquement en toi les jours rêvés d'un passé totalement étranger à cette ville, à cette vie. Et même quand, plus tard dans la nuit, tu semblas te réduire à ce seul corps amoureux, cette étrangeté était encore là. Dans l'étreinte ma main enserra ton avant-bras et mes doigts retrouvèrent ces quatre entailles découpées dans la chair, marques d'une ancienne fusillade. Ces profondes rayures faisaient penser à l'empreinte qu'aurait creusée une large patte griffue en laissant échapper sa proie.

Il nous fallut traverser ce pays en voiture et le quitter par la mer. À une centaine de kilomètres de la capitale, de l'autre côté de la ligne incertaine du front, nous nous écartâmes de la route soulevée par les explosions. Les corps déchiquetés, les amas colorés de couvertures, de vêtements, les carcasses de chariots cernaient l'endroit miné. L'habitant qui nous accompagnait parla des mines « rusées », elles choisissaient qui tuer. « Quatre femmes ont marché dessus et n'ont rien eu. Et puis une femme avec un enfant est passée et les mines se sont réveillées... », disait-il en pointant le doigt vers l'endroit du carnage.

Nous savions que les détonateurs de ces mines, grâce à une astuce pneumatique, fonctionnaient seulement après plusieurs pressions, pour laisser le temps à une colonne de voitures d'entrer tout entière sur le champ miné. Une colonne de voitures ou une foule de femmes et d'enfants qui fuyaient leur village brûlé... Ces fameuses mines italiennes.

C'est peut-être ce jour-là, sur cette route éventrée par les mines, que pour la première fois je pensai à la fin de la vie que nous menions depuis plusieurs années. En reprenant sa place dans la voiture, notre guide nous confia : « C'est les Russes qui nous ont trompés. D'abord ils nous ont promis le paradis, tous les peuples sont frères et tout ça, et puis nous avons vu qu'ils n'y croyaient pas eux-mêmes. Et maintenant qu'ils sont partis pour toujours, on se tue pour rien. »

Je te jetai un coup d'œil pour voir si, comme moi, tu avais relevé ce « pour toujours ». Mais tu semblais ne pas écouter, le regard attaché à l'éclair bleu de la mer qui jaillissait à notre droite à chaque montée de la route. J'eus, à cet instant, l'impression de te trahir. Comme un soldat qui, apprenant la reddition imminente et l'armistice, quitte la position sans prévenir ceux qui se battent encore.

Cette involontaire trahison sembla ne pas avoir de conséquences. Il y eut de nouveau des villes qui se vidaient aux sons des premiers tirs comme sous le tambourinement des premières gouttes sur un toit en tôle ondulée (un jour, les Occidentaux se ruèrent vers les avions justement sous une averse en grosses gouttes chaudes et la peur des balles qui atteignaient déjà les abords de l'aéroport se confondit comiquement avec le désir de se protéger des trombes). Il y eut des bateaux qui manœuvraient pesamment dans des baies trop étroites et se dirigeaient vers le large avec une lenteur telle que nous croyions deviner la colère des passagers : du pont ils repoussaient de leurs regards la côte qui s'embrasait déjà. Nous y restions. Nous savions qu'après la fièvre des combats et des pillages, les vainqueurs auraient besoin de reconnaissance diplomatique, d'argent, d'armes. Dans ces moments, en quelques semaines, on pouvait obtenir un résultat qui, en temps normaux, exigeait des années de travail. La seule difficulté était de survivre.

Rien ne changea. Même cette impression qui nous poursuivait dans nos passages rapides de l'Europe à l'Afrique. Tout ce qui, au Nord, était mots, conciliabules feutrés, lentes approches d'une personne clef devenait, au Sud, cris de douleur, sifflement du feu, corps à corps haineux. Comme si une horrible traduction déréglée s'était installée entre ces deux continents.

Et pourtant, c'est en Afrique qu'un jour il me sembla de nouveau te cacher ce que je discernais de plus en plus clairement : la fin.

Ils arrivèrent deux mois après l'arrêt des affrontements, pour se charger du réseau après notre départ. Leur jeunesse nous frappa, comme un rappel de nous-mêmes, plusieurs années auparavant, du temps de notre première rencontre à Berlin. Ce qui nous toucha aussi, c'est qu'en riant ils nous aient dit leurs vrais prénoms avec cette assonance amusante du féminin et du masculin : Youri et Youlia. Nous n'étions pas habitués à ce genre de confidences, notre vie se bornant à notre identité d'emprunt. Au moment de les quitter, tu avais l'air préoccupé, telle une mère soucieuse de ne rien oublier en laissant les enfants seuls... Ils devaient reprendre contact avec nous à Milan, trois mois plus tard. Ils ne vinrent pas. Nous passâmes quatre jours à les attendre. Le Centre parla d'une mission annulée. Chakh, que je réussis à joindre aux États-Unis, resta perplexe, comme un joueur d'échecs à qui l'on a subtilisé un pion et qui va, d'une minute à l'autre, découvrir la fraude. C'est lui qui nous transmit l'ordre de revenir en Afrique. Nous retrouvâmes notre maison sans aucune trace de départ forcé ou de perquisition. La tranquillité de ces pièces avait la sournoise vigilance d'un piège. Le Centre répondit par le même cafouillage qu'avant. Dans cette opacité se devinait non plus un simple échec, mais un affaissement plus vaste. Une fin. Je décidai de t'en parler, puis me ravisai. Par lâcheté sans doute. Je me sentis de nouveau dans la peau de ce soldat qui, dans la garnison la plus reculée d'un empire, apprend le premier la nouvelle de la défaite et se sauve sans prévenir les derniers combattants. Et puis, nous savions ce que la prison et les tortures pouvaient signifier dans ces pays en guerre. Surtout pour une femme. Youlia et Youri...

La reprise des combats effaça en nous ce remords. La ville fut bombardée, nous quittâmes la maison et passâmes une longue journée sans issue dans l'un des grands hôtels de la capitale, déserté par les Occidentaux, pillé, réaménagé pendant les mois de la trêve et de nouveau à l'abandon. Nous espérions encore pouvoir rester dans la ville... La chambre avait été faite il y a quelques jours et il était étrange de voir le lit aux draps tirés et pliés d'une main professionnelle, le petit carton « ne pas déranger » sur la porte, et de savoir que les murs du couloir, à plusieurs endroits, étaient éclaboussés de sang et que dans le hall, à l'étage en dessous, on avait torturé et violé les prisonniers. À présent, l'hôtel demeurait vide et par la fenêtre, au bout du couloir, on voyait la mer que dominait la masse grise et asymétrique d'un porte-avions américain. Son énormité, taillée eût-on dit dans un biceps bleuâtre, hypertrophié, semblait empêcher tout mouvement de vague sur une mer écrasée, étale.

Une partie des troupes qui défendaient la ville était repoussée vers la côte, les soldats prenaient position au rez-de-chaussée de l'hôtel, les futurs vainqueurs encerclaient le bâtiment, mitraillaient les fenêtres en attendant que la fumée chasse les assiégés sous les balles. Nous eûmes le temps de traverser le parc de l'hôtel, de longer son petit port de plaisance et d'atteindre le bord de l'eau. Nous savions qu'un bateau devait évacuer les derniers de nos instructeurs. Essoufflés, nous nous arrêtâmes au milieu de la petite plage où l'on voyait encore les rangées de chaises longues en plastique blanc. Et c'est à ce moment que le temps se brisa, s'affola — série de précipitations et d'immobilités. Le sable englua nos pas comme dans la course impossible d'un mauvais songe. La voiture militaire qui se détacha du bâtiment de l'hôtel grandissait rapidement, venant vers nous, et déjà les premières balles criblaient les coques des canots retournés sur le sable. Mon cri se coupa et n'eut aucun effet sur toi. Tu restas debout, la main levée dans un signe de salut qui me parut absurde. Le chargeur glissait dans ma main comme un bout de savon humide. En tirant, je crus viser la gueule renfrognée de la voiture — ce rictus de la grille du moteur et les yeux éteints des phares...

Dans l'hébétement de la peur, j'aperçus son ombre avant de pouvoir entendre le bruit. Il cacha pour une seconde le soleil au-dessus de mon refuge derrière les canots. Je levai la tête. Sa silhouette était très facile à reconnaître : un Mi-24, cet hélicoptère de combat que l'empire utilisait sur tous les continents. Je distinguai le mouvement de ses deux canons — et presque immédiatement, à l'endroit de la voiture qui n'était plus qu'à quelques dizaines de mètres, cette boule de feu de l'explosion... L'appareil se posa, en nous couvrant d'un tourbillon de sable, en arrachant les parasols de chaume autour de la piscine de l'hôtel. Sa lourdeur d'acier jurait avec ce petit paradis tropical pour touristes. En montant, je vis sur son fuselage des traces d'impacts, certaines camouflées par une couche de peinture gris-vert, d'autres, récentes, d'un éclat de métal nu. Le souffle de l'envol rejeta les parasols, une bâche bleue près de la piscine et repoussa rapidement, derrière le hublot, la plage, la mer, le bâtiment de l'hôtel déjà envahi de fumée. J'essayai de ne pas penser à ceux qui s'y battaient encore, encerclés...

Sur le pont du bateau où nous nous posâmes, c'est le drapeau rouge de l'empire qui frappa notre vue. Et aussi la teinte fatiguée qui recouvrait les contours d'acier. En se dirigeant vers le large, le navire fut obligé de traverser cette mer intérieure qu'avait découpée dans l'infini de l'océan la présence du porte-avions américain. Les frégates d'escorte délimitaient cette étendue très vaste mais fermée. Nous avancions lentement, comme à tâtons, dans une lumière pourtant éclatante. Le porte-avions grandissait à notre gauche, nous dominait, nous aplatissait sur la surface de l'eau. Il semblait nous ignorer. Un avion décolla, nous forçant à nous boucher les oreilles, un autre apponta en maîtrisant en quelques secondes sa terrible énergie. Les navires d'escorte indiquaient, par leur seule position, le ténu pointillé de la direction qui nous était autorisée.

« On se croirait sur le *Potemkine*, en face de l'escadre gouvernementale », dis-tu, les yeux rieurs dans un visage taché de noir.

C'était peut-être la dernière fois de notre vie que je te voyais sourire.

Je revis Chakh, un mois après, dans une grande ville allemande où tout était prêt pour les fêtes de Noël. Il me confia des documents que j'allais transmettre à un agent de liaison, plaisanta sur le changement de climat que je devais constater et sur le sérieux très allemand avec lequel on préparait les fêtes. Je devinais ce qu'un homme de son âge pouvait ressentir au milieu de l'animation festive de cette ville, dans ce pays où, jeune, il avait fait la guerre. Il se tut, plongé dans ce passé, puis revenant vers le souvenir qui primait sur tout, reparla des Rosenberg. Je remarquais maintenant que les lignes de son visage étaient devenues plus anguleuses et que ses épaules restaient légèrement soulevées comme par une discipline corporelle qu'on s'impose. En l'écoutant, je ne me disais pas : « Il radote... », mais plutôt : « C'est une tout autre génération ! Celle qui ne voit pas ou ne veut pas voir que nous avons changé d'époque. » Le plus étonnant était que, malgré moi, je te voyais dans cette même génération, bien que Chakh ait pu être ton père. L'âge n'y était pour rien. C'était la génération qui... Je le compris soudain avec une clarté parfaite : une génération qui ne croyait pas à la fin. À la fin de l'empire, à la fin de son histoire, à l'oubli de cette histoire, des hommes de cette histoire. « Quand ils ont été exécutés, disait Chakh, je me suis fait un serment naïf, j'étais naïf comme tous ceux qui croient, oui, le serment de lutter jusqu'à ce qu'on leur érige un monument, un vrai, un grand, en plein centre de New York. Mais on ne l'a pas fait, même à Moscou... »

Après son départ, je traînai longtemps à travers les rues sous un semblant de neige en petits granules gris et piquants. Vers le soir, le temps s'adoucit et de vrais flocons voltigèrent dans le halo des réverbères. Les enfants s'agglutinaient aux vitrines où les pères Noël automates ne cessaient de retirer de leurs sacs des cadeaux enrubannés. Dans la cathédrale, en réplique plus digne et donc immobile, les rois mages de la crèche tendaient aussi leurs présents. Et même dans la rue où derrière les larges baies vitrées de quelques rez-de-chaussée, les jeunes femmes presque nues souriaient aux passants, cette ambiance festive était de mise. À côté de la chaise sur laquelle chaque femme s'exhibait, tantôt en ouvrant les cuisses, tantôt agenouillée sur le siège et galbant la croupe, il y avait un petit arbre de Noël éclairé d'une guirlande clignotante de lampions multicolores... Avant de m'installer dans la brasserie où l'agent de liaison allait me retrouver, je plongeai au milieu des kiosques en bois, village décoré et bruyant qui occupait toute la place de la cathédrale. La chaleur des braseros était coupée par des vagues de froid, les voix réchauffées par l'alcool perdaient leur dureté germanique, un verre de vin chaud eut, pour moi, le goût d'une existence toute différente de la mienne et toute proche. Je pensais à cette proximité en mesurant sur une horloge, au-dessus du bar, le retard de plus en plus évident de l'homme qui devait arriver. Un moment vint où ce retard fit qu'au lieu de la personne attendue, d'autres personnages pouvaient m'aborder, présenter leur carte, me demander de les suivre. Ces retards n'étaient d'habitude que le dénouement d'une série d'échecs. Je poussai mentalement cette série jusqu'à son terme logique : les deux disquettes que Chakh m'avait transmises, l'arrestation, les interrogatoires, une longue peine de prison qu'il faudrait purger quelque part dans ce pays. Il me sembla soudain si simple de me lever, de sortir dans cette ville illuminée, de me perdre dans sa foule du soir, dans ses villages en bois décorés de branches de sapin. Mon identité du moment, mes papiers me rendaient banal, invisible. J'aurais pu traverser les frontières de plus en plus perméables de cette nouvelle vieille Europe, m'installer ici ou ailleurs. Le souvenir, déjà très lointain, de ma première journée en Occident revint : Berlin, le vernissage et ce vendeur de timbres qui était entré, pour quelques heures et sans le savoir, dans nos jeux d'espionnage. Entré et ressorti à jamais... Il fallait l'imiter. Comme lui, j'avais un métier vers lequel je pourrais revenir en refermant la parenthèse. D'ailleurs, notre vie n'est faite que de parenthèses. Le tout est de savoir les clore au bon moment...

Je jetai un coup d'œil sur la pendule, commandai un autre verre. Je me rappelai qu'en tournant dans les rues, j'étais tombé sur une scène qui surgissait maintenant avec sa bouffée de bonheur bourgeois : sur le perron d'un hôtel particulier, un docteur en blouse blanche faisait ses adieux à un vieux patient qu'une épouse âgée accompagnait. Il était visible que le médecin jouissait de la fraîcheur de quelques flocons qui se posaient sur sa tête nue, et qu'il lui était agréable de quitter son cabinet et de se montrer courtois, surtout envers ce patient-là, le dernier peut-être avant les fêtes...

C'est toi qui, avant notre nouveau départ, m'apprendrais la mort de l'homme que j'attendais inutilement dans cette ville décorée en conte de fées. Une chambre d'hôtel anonyme, son corps que personne ne réclamerait, ses affaires soigneusement fouillées. On cherchait sans doute ces deux disquettes qu'il n'avait pas eu le temps de récupérer. J'avais donc attendu un mort...

Je ne trouverais jamais le courage de t'avouer qu'en l'attendant je me sentais jaloux d'un respectable médecin allemand qui exposait sa tête au tournoiement de la neige. Et que je te rangeais, à côté de Chakh, dans cette génération aveuglée qui vivait dans un autre temps.

En me racontant la mort de l'agent de liaison, tu parlas aussi de Youlia et Youri, et je compris que tu avais essayé de récolter au moins ces bribes d'information qui accompagnaient d'habitude la disparition des gens comme nous : une chambre d'hôtel où s'affairent les policiers, une voiture carbonisée dans un terrain vague. « J'aurais dû les prévenir, enfin leur expliquer que... »

Tu me regardas comme pour chercher de l'aide. « Tu aurais dû, pensai-je, leur expliquer qu'il était trop tard pour avoir des illusions. »

Je finis par oser te le dire. Je te le criais à l'oreille, en essayant de couvrir le bruit qui régnait dans cet avion fou et dans le ciel nocturne autour de lui, dans ce noir que les batteries antiaériennes déchiraient en aveuglants lambeaux de salves. L'avion évacuait les restes d'une guerre que l'empire avait perdue sous ce ciel du Sud. Dans les entrailles de l'appareil s'entassaient les vivants, les blessés, les morts emmaillotés dans de longs fourreaux en plastique noir. L'amas de ces cocons bougeait dans l'obscurité, à côté des caisses de munitions et des armes enchevêtrées qui ressemblaient à une énorme araignée métallique. Les vivants, affalés au milieu de ce désordre, rusaient chacun à sa manière avec la peur. Certains s'efforçaient de parler en hurlant, en tirant la tête de l'autre vers leur bouche, d'autres se bouchaient les oreilles et, le visage torturé par une grimace, se recroquevillaient en eux-mêmes. Quelques-uns dormaient en se confondant avec les morts. Et lorsque, lourdement, une aile se mettait à plonger, les plaies se réveillaient dans cette nouvelle position, les cris des blessés redoublaient et derrière les cocons on entendait le grincement de l'araignée métallique. Je te tenais par les épaules et mes lèvres emmêlées dans tes cheveux te brûlaient la joue, l'oreille avec ces vérités taillées dans le noir irrespirable de ce cimetière volant. Je criais la fin, la défaite, l'inutilité de notre vie dépensée, l'aveuglement stupide de Chakh, le malheur des peuples que nous avions entraînés dans une aventure suicidaire... Tu semblais m'écouter, puis, quand soudain l'avion entama un virage serré et que les hurlements des blessés couvrirent tous les autres bruits, tu te détachas de moi et en tirant une gourde de ton sac à dos glissas entre les corps assis ou étendus, vers l'avant où l'on distinguait les lampes de poche des infirmières.

Nous arrivâmes à Moscou après deux ans et demi d'absence et comme toujours pour y passer peu de temps. Ces années avaient coïncidé avec le début des bouleversements. La richesse toute récente n'avait pas encore perdu son côté opérette, les nouveaux rôles n'étaient pas encore appris par cœur, le nouveau langage restait hésitant. Les acteurs commettaient des impairs. Comme ce mendiant qui cherchait à attraper les effluves chauds envoyés par la porte d'un grand magasin — un vrai ancien combattant sans doute, mais qui avait accroché à sa veste toutes sortes d'insignes de pacotille pour faire nombre. Leurs rondelles dorées éclipsaient l'argent terni de la médaille « Pour bravoure » qu'on gagnait durement à la guerre... Ou ces deux femmes qui attendaient les clients en face d'un hôtel pour étrangers. Monumentales dans leurs fourrures, elles paraissaient immobiles, inabordables comme des statues d'impératrices. Leur mise en scène consistait à faire semblant d'être tout juste sorties de l'hôtel, mais la neige à l'endroit de leur guet était depuis longtemps criblée de piqûres des talons aiguilles. « Un jour, pensai-je, elles aussi auront droit à une vitrine chauffée et même à un petit arbre de Noël avec sa guirlande de lampions... »

C'est à quelques immeubles de cet hôtel, près de l'entrée d'un restaurant, que nous fûmes pris dans le flot aviné d'un banquet qui déferlait sur le trottoir. Une vingtaine d'hommes et de femmes riaient aux éclats en se félicitant de leur idée : entre deux plats, aller se faire photographier sur le fond des tours du Kremlin tout proche. « Allez, grouillez-vous, criait le principal boute-en-train, demain peut-être ils vont remplacer les étoiles rouges par les aigles. Ça sera une photo historique ! » Nous nous écartâmes vers la bordure du trottoir pour les laisser passer. Il était cocasse de voir des habits de magazines de mode sur ces corps trop forts ou trop carrés, tout ce luxe stylé associé à leurs larges faces rougies et hilares. Les femmes se frottaient les épaules en exagérant les frissons de froid, les hommes les attrapaient par la taille, les serraient, les palpaient. L'un d'eux souleva sa compagne et la robe retroussée découvrit des cuisses très pleines, d'une impudeur saine et agressive.

Le boute-en-train donna un coup de poing dans la porte d'une grosse Mercedes d'où sauta un homme ensommeillé, son chauffeur ou son garde du corps, qui lui tendit un appareil photo. Il y avait dans leur joie de vivre quelque chose à la fois d'indubitablement légitime et d'obscène. Je ne parvenais pas à démêler les deux. J'attendais ta réaction, mais tu marchais sans rien dire, en levant de temps en temps le visage vers l'ondoiement de la neige.

« Les voilà les nouveaux maîtres du pays ! » lançai-je enfin en me retournant sur leur foule qui rentrait au restaurant. Tu te taisais. Nous longions une allée en contrebas des murs de l'enceinte, des tours surmontées par les cristaux troubles des étoiles rouges. Devant ton silence, j'eus envie de te provoquer, de t'obliger à répondre, de t'arracher à ton calme. « Les maîtres changent, mais les domestiques restent. Combien d'années avons-nous passées à renifler comme des chiens dans toutes ces petites guerres pourries et tout ça pour la plus grande gloire d'une douzaine de vieux gâteux barricadés derrière ce mur ! Et à présent, tu es prête à refaire le même boulot pour tous ces bouffeurs de fric et leurs putes boudinées en haute couture ! » Je m'arrêtai tourné vers toi, attendant la réponse. Mais tu continuais à marcher, le regard légèrement baissé vers les traces qui nous avaient précédés et que la neige effaçait patiemment. Bientôt une dizaine de pas nous séparaient, puis une vingtaine, de sorte que tu m'apparus toute seule au milieu de ces arbres aux branches enneigées, très lointaine, et parfaitement libre vis-à-vis de la vie que je venais de railler. Une seconde avant, piqué par ton air absent, j'étais sur le point de tourner le dos et de partir. Maintenant qu'à chaque pas tu devenais de plus en plus étrangère, je te sentis en moi avec une violence qui me fit mal aux yeux. Tu t'en allais et je devinais la tiédeur de ta respiration dans l'air nocturne, la fraîcheur de tes doigts dans tes gants, les battements de ton cœur sous ton manteau. Tu te retournas. Tu étais déjà si loin que je ne discernais plus si tu souriais ou me regardais avec tristesse. J'allai vers toi avec le sentiment de te retrouver après une très longue séparation, au bout d'une marche infinie.

Par une coïncidence absurde, les fêtards du banquet moscovite nous rattrapèrent dans un restaurant parisien. Ce n'étaient pas bien sûr les mêmes, mais leur richesse avait la même origine, leurs visages la même mimique... Nous cherchions un endroit calme et cette salle à moitié vide l'était. Une demi-heure après, ils débarquaient et s'installaient à une longue table qui avait été réservée. Piégés, nous restions à les écouter. Je n'avais plus à te parler ni des « nouveaux maîtres », ni des années dépensées pour rien, ni de la fin. Tu comprenais ce que je pouvais penser en observant ces bouches pleines d'où sortaient des esclaffements gras, ces dos monolithiques, ces doigts bossués de bagues. J'imaginais tes réponses. Plus tard, dans un petit café où nous allâmes pour les fuir, tu parlerais très calmement de cette époque qui nous avait vus naître et qui allait prendre fin.

« Il y a dix ans ou plus peut-être je pensais exactement comme toi : toutes ces guerres pour replâtrer une doctrine fissurée ? Tous ces efforts pour faire plaisir aux gérontes du Kremlin ? Un jour, n'en pouvant plus, je l'ai dit à Chakh. Comme toi : pour la gloire de quelle cause ? Vers quels abîmes ensoleillés ? Il m'a écoutée et... il a parlé de Sorge. J'étais folle de rage. Je me disais : ça y est, il va me faire un cours de propagande : "Richard Sorge, le héros de notre temps, le superman de notre renseignement qui a communiqué la date de l'invasion hitlérienne, a été trahi par les bureaucrates de Moscou", etc., etc. Vieille histoire. Mais Chakh m'a raconté juste la dernière minute de Sorge. Je savais seulement, comme tout le monde, que les Japonais l'avaient exécuté en 44, après trois années de détention, c'est tout. Or, dans cette dernière minute, monté sur l'échafaud, Sorge lança d'une voix forte et calme : "Vive l'Armée rouge ! Vive l'Internationale communiste ! Vive le parti communiste soviétique !" Tout à fait démodé, n'est-ce pas ? Grotesque ? Je l'ai dit à Chakh, en termes plus nuancés, il est vrai. Et lui m'a encore une fois étonnée. "Tu crois, m'a-t-il dit, que Sorge ne savait pas ce que valaient Staline et sa clique ? Si, et comment ! Mais c'est en mourant ainsi qu'il a montré ce que ces salauds valaient." »

Je sentais que cet homme sur l'échafaud était ton dernier argument. Je n'essayai pas de relativiser sa parole de condamné. Une minute avant la mort, elle avait droit à l'absolu. Je te regardais parler et notais douloureusement toutes les marques que le sourire ne parvenait plus à effacer : cette coulée argentée qui s'élargissait dans tes cheveux, cette veine qui imprimait dans la tempe un fin tracé bleu... Tu interrompis ce regard, sans doute trop insistant, en tirant de ton sac un journal : « Lis ça... »

C'était une étroite colonne qui annonçait la mort d'un certain Grinberg, opposant soviétique, qui avait passé plusieurs années dans les camps, avait été expulsé en Occident, avait animé une station de radio dissidente. Le journaliste précisait que Grinberg était mort à Munich dans un minuscule appartement, oublié de tous, avec sur sa table de nuit un fatras de feuilles : ses écrits, qui n'intéressaient plus personne, des factures qu'il ne pouvait plus régler, des lettres...

« Tu devines de qui il s'agit ? »

Je mis quelques secondes à fouiller dans mes souvenirs, entre la Russie et l'Occident. Grinberg... Non, ce nom ne me disait rien.

« L'homme qui a lancé la toupie, dans cette galerie d'art à Berlin, tu te rappelles ? Il y a...

presque dix ans. Tu vois, lui aussi a perdu sa bataille. »

Nous restâmes un moment sans parler. Puis tu te levas et, en abandonnant le journal sur la table voisine, tu murmuras :

« Je ne vais pas jouer les bohémiennes et prédire ton destin, mais si tu ne veux pas servir les "nouveaux maîtres", il est temps pour toi de partir. Oui, partir, te retirer du jeu, te faire oublier, disparaître. Après tout, ce ne sera qu'un changement d'identité de plus. »

La nuit, tu pleurerais en te retenant, en essayant de ne pas me réveiller. Je ne dormais pas mais restais immobile, sachant que dans tes pensées, et dans ces larmes, je vivais déjà sous cette autre identité, dans cette lointaine vie sans toi.

J'avais usé trop de vies pour considérer celle que je commençais sans toi, en Occident, comme un arrachement au passé. Du reste, cet Occident nous était trop familier pour prétendre au nom grave et dur d'exil. Tu avais raison, ce n'était, du moins les premiers temps, qu'une identité de plus. Et je savais déjà que pour mieux l'adopter, pour s'adapter plus rapidement à un pays il fallait imiter. L'intégration ne signifie, au fond, rien d'autre que l'imitation. Certains la réussissent si bien qu'ils finissent par exprimer le caractère du pays mieux que les autochtones, justement à la manière de ces comédiens imitateurs qui flanquent tel ou tel homme connu d'une copie plus vraie que nature, condensé de tous ses tics gestuels, concentré de ses petites manies verbales... Pourtant, c'est au moment de réussir qu'un étranger découvre le but inavoué de ce jeu d'imitation : se faire pareil pour rester autre, vivre comme on vit ici pour protéger son lointain ailleurs, imiter jusqu'au dédoublement et, en laissant son double parler, gesticuler, rire à sa place, s'enfuir, en pensée, vers ceux qu'on n'aurait jamais dû quitter.

Au début, la certitude de te revoir dans un délai très proche était toute naturelle. J'imitais la vie et la survie matérielle en gagnant le droit à cette attente, à des voyages dans les villes d'Europe où te rencontrer me paraissait probable. Je me disais qu'il ne s'agirait même pas de retrouvailles, mais tout simplement de ta voix tranquille, un soir, au téléphone, ou de ta silhouette surgissant du flux de visages et de manteaux sur un quai... Je ne me souviens pas après combien de mois cette confiance commença à ternir. À ce même instant peut-être, je m'aperçus que je n'avais pas cessé de te parler, de te dire et redire les années passées avec toi, de me justifier, en fait, dans une désespérante tentative de vérité.

Il me vint alors l'idée de préciser les dates, les lieux, de me remémorer les noms, de baliser le passé que nous avions partagé. J'eus la sensation de me retrouver au royaume des morts. Plusieurs pays, à commencer par le nôtre, avaient, entretemps, disparu, changé de nom et de frontières. Parmi les gens que nous avions côtoyés, combattus ou aidés, certains vivaient sous une autre identité, d'autres étaient morts, d'autres encore s'étaient installés dans ce temps actuel où je me sentais souvent un fantôme, le revenant d'une époque de plus en plus archaïque. Mais surtout cet effort de précision m'écartait de ce que nous avions véritablement vécu. J'essayais d'inventorier les forces politiques, les raisons des conflits, les figures des chefs d'État... Mes notes ressemblaient à un étrange reportage qui parvenait d'un monde inexistant, d'un néant. Je comprenais qu'au lieu de cet inventaire de faits avec sa prétention d'objectivité historique, il fallait raconter la trame toute simple, souvent invisible, souterraine, de la vie. Je me souvenais de toi, assise sur le seuil d'une maison, les yeux abandonnés dans la lumière du couchant. Je revoyais le bras de ce jeune soldat, ce poignet avec un bracelet de cuir, dans la carcasse d'un blindé éventré. La beauté d'une enfant qui, à quelques mètres des combats et à mille lieux de leur folie, construisait une petite pyramide avec les douilles encore tièdes. En serrant les paupières, je retournais dans la maison au bord d'un lac gelé, dans le sommeil de cette maison dont tu m'avais quelquefois parlé... Il m'arrivait, de plus en plus souvent, de m'avouer que c'est dans ces éclats du passé que se condensait l'essentiel.

Un jour, en répondant au téléphone, je crus entendre ta voix, presque inaudible dans le chuintement d'un appel qui semblait venir du bout du monde. Je criai plusieurs fois ton nom, le mien aussi, les derniers que nous avions portés. Après un grésillement sourd, la communication se fit, impeccable, et j'entendis, trop près même de mon oreille, un rapide débit chantant, dans une langue asiatique (vietnamienne ou chinoise...), une voix féminine, très aiguë et insistante et qui ne laissait pas comprendre s'il s'agissait de petits rires ininterrompus ou de sanglots. Je gardai pendant plusieurs jours, en moi, la tonalité de ce bref chuchotement infiniment lointain, cet impossible sosie de ta voix, vite effacé par les criaillements de la Chinoise.

Ce chuchotement dans lequel j'avais cru reconnaître ta voix me rappela une soirée lointaine, dans cette ville qui brûlait derrière notre fenêtre avec sa moustiquaire déchirée. Je me souvenais que ce soir-là, la proximité de la mort, notre complicité face à cette mort m'avaient donné le courage de te raconter ce que je n'avais encore jamais avoué à personne : l'enfant et la femme cachés au milieu des montagnes, des paroles chantées dans une langue inconnue...

Je me savais à présent incapable de dire la vérité de notre temps. Je n'étais ni un témoin objectif, ni un historien, ni surtout un sage moraliste. Je pouvais tout simplement reprendre ce récit interrompu alors par la nuit, par les routes qui nous attendaient, par les nouvelles guerres.

Je commençai à parler en cherchant seulement à préserver le ton de notre conversation nocturne d'autrefois, cette amertume sereine des paroles à portée de la mort.

Ces paroles que je t'adressais en silence firent de nouveau apparaître la femme aux cheveux blancs et l'enfant — mais dix ans après la nuit de leur fuite. Un soir de décembre, une bourgade noyée dans la neige à côté d'une gare de triage, l'ombre d'une grande ville à quelques kilomètres, la ville que les habitants appellent encore, par confusion, du nom qu'on vient de lui enlever, celui de Staline. La femme et l'enfant sont assis dans une pièce basse et pauvrement meublée, mais propre et bien chauffée, au dernier étage d'une lourde maison de bois. La femme a peu changé depuis dix ans, l'enfant est devenu cet adolescent de douze ans, au visage maigre, aux cheveux ras, aux mains et aux poignets rougis par le froid.

La femme, tête baissée vers la lampe, lit à haute voix. L'adolescent fixe son visage, mais n'écoute pas. Il a le regard de celui qui connaît une vérité rude et laide, le regard qui comprend que l'autre est en train de camoufler cette vérité sous l'innocente routine d'un passe-temps habituel. Ses yeux se posent sur les doigts de la femme qui tournent la page, et il ne peut retenir une rapide grimace de rejet.

L'adolescent sait que le confort touchant de cette pièce est enfoui dans la grande isba noire grouillant de vies, de cris, de disputes, de douleurs, d'ivresses. On entend les sanglots patients d'une voisine derrière le mur, les cognements du petit marteau du cordonnier dans l'appartement d'en face, l'appel d'une voix qui tente de rattraper le tambourinement des pas amplifiés par la cage d'escalier. Et sous les fenêtres, dans le crépuscule d'hiver, le pesant passage des trains dont on peut entrevoir le chargement — de longues grumes, des blocs de béton, des engins sous bâche...

L'adolescent se dit que cette femme qui lit à haute voix lui est totalement étrangère. C'est une étrangère ! Venue d'un pays qui est, pour les habitants de la bourgade, plus lointain que la lune. Une étrangère qui a depuis longtemps perdu son nom d'origine et qui répond au prénom de Sacha. L'unique signe qui la rattache à son improbable patrie est cette langue, sa langue maternelle qu'elle apprend à l'adolescent durant ces samedis soir lorsqu'il obtient l'autorisation de sortir de l'orphelinat et de venir dans cette grande isba noire... Il fixe son regard sur ce visage, sur ces lèvres qui émettent des sons étranges et que pourtant il comprend.

Qui est-elle en fait ? Il se rappelle d'anciennes histoires qu'elle lui racontait autrefois et qui se sont effacées sous les nouveautés de son enfance. Elle serait l'amie de ses grands-parents, Nikolaï et Anna. Elle aurait accueilli, un jour, chez elle le père de l'adolescent, Pavel. Elle est cette femme qui traversait un pont suspendu en s'agrippant aux cordes usées, portant un enfant dont elle serrait le vêtement entre ses dents...

Ces ombres qui sont la seule famille de l'adolescent lui paraissent incertaines. Il tend l'oreille à la lecture de la femme : un jeune chevalier aperçoit à travers le dais du feuillage le donjon d'un château... Le regard de l'adolescent s'aiguise, ses lèvres se crispent dans un rictus de défi. Il s'apprête à dire à cette femme la vérité qu'il connaît désormais, la vérité fruste et plate qu'elle essaie de dissimuler sous ces « dais », « donjons » et autres jolies vieilleries.

Cette vérité a éclaté ce matin, à l'orphelinat, quand un petit chef de bande entouré de ses sbires lui a lancé ces mots, moitié mots, moitié crachats : « Mais tout le monde le sait, ton père, les mitrailleurs l'ont abattu comme un chien ! »

Toute la vérité du monde se concentrait dans ce crachat. C'était la matière même de la vie. Son agresseur ne pouvait certainement pas deviner comment était mort le père de l'adolescent, mais il savait que dans leur orphelinat il n'y avait que cela : des enfants de parents déchus, souvent des héros déchus, morts en prison, exécutés pour ne pas ternir l'image du pays. Les enfants s'inventaient, pour pères, des explorateurs du pôle Nord happés par les glaces, des pilotes de guerre disparus. Le mot-crachat le prive à jamais de cette fiction acceptée d'un accord tacite.

La femme a interrompu sa lecture. Elle a dû sentir son inattention. Elle se lève, va à l'armoire, retire un cintre. L'adolescent toussote, en se préparant une voix dure qui va interroger, accuser, railler. Surtout railler ces samedis soir, son ancien paradis, avec ces lectures au milieu des claquements des rails, des sanglots avinés, au milieu d'un grand néant enneigé habité à contrecœur qui est leur pays. Il se tourne vers la femme, mais ce qu'elle dit devance d'une seconde l'aigreur des mots dont il sentait déjà la brûlure dans sa gorge.

« Regarde, j'ai cousu ça pour toi, dit-elle en déployant une chemise en gros coton gris-vert. Une vraie vareuse de soldat, n'est-ce pas ? Tu pourras la mettre lundi. »

L'adolescent prend ce cadeau et reste muet. D'un geste machinal, il caresse le tissu, remarque les lignes de points très réguliers bien que faits à la main. À la main… Avec une douleur subite, il pense à cette main droite, à la main mutilée par un éclat de bombe, à ces doigts gourds qu'il a fallu forcer pour maîtriser le va-et-vient de l'aiguille. Il comprend que la vérité du monde n'est rien sans cette main barrée d'une longue cicatrice. Que ce monde n'aurait pas de sens si l'on oubliait la vie de cette femme venue d'ailleurs et qui a partagé, sans broncher, le destin de ce grand néant blanc avec ses guerres, sa cruauté, sa beauté, sa douleur.

Il incline de plus en plus la tête pour ne pas montrer ses larmes. La femme s'assoit, prête à reprendre la lecture. C'est juste avant la première phrase qu'il lâche dans un chuchotement entravé : « Pourquoi les mitrailleurs l'ont tué ? »

La réponse de la femme ne viendra pas tout de suite et, d'un samedi à l'autre, prendra plusieurs mois. Elle parlera d'une famille dans laquelle, peu à peu, l'adolescent reconnaîtra ceux qui, avant, n'existaient que dans de vagues légendes de son enfance. Le récit prendra fin un soir d'été, après le coucher du soleil, dans l'air encore chaud et fluide au-dessus de la steppe.

C'est cette lumière que j'avais devant mon regard quand je parlais silencieusement en répétant pour toi les paroles de Sacha.

III

Le cheval tourna légèrement la tête, son œil violet refléta l'éclat du couchant, le ciel limpide et froid. Nikolaï passa sa main sous la crinière, tapota doucement le cou tiède, entendit, en réponse, un bref soufflement plaintif. Ils longeaient, au pas, une forêt qui, à la tombée de la nuit, paraissait interminable et d'où venait l'odeur des dernières plaques de glace tapies dans les fourrés. Nikolaï savait que dans un moment, le cheval allait répéter son jeu, ce regard tourné vers le cavalier, cet insensible ralentissement de la marche. Il faudrait alors le rabrouer gentiment, à mi-voix : « Hou, paresseux ! Déjà il veut dormir. Bon, bon, si c'est comme ça, je vais te vendre aux bandits. Tu vas voir... » À ces paroles, le cheval baissait la tête, l'air à la fois résigné et grognon. Après deux ans de guerre passés ensemble, il comprenait même les boutades de l'homme qu'il portait.

Ces heures du crépuscule étaient le meilleur temps pour éviter les rencontres. On voyait encore où le cheval mettait le pied, mais déjà dans les bivouacs parsemés à travers la plaine les soldats allumaient les feux et il était plus facile de les contourner. Il lui fallait éviter les Rouges dont il venait de quitter les troupes. Éviter les Blancs pour lesquels il restait un Rouge. Ne pas croiser des bandes armées dont la couleur variait au gré des pillages... Et la forêt de printemps, avec ses feuilles à peine sorties, protégeait mal.

Il chevauchait depuis plus d'une semaine déjà, en remontant d'abord le long du Don, puis en obliquant vers l'est. La steppe, jusque-là monotone et plane, était à présent entrecoupée de forêts et de vallons. Les villages devenaient plus nombreux. Les premiers jours, il se dirigeait selon le cours du fleuve, selon le soleil. C'était partout la même terre russe sans limites. Mais plus son village était proche, plus sa vue semblait s'aiguiser. Comme si les terres qu'il traversait avaient changé d'échelle, en indiquant les lieux avec de plus en plus de détails. La veille, encore confusément, il avait cru reconnaître, au loin, le clocher blanc du chef-lieu du district. Au matin, la courbe d'une rivière, avec la berge piétinée à l'endroit du gué, lui rappela un voyage fait avant la guerre civile. Maintenant, il était presque sûr de pouvoir dépasser la forêt avant la nuit et de tomber sur une route qu'on empruntait pour aller à la foire de la ville. Oui, l'angle de la forêt, puis une montée sablonneuse et, à droite, cette route. À une demi-journée de trot de la maison.

Durant cette longue traversée, Nikolaï avait vu des champs encombrés de corps d'hommes et de chevaux restés là après une bataille, des villages peuplés de cadavres suspendus devant les portes, et aussi ce visage qu'il avait pris d'abord pour son propre reflet, en se penchant au-dessus d'un puits, avant de comprendre... Les morts, le feu, les ruines des maisons ne le surprenaient plus, tant qu'il faisait partie de cette immense armée en guenilles qui descendait vers le sud et refoulait les Blancs. Tuer, détruire, la guerre était faite pour ça. Mais à présent, dans le silence et le vide des belles journées de mai, et surtout dans la luminosité des soirs, ces champs de bataille, ces villages déserts qu'il contournait se trouvaient coupés de la guerre, de sa raison, de ses causes qui semblaient, il y a encore une semaine, tout justifier. Plus de raisons. Un champ abandonné comme par caprice. Pas un labour, pas un grain depuis deux printemps. Et là, sur la pente qui descend vers une rigole, le corps noirci et gonflé d'un cheval. Et les croassements qui, à l'approche du cavalier, déchirent le silence.

C'est pourtant bien le caprice qui l'avait enivré au début de la guerre. Les commissaires parlaient du monde nouveau et la première nouveauté était qu'on pouvait ne plus labourer. Comme ça, par lubie. Il avait vingt-quatre ans, à l'époque, ne se laissait pas facilement abuser, mais la liberté qu'on lui offrait était trop tentante : ne pas labourer ! C'était grisant. Ils disaient aussi qu'il fallait tuer les buveurs de sang. Nikolaï se souvenait de Dolchanski, propriétaire terrien à qui appartenait autrefois leur village, du nom de Dolchanka, et il essayait de se figurer ce vieux noble en buveur de sang. Ce n'était pas facile. Parmi les paysans, seuls les plus vieux avaient vécu le servage. Le village était riche. Dolchanski, depuis longtemps ruiné, vivait plus pauvrement que certains moujiks et n'avait qu'une manie : il passait son temps à sculpter le bois de son cercueil... Non, il valait mieux imaginer les buveurs de sang en général, alors la colère montait et sabrer, tirer, tuer devenait plus simple.

Le cheval inclina la tête. Son pas ralentit, et Nikolaï perçut une légère secousse : la pouliche qui marchait derrière, attachée par une corde, avançait endormie et à chaque ralentissement heurtait de sa tête la croupe du cheval. Nikolaï sourit et crut deviner comme un rire étouffé dans le bref ébrouement du cheval. Il ne le gronda pas, chuchota seulement : « Vas-y, Renard, on n'est pas loin. On passe la forêt et là, repos ! »

Ce n'était pas pour sa robe rousse, mais pour sa ruse qu'il était appelé ainsi. D'abord, Nikolaï avait cru que ce cheval était tout simplement têtu. Dans l'une des premières batailles, Renard avait refusé de se lancer à l'attaque avec les autres. Une cinquantaine de cavaliers devaient jaillir d'un taillis pour foncer sur les soldats qui se préparaient à passer à gué avec un convoi de chariots. Le commandant avait fait signe, la cavalerie s'était jetée en avant, accompagnée d'un tourbillon de branches cassées. Mais le cheval de Nikolaï se cabrait, dansotait sur place, tournait sur lui-même et ne partait pas. Il l'avait battu atrocement, à coups de talons sur les flancs, l'avait fouetté avec rage, giflé aux naseaux. Le pire était que l'attaque paraissait gagnée d'avance. Sur la berge, les soldats, pris au dépourvu, n'avaient même pas le temps d'attraper leurs fusils. Et lui, il luttait encore contre ce cheval maudit. Les cavaliers étaient à une centaine de mètres de l'ennemi, ils hurlaient déjà leur joie, quand deux mitrailleuses, dans un terrible tir flanqué, s'étaient mises à les faucher avec la précision de la visée calculée d'avance. Les cavaliers tombaient avant de comprendre qu'il s'agissait d'un piège. Ceux qui avaient réussi à faire demi-tour étaient poursuivis par un escadron surgi des broussailles qui recouvraient la rive. C'est avec une poignée de survivants que Nikolaï était arrivé au campement. Il croyait encore au simple hasard en regardant son cheval qui avait cet air grognon auquel il lui faudrait s'habituer. Plus tard, le hasard s'était reproduit. Une fois, puis deux, puis trois. Le cheval venait à lui en distinguant son sifflement à travers le vacarme d'un campement de mille hommes et de milliers de bêtes. Se couchait obéissant à sa parole, s'arrêtait ou reprenait la course en devinant, semblait-il, sa pensée. C'est alors que Nikolaï s'était mis à l'appeler Renard et à avoir pour lui cet amer attachement qui naît à la guerre, au milieu de la boue et du sang, quand, dans les premières minutes après un combat, on sent avec violence la vie de l'autre, toute proche, silencieuse et plus étonnante même que notre propre survie.

Sur ces routes de guerre, Renard avait vu des chevaux qui se noyaient et des chevaux déchirés par des obus, et cet étalon avec les pattes de devant arrachées et qui essayait de se relever dans un saut monstrueux, et cet attelage abandonné dans la tourbe profonde d'un marais : les chevaux s'enlisaient de plus en plus, prisonniers d'un canon inutile. Et cet officier blanc, la corde au cou, qu'un cheval traînait par terre en accélérant sous les coups de fouet et le braillement des soldats. Renard devait comprendre, à sa manière, que tout ce qui l'entourait avait depuis longtemps échappé aux hommes qui s'entretuaient, battaient leurs chevaux, prononçaient des discours. Il comprenait aussi que son maître n'était pas dupe.

Nikolaï ne cherchait pas à juger. Beaucoup vieilli en ces deux années, il était content d'aboutir à cette réflexion toute simple : bien sûr, on pouvait ne pas labourer, ne pas semer, mais alors les champs se couvraient de cadavres.

La pouliche endormie donna de nouveau un léger coup de museau dans la croupe de Renard qui avait imperceptiblement réduit son pas. Il y avait comme un goût apaisant de bonheur dans la confiance de cette jeune bête assoupie. Nikolaï respira profondément en reconnaissant et l'aigreur ténue des neiges cachées dans les ravins, et la senteur sèche des champs qui rendaient la chaleur de la journée. La nuit n'était pas encore tombée, le ciel à l'ouest restait d'un violet transparent, mais surtout, tout près déjà devant eux, l'épaisseur de la forêt s'éclaircissait, promettant la liberté de la plaine et ce chemin qui menait à Dolchanka. Nikolaï toussota et se mit à chuchoter des questions et des réponses qu'il préparait à tout hasard, craignant d'être interrogé sur son apparition subite par quelque tribunal révolutionnaire local ou plus simplement par des voisins curieux.

Ce récit qu'il avait composé durant sa chevauchée taisait l'essentiel. Il avait fui son régiment à cause d'une machine. Un appareil placé sur ce grand bureau noir dans le bâtiment occupé par l'état-major du front. Nikolaï arrivait dans cette ville en estafette, avec une lettre du commandant de leur régiment. Dans la cour, il avait remarqué une vingtaine de civils, des vieillards et des femmes avec des enfants, gardés par quelques soldats. On lui avait dit d'attendre dans le couloir. La porte du bureau était entrouverte, il put écouter la discussion des commissaires. Il s'agissait de décider s'il fallait ou non exécuter, par représailles, les otages, ces civils dans la cour. L'un des commissaires criait : « Tant que Moscou n'a pas donné son avis... » Puis, soudain, un objet s'était animé sur le grand bureau en bois noir. C'était cet appareil étrange autour duquel ils s'étaient tous réunis. Nikolaï, n'en pouvant plus de curiosité, avait tendu le cou. La machine vomissait une longue bande de papier que les commissaires tiraient en la lisant comme un journal. « Voilà ! Maintenant c'est clair, avait annoncé une voix invisible derrière la porte, lisez : fusiller comme ennemis de la révolution, afficher dans les lieux publics... »

Nikolaï avait remis la lettre, sauté sur son cheval et, en quittant la cour, avait vu les « ennemis de la révolution » qu'on emmenait derrière le bâtiment. Il ne savait plus combien d'exécutions de ce genre il avait déjà vues durant ces deux années de guerre. Mais ce serpent blanc qui sortait de la machine lui nouait la gorge d'une colère et d'une douleur tout autres. Il étouffait, tirait sur le col de sa veste, puis soudain avait freiné le cheval au milieu de la route et dit à haute voix : « Non, Renard, attends, on va plutôt couper par les champs... »

Pour chasser ce souvenir qui revenait sans cesse, Nikolaï passa la main gauche derrière son dos, tâta l'anse des deux seaux neufs accrochés à la selle. C'était, avec quelques paires de chemises et de pantalons en gros coton, son seul trophée. Il secoua doucement les seaux, le zinc avait un cliquètement rassurant, domestique. C'était son rêve de ramener de la guerre deux seaux, chose si utile et qu'il ne se lassait pas d'imaginer portée, sur une palanche, par une jeune femme, sa future femme. Dans son barda qu'il avait abandonné en désertant, il y en avait déjà un. En se couchant au milieu des soldats qui déambulaient dans l'obscurité et des chevaux qui passaient entre les corps endormis, il mettait sa tête dans ce seau pour se protéger d'un coup de sabot, ce qui arrivait de temps en temps dans ces caravanes nocturnes. Et aussi pour ne pas se le faire voler. Le laisser était son regret le plus vif au moment de la fuite. Mais, un de perdu... En traversant un village brûlé, il avait trouvé ces deux seaux neufs jetés près d'un puits au fond duquel il avait cru reconnaître son reflet dans le visage enflé du noyé. Et c'est en quittant ce lieu mort qu'il avait aperçu une pouliche attachée à un arbre. Elle tenait à peine sur ses jambes, l'herbe autour du tronc était mangée jusqu'à la terre et l'arbre, aussi haut qu'elle pouvait l'atteindre, n'avait plus d'écorce. Elle devait être là depuis plusieurs jours...

Ils allaient bientôt quitter la forêt. On devinait déjà la plaine dans le dernier rougeoiement du couchant à travers la claire-voie des branches. Soudain, Renard répéta son manège : la tête inclinée, l'œil cherchant le regard du cavalier. Nikolaï le houspilla, menaça de le vendre à la foire. Le cheval avança, mais comme à contre-cœur. La montée sablonneuse qui devait déboucher sur le croisement des routes tardait à apparaître. Au contraire, aux derniers arbres de la forêt, la route plongea, les sabots firent entendre un clapotement de ventouses. Un peu plus loin, de vieilles fascines craquèrent sous les pas. On sentait l'humidité d'une rivière toute proche. Il fallait remonter vers la forêt et préparer la nuit. Nikolaï s'engagea au milieu des arbres en distinguant une longue clairière derrière les buissons dont la toute jeune verdure paraissait bleue dans la transparence trompeuse du crépuscule...

Il sentit le danger avant même que Renard ne s'arrêtât. Un rapide frisson parcourut la peau du cheval. Renard stoppa, puis se mit à reculer dans un dansotement nerveux, repoussant la pouliche ensommeillée. « Les loups... », pensa Nikolaï et il attrapa la crosse du fusil derrière son dos. Le cheval continuait à piétiner et soufflait par saccades comme pour chasser les mouches. L'ombre au milieu des arbres était déjà trop épaisse, l'œil ne démêlait plus les contours. Et la lune très basse brouillait la vue par son miroitement laiteux. Les troncs étaient doublés de reflets blafards. Encore invisible, quelqu'un ou quelque chose guettait...

Renard fit un écart rapide, en tirant derrière lui la pouliche. Une tache noire, une loque de fourrure hérissée, jaillit presque à leurs pieds et disparut dans la broussaille. C'est en suivant la fuite de cette bête que Nikolaï baissa les yeux et les vit. À l'angle de la clairière, dans la lueur trouble d'avant la nuit, ces têtes qui sortaient de la terre et, plus près des buissons, le désordre de quelques corps étendus.

Dans un premier élan, Nikolaï tourna bride, prêt à repartir et presque rasséréné par sa découverte, moins dangereuse qu'une rencontre avec des vivants. Mais, une seconde après, il pensa qu'il serait intelligent d'examiner le mode d'exécution et de voir, ainsi, qui il risquait de croiser sur la route, le lendemain matin. Il sauta à terre, laissa Renard qui frissonnait encore, s'approcha à pied.

Ordonner aux captifs de creuser leur propre tombe et les enterrer vivants n'était pas rare durant cette guerre, il le savait. Ce qui le rendait perplexe c'était plutôt l'anarchie avec laquelle avaient agi les tueurs dans cette clairière. Certains des enterrés avaient le visage lacéré par un coup de sabre, l'un d'eux était décapité comme si son supplice ne suffisait pas. Nikolaï se dit alors que les enterrés s'étaient certainement mis à maudire leurs ennemis qui s'apprêtaient à partir et avaient ainsi provoqué ce massacre. D'ailleurs, ils avaient hurlé pour être tués, pour ne pas voir, le soir venu, les prudentes manœuvres des loups autour de leurs têtes sans défense. Nikolaï imagina ces cris, le retour des soldats, le coup de grâce, le silence. Il y avait aussi des hommes abattus par balles, dans la hâte sans doute ou dans un geste de paresse...

Nikolaï revint vers Renard, lui tapota la joue et se dit qu'ils avaient été tous deux plus effrayés par les sauts du petit carnassier noir qui rongeait les cadavres que par ces têtes sortant de la terre. Au moment de monter, il entendit la pouliche gémir doucement. Il se souvint que Renard, en reculant, l'avait bousculée et avait peut-être trop serré le nœud du licou. Il redescendit, relâcha la corde, ébouriffa la crinière de la jeune bête... Soudain le gémissement se répéta, mais il venait de la clairière.

« De toute façon, il crèvera », pensa Nikolaï en mettant le pied à l'étrier. Ce n'était plus un gémissement, mais une longue expiration de douleur qui chuinta dans l'obscurité. Nikolaï hésita. Il imagina la nuit sur la clairière, cet homme enterré qui verrait s'approcher les loups ou sentirait les morsures d'un rongeur. Il empoigna le fusil et alla vers les morts.

Parmi les blessés qu'on achevait à la guerre, il en connaissait de deux sortes : les premiers savaient leur blessure mortelle et, du regard, remerciaient le tueur, les seconds, bien plus nombreux, s'accrochaient à une demi-journée de souffrances qui leur restait à vivre... Il arpenta la clairière de nouveau muette. Certaines têtes se penchaient vers la terre, d'autres, figées, semblaient s'être tues à son approche. L'une d'elles souriait dans un large rictus de douleur. « C'est lui donc », pensa Nikolaï et il baissa le canon du fusil vers la nuque de l'homme. Il n'eut pas le temps d'appuyer sur la détente. De l'autre côté de la clairière, la plainte reprit, plus distincte et, on eût dit, consciente qu'il était là à examiner les tués.

Il le découvrit un peu à l'écart des autres. Un tout jeune soldat dont la tête rasée se dressait sur un tertre noir. Nikolaï s'inclina, toucha le cou de l'enterré, ne trouva aucune blessure. Le soldat ouvrit les yeux et gémit longuement sur un ton rythmé comme pour prouver qu'il s'agissait d'un être humain. Nikolaï alla vers Renard (« Je pars maintenant ! Qu'ils aillent tous au diable ! » souffla en lui une voix), hésita, tira une gourde, revint vers la tête. Le soldat but, s'étrangla, toussa avec une sonorité déjà presque vivante. Nikolaï se mit à creuser, d'abord avec les mains pour dégager le cou puis, en arrivant aux épaules, avec la lame d'une hache. Il libéra le dos, trouva, comme il l'attendait, les bras ramenés en arrière et noués avec un fil de fer. En descendant plus bas, il constata avec satisfaction que le soldat avait été enterré non pas debout, mais à genoux, pour gagner du temps sans doute.

Il fallait maintenant l'extraire. Nikolaï se mit derrière le corps toujours inerte, trouva un bon appui pour ses pieds, attrapa le soldat sous les bras. Et le relâcha aussitôt. En empoignant l'enterré, ses doigts venaient de presser des seins féminins...

Il saisit l'une des mains libérées, la regarda en la tournant vers la lune. La main était glacée, meurtrie, noire de terre. Mais c'était bien une main de femme, il ne pouvait se tromper.

Avec un homme, tout eût été plus facile. Il l'aurait basculé sur le dos, puis l'aurait tiré de son trou. Mais avec elle... En bafouillant des jurons qu'il n'entendait même pas, Nikolaï creusa en avant du corps. Ses doigts touchaient les lambeaux d'une grosse laine et la peau nue qui apparaissait dans les déchirures. Plus au fond, la terre était tiède, réchauffée par la vie qui se répandait avant de s'éteindre.

La femme ne disait rien, ses yeux mi-clos semblaient ne pas voir l'homme qui la déterrait. Nikolaï, couché devant elle, écartait la terre par larges brassées, tel un nageur. C'est en arrivant à mi-corps, en dégageant le ventre, que d'un coup il se redressa sur les genoux et secoua la tête comme pour se débarrasser d'une vision. Puis se pencha, et déjà avec une autorité d'adulte tâta ce torse maculé de terre, ce ventre rond, lourd d'une vie.

Elle resta immobile, recroquevillée près du grand feu qu'il avait allumé dans un renfoncement de la berge escarpée. Deux seaux remplis d'eau chauffaient suspendus au-dessus des flammes. Nikolaï travaillait comme il l'eût fait à la construction d'une maison ou à la forge. Des gestes précis, sûrs. Les pensées qui s'entrechoquaient dans sa tête n'avaient aucun lien avec ce qu'il faisait. « Qu'est-ce que tu vas faire d'elle ? Et si elle meurt demain matin ? Et l'enfant ? » Il se disait aussi que d'habitude, dans ces tueries, on ouvrait le ventre des femmes enceintes et on piétinait l'enfant. Et que les tueurs dans la clairière étaient probablement ivres ou trop pressés. Et qu'on avait déjà tué tant de monde durant cette guerre qu'on devenait paresseux... Il ne s'écoutait pas. Ses mains cassaient du bois, tiraient du feu des tisons, les étalaient sur l'argile de la rive. Quand le sol fut suffisamment chaud, il piétina la braise, la recouvrit de jeunes branches, une brassée puis une autre, allongea sur cette couche chaude le corps absent de la femme. L'eau dans les seaux était déjà brûlante. Il la coupa avec l'eau de la rivière. Puis déshabilla la femme, jeta ses haillons dans le feu et se mit à arroser ce corps taché de fange et de sang. Il l'enduisit doucement avec des cendres encore tièdes, le retourna, le lava, puisa de l'eau dans le courant, la remit à chauffer. À chaque nouveau jet, l'odeur âcre de la souillure et de la terre se dissipait un peu plus, emportée par une coulée noirâtre qui se perdait dans la rivière. C'était la senteur du jeune feuillage trempé dans l'eau chaude qui se dégageait maintenant de ce corps féminin. En reprenant vie, la femme pour la première fois leva le visage et posa sur Nikolaï un regard qui enfin comprenait. Elle était assise, les bras serrés sur la poitrine, au milieu d'un petit lac qui fumait dans la nuit. Il voulut la questionner mais se ravisa, tira de son sac une chemise neuve et se mit à frotter ce corps qui se laissait faire comme un corps d'enfant... Il la vêtit de deux autres chemises, l'aida à enfiler le pantalon, la coucha près du feu, enroulée dans son long manteau de cavalier... Durant la nuit, il s'endormait pour quelques minutes, puis se levait pour raviver le feu. En s'éloignant à la recherche de bois, il se retournait, voyait leur feu et, tracé par la danse des flammes, un cercle mouvant de lumière entouré d'obscurité. Et ce corps endormi, un être incroyablement étranger, inconnu, et qui lui paraissait, il ne savait pas dire pourquoi, très proche.

Il soulevait des branches mortes, à tâtons, puis se retournait pour voir le feu. Parfois, un éclat écarlate scintillait dans l'obscurité. C'était Renard qui dressait la tête et le cherchait de son œil aux reflets de flammes. Le silence était tel que Nikolaï entendait, de loin, la respiration du cheval, des petits soupirs tantôt amers, tantôt soulagés. Et quand il revenait vers le feu, il avait l'étrange sentiment de rentrer chez lui.

Au matin, ils traversèrent l'endroit où la route défoncée était comblée de fascines, remontèrent une vallée encore blanche de brouillard et trouvèrent enfin le croisement des chemins qu'il avait cherché en vain, la veille. À plusieurs reprises, Nikolaï essaya de parler avec la jeune femme qu'il avait installée sur le dos de Renard, décidant de marcher à pied. Elle ne répondait pas, souriait parfois, mais ce sourire ressemblait à la crispation d'un visage au bord des larmes. Enfin, vers midi, quand il fallut faire une halte pour manger, il s'emporta un peu, irrité par ce refus de parler : « Écoute, qu'est-ce que tu as à te taire comme ça ? Ça y est, nous sommes loin, ils ne te feront plus de mal. Dis-moi au moins comment tu t'appelles ! »

Le visage de la jeune femme se tordit dans une grimace, elle renversa légèrement la tête, et décolla les lèvres. Entre ses dents, à la place de la langue, Nikolaï vit une large balafre oblique.

Quand il reprit ses esprits, il pensa qu'elle avait été mutilée pour ne plus pouvoir dire ce qu'elle avait vu. Mais dire à qui ? Tout le monde voyait la même chose en ces années de guerre. Et puis comment pouvait-on raconter ces têtes sur la clairière, ces yeux qui s'éteignaient les uns après les autres ? Et sur les branches, au-dessus d'eux, les oiseaux qui construisaient leurs nids.

Dolchanka, à moitié dépeuplée durant la guerre, ne remarqua pas son retour. Le village avait été balayé par tant de vagues d'hommes armés, Rouges, Blancs, anarchistes, simples bandits et de nouveau Rouges, par tant de pillages, d'incendies et de morts, que les habitants ne s'étonnaient plus de rien. « Dis, soldat, lui demanda seulement une vieille quand il passait dans la rue, c'est vrai que les bolcheviques ont interdit la mort? » Nikolaï opina.

Il eut le temps, en quelques semaines, encore avant la naissance de l'enfant, d'apprendre à la jeune femme à lire et à écrire. C'était peut-être la plus grande fierté de sa vie : il ne se vantait jamais de l'avoir retirée de la tombe, mais aimait beaucoup raconter ces leçons qu'il lui dispensait, le soir, après la rude fatigue du labour. C'est grâce à son enseignement qu'elle put lui faire connaître son prénom, en l'écrivant avec des caractères d'imprimerie : Anna. Et choisir le nom de l'enfant : Pavel. Et signer les papiers au moment du mariage. Une amie de jeunesse d'Anna, qui venait parfois les voir à Dolchanka, s'habitua vite à ces mots, pensées, questions ou réponses, tracés sur une feuille ou dans la poussière d'une route. L'amie parlait avec un léger accent. Celui du Sud, crut distinguer Nikolaï. Il se disait que sa femme devait avoir la même voix chantante que cette Sacha.

Pour sa part, il n'avait même pas besoin de ces lettres anguleuses pour la comprendre. La terre

153

travaillée, le silence de leur maison, la vie des bêtes, tout se passait de mots. Avec Anna ils se regardaient longuement, se souriaient et, dans la journée, se remarquant de loin l'un l'autre, se saluaient, sans voir l'expression du visage mais devinant le moindre des traits.

Le monde qui les entourait devenait de plus en plus bavard. On parlait du travail au lieu de travailler. On décrétait le bonheur du peuple et laissait mourir de faim une vieille dans son isba au toit affaissé. Mais surtout celui qui parlait des travailleurs, ce jeune moujik petit et teigneux qu'on appelait Carassin à cause de ses cheveux roux, n'avait pas creusé, de sa vie, un seul sillon. Et celui qui promettait le bonheur, comme cet homme sans âge, sans visage, sans regard, eût-on dit, tant ses yeux étaient pâles et fuyants, ce moine défroqué qui se faisait appeler camarade Krasny, ce combattant du bonheur ne souriait jamais, employait le mot tuer dans chaque phrase et se montrait particulièrement impitoyable envers tout ce qui, de près ou de loin, touchait à l'Église. Nikolaï préférait à ces deux-là, en fin de compte, l'ancien matelot Batoum envoyé par le soviet de la ville et qui, au moins, ne cachait pas sa vraie nature : il buvait en détroussant les bouilleurs de cru, vivait ouvertement avec deux maîtresses et quand les paysans s'en prenaient à lui en entonnant : « Mais, tu n'as pas le droit... », il couvrait leurs doléances de son graillement hilare : « Voilà mon droit ! »

et, riant aux éclats, il tapotait l'énorme gaine du mauser sur sa cuisse... Il y en avait encore bien d'autres. Ils se donnaient tous le nom d'activistes. Et ils parlaient sans relâche et obligeaient tout le monde à les écouter et ne laissaient personne dire un mot. Nikolaï essaya une fois, en contestant le discours du « camarade Krasny ». Carassin explosa, les yeux révulsés de colère : « On va te raccourcir la langue, comme à ta bonne femme ! » Nikolaï se jeta vers lui, mais se heurta au canon pointé du mauser. Batoum était ivre. Donc il pouvait tirer sans même sentir la détente sous son doigt. Nikolaï quitta la maison du soviet. C'était l'ancienne demeure du comte Dolchanski.

Parfois, au milieu des lents et pesants cahots du labour, Nikolaï se disait que tout ce nouvel ordre des choses n'était qu'un obscurcissement passager des esprits, pareil aux grimaces d'un ivrogne, oui, une sorte de gueule de bois qui, un jour, prendrait fin d'elle-même. Que pouvaient-ils changer d'essentiel, tous ces bavards en vestes de cuir ? Ce Krasny dont l'exploit principal était de mobiliser les activistes pour arracher les coupoles des églises dans les environs de Dolchanka. Ou bien Batoum qui, quand il n'avait pas une bouteille dans la main, ne connaissait que deux gestes : déboutonner son pantalon ou dégainer son mauser... Nikolaï secouait la tête, souriait, appuyait fortement sur les poignées de la charrue. Non, ils ne pouvaient rien contre la course de ce soc poli par la terre, contre cette terre ouverte en attente de la semence, contre ce vent d'une fraîcheur encore neigeuse mais qui se mêlait déjà au souffle tiède des labours.

À d'autres moments, en parlant avec les villageois qui osaient de moins en moins parler ou en constatant la création d'un nouveau comité (comité des pauvres, comité des sans-Dieu, comité des sans-cheval, chaque jour, lui semblait-il, les activistes inventaient une nouveauté), Nikolaï ne sentait plus cette confiance en la solidité des choses. Il s'arrêtait au bout du champ pour laisser respirer Renard, parcourait des yeux cette plaine qui montait légèrement vers les maisons de Dolchanka, imaginait tous ces gens qui, quelques années auparavant, durant la guerre, traversaient ces lieux, en tuant, en mourant, en brûlant les maisons, en violant les femmes, en torturant les hommes, en les enterrant vivants dans ces champs redevenus sauvages. Il se disait alors que cette semence-là arrosée par tant de sang ne pouvait pas rester sans porter de fruits. Et que le travail bruyant des activistes avait peut-être une force cachée dont il ne parvenait pour l'instant à deviner le sens.

Cette force se manifesta en ce printemps de 1928, dans le même champ, au milieu de la tiédeur matinale des mêmes labours. Sans interrompre sa lente avancée derrière le cheval,

Nikolaï surveillait du coin de l'œil ces quatre silhouettes venant du village : Carassin, Krasny, Batoum et, vêtu d'un long manteau de cuir, un inconnu, sans doute un inspecteur diligenté pour vérifier la mise en marche de la collectivisation. Un groupe d'activistes, hommes et femmes, les suivait à quelques pas de distance. Nikolaï savait pourquoi ils venaient. Depuis plusieurs mois, on ne parlait que de cela à Dolchanka. Les affiches collées à la porte du soviet l'annonçaient clairement : l'organisation d'un kolkhoze. Le seul point obscur dans les déclarations de Krasny concernait les aiguilles à coudre. Les paysans n'avaient pas bien compris s'il fallait les rendre aussi au kolkhoze, comme le bétail et les outils. Certains, de peur d'être suspectés de s'opposer à la politique du Parti, avaient apporté au soviet même leur vaisselle. D'autres attendaient, en espérant que cet accès de folie allait se calmer. Nikolaï était de leur nombre.

Il termina le sillon et en arrivant au chaintre, retint le cheval et s'arrêta. En suivant l'avancée des activistes à travers le champ, il éprouvait cet étouffement de colère qui lui rappelait une journée lointaine : des otages éplorés rassemblés dans une cour et ce fin serpent de papier qui sinue en sortant de l'appareil télégraphique et annonce la mort. Il n'avait pas fermé l'œil de la nuit, se débattant dans des réflexions sans issue. « Fuir en emmenant la famille ? Brûler la maison, pour ne rien laisser à ces parasites ? Mais fuir

157

où ? Dans les villages voisins c'est pire encore, on emprisonne les gens qui possèdent deux chevaux. Dans la forêt ? Mais comment y vivre avec un enfant de huit ans et par ces nuits encore froides ? » En imaginant cette fuite il voyait le pays tout entier peuplé d'activistes, embrouillé dans des écheveaux de bandes télégraphiques...

Ils s'approchaient. Nikolaï s'inclina, enleva une barbe d'herbe sèche qui s'était enroulée autour du soc et, de l'autre main, vérifia sa cachette : dans l'ornière arrondie du chaintre, ses doigts frôlèrent la poignée d'une hache. Il se sentait à présent libéré. Plus de pensées, plus d'hésitation. Ils allaient l'entourer, il se pencherait comme pour changer l'angle du soc, saisirait la hache, l'abattrait sur Batoum, puis sur l'inspecteur. Carassin, le plus pleutre, essaierait de se sauver. Krasny, incapable d'agir, se mettrait à hurler... Il lui semblait que sa tête était enveloppée dans du verre glacé et liquide. Avec une précision hallucinante il voyait le luisant d'une couche de terre retournée, ce scarabée noir qui courait, grimpait sur sa botte... Dans une brève levée du vent, il entendit les paroles, encore indistinctes, des gens qui venaient vers lui.

Il les regarda, puis porta la vue plus haut, vers la montée de la plaine où apparaissaient les premières isbas de Dolchanka. Et vit, comme il lui arrivait parfois de voir durant le labour, la silhouette d'Anna. Elle se tenait là, immobile, les deux seaux posés à ses pieds. À une telle distance, il ne parvenait pas à distinguer l'expression de ses yeux et il savait qu'elle ne pouvait que garder le silence. Mais plus que la voix, plus que le frémissement deviné des paupières, c'était l'air même de cette matinée qui l'écarta soudain de la minute vécue. L'air était gris, léger. Le vent portait l'aigreur humide des branches à peine touchées par la verdure et l'essoufflement des derniers amas de neige cachés dans les bois... Nikolaï sentait que cette femme là-bas, sa femme, Anna, et lui, à l'autre bout de la plaine, étaient unis par cet air, par sa lumière pâle qui marquait une journée de printemps, l'un des printemps de leur vie...

Les quatre hommes ralentirent le pas avant de l'aborder, comme s'ils entouraient un fauve prêt à sauter. Pour une seconde, il crut avoir oublié leurs noms et le but de leur expédition. Il était encore très loin, dans la mémoire soudainement éveillée de tous les printemps, de toutes les neiges, de tous les levers de soleil et de toutes les nuits qu'il avait vécus et vus avec Anna. Dans cette nuit surtout, au bord d'une rivière, près d'un feu de bois, au retour de la mort..

Il salua d'un hochement de tête la délégation des activistes. Et fit un effort pour retenir un sourire. Leur mine exagérément grave et digne jurait avec leurs bottes transformées en véritables pattes d'éléphant par les mottes d'argile collées. Au lieu de la colère des derniers mois, Nikolaï éprouva le dépit que provoque la bêtise des enfants à l'âge ingrat, une bêtise dangereuse et impossible à éviter avant que « ça leur passe ». Carassin fit un pas en avant, se retourna pour s'assurer que Batoum était là et lança une tirade bien préparée :

« Alors, propriétaire bourgeois, on ne lit pas les journaux, on se moque des décisions du soviet... »

Krasny intervint, mais d'une voix où la condamnation était déjà mieux formulée :

« ... et on continue à se servir des biens qui appartiennent au peuple. Et on n'est pas prêt à les rendre ! »

Nikolaï fit semblant d'écouter avec un air attentif et respectueux. Et il parla sans se défaire de cette expression, en y ajoutant même la mine d'un paysan obtus mais plein de bonne foi.

« Les rendre au soviet ? Mais comment je pouvais les rendre ? Ça serait la pire duperie ! » s'exclama-t-il en jouant l'honneur offensé.

Les activistes échangèrent un coup d'œil, déconcertés.

« Comment ça, une duperie ? Qu'est-ce que tu veux dire par là ? s'étonna l'inspecteur, en forçant les notes métalliques de sa voix.

— Mais, venez, regardez-moi ça, camarade inspecteur ! »

Et profitant de la confusion, Nikolaï le saisit sous le coude et l'entraîna vers le cheval.

« Non, mais regardez un peu, vous croyez que c'est honnête de rendre au kolkhoze un cheval dans un tel état? Vous avez vu ces sabots? Et comment le ferrer? Le seul forgeron qui nous restait, le camarade Batoum l'a arrêté il y a deux semaines... Oui, le forgeron, Ivan Goutov. Et ça, regardez, ce n'est plus une charrue, c'est de la ferraille. Et pourquoi? Parce que la vis pour régler le soc s'est cassée, mais comme la forge est fermée... Que je vous dise, la main sur le cœur : donner ça au kolkhoze, c'est pire qu'une tricherie, c'est... (Nikolaï baissa la voix) c'est du sabotage! »

C'était le mot clef de l'époque, la conclusion de tant de verdicts publiés dans tous les journaux. Le mot qu'affectionnait Krasny dans ses discours... Cette fois-là, les trois activistes évitèrent le regard de l'inspecteur. Batoum, en piétinant, d'une botte décrassait l'autre. Krasny s'éclaircissait la voix. Carassin léchait ses lèvres. Nikolaï soupira, et sans leur laisser le temps de réagir, annonça d'un ton résigné :

« Mais après tout, si le camarade Krasny décide que c'est mieux comme ça, moi je n'y peux rien. J'amène et le cheval et la charrue tout de suite. Pourquoi tarder? Je vais aller avec vous. Et la secrétaire me fera un papier comme quoi le kolkhoze accepte les outils cassés... »

Il appuya sur la charrue en retirant le soc, fit avancer le cheval. Carassin, nerveux, attrapa une bride.

« Non, attends, tu peux encore labourer. Aujourd'hui... », bégaya-t-il et il se retourna pour chercher l'approbation de l'inspecteur. Nikolaï fit semblant de s'emporter :

« Comment ça, labourer ? Sur un cheval qui n'est plus à moi ? Mais je ne suis pas un voleur, moi ! Non, si c'est décidé, c'est décidé. Je l'amène au kolkhoze, je vous rends la charrue... Rendu, reçu, signé. Cet après-midi, j'amènerai aussi la carriole. Tiens, prenez la hache pour commencer ! »

Nikolaï savait que la cour devant la maison du soviet était encombrée de télègues confisquées, de meubles, de piles de vaisselle. L'intérieur des pièces ressemblait à la réserve d'un gros bazar villageois. Carassin tendit la main pour prendre la hache, mais la retira tout de suite, comme pour éviter un piège. L'inspecteur était venu à Dolchanka pour voir comment on pouvait, sans perdre la face, calmer ce délire d'expropriation. C'est lui qui trancha :

« Voilà ce qu'on va faire. Je vois, camarade, que tu prends à cœur les biens du kolkhoze. Bien plus que certains (il lança un coup d'œil sévère à Carassin). Je vais proposer ta candidature pour le poste de chef de l'écurie collective. Quant au forgeron, j'ai deux mots à dire au camarade Batoum... »

Nikolaï reprit son travail, creusant un sillon sur les traces des activistes qui s'éloignaient. Carassin et Batoum essayaient de convaincre l'inspecteur, agitaient les bras, se frappaient la poitrine. Nikolaï leva les yeux vers le haut de la plaine et vit Anna. Elle s'en allait lentement le long des arbres de la grand-rue.

Le lendemain, avec le forgeron relâché, ils ferrèrent le cheval. De la maison du soviet, les paysans revenaient, les bras chargés de vaisselle et d'outillage récupérés. Dans la nuit, un long convoi venant des villages voisins passa sous leurs fenêtres : un long grésillement de sanglots fatigués que cadençaient le fracas des roues et le piétinement des chevaux. Des familles entières qu'on ne reverrait jamais.

C'est en regardant son fils vivre et grandir que Nikolaï perdit l'habitude de revenir, en pensée, dans le monde d'avant. Car Pavel était heureux. Il marchait au milieu d'une colonne d'enfants de son âge, entonnait des chansons à la gloire des courageux révolutionnaires et même, un jour, apporta de l'école cette photo : sa classe, deux rangs debout, un rang assis, le clairon et le tambour en avant, un genou à terre, tous fiers de porter des foulards rouges de pionniers, et derrière eux, sur une large bande de calicot, ces mots peints en lettres blanches : « Merci au camarade Staline pour notre enfance heureuse ! » En parlant avec son fils, Nikolaï comprenait qu'il y avait du vrai dans cette inscription stupide. L'enfant croyait vraiment que l'Armée rouge était la plus belle et la plus forte au monde, que les travailleurs de tous les pays n'aspiraient qu'à vivre comme les gens de Dol-

chanka, qu'il existait quelque part à Moscou ce
mystérieux Kremlin surmonté d'étoiles rouges
où vivait celui qui, de jour comme de nuit, pensait à chaque habitant de leur immense pays,
prenait des décisions toujours justes et sages,
démasquait les ennemis. Pavel savait aussi que
son père était un héros car il avait combattu les
Blancs, ces mêmes Blancs qui avaient mutilé sa
mère. Il détestait les koulaks et disait, en répétant les récits de ses manuels, que c'étaient
des « buveurs de sang ». Un jour, en feuilletant
le manuel d'histoire de son fils, Nikolaï tomba
sur le portrait d'un chef d'armée qu'il avait
rencontré pendant la guerre civile. Le visage
du militaire était soigneusement rayé à l'encre.
Il venait d'être déclaré « ennemi du peuple ».
À travers tout le pays, pensait Nikolaï, dans des
milliers et des milliers d'écoles des millions
d'élèves empoignaient leur stylo et, après une
brève explication du professeur, maculaient ces
yeux, ce front, cette moustache aux pointes
en pique...

À de tels moments, il avait envie de parler à
son fils du monde d'avant, de sa jeunesse d'avant
la guerre, d'avant la révolution. Il fallait tout
simplement faire une soustraction, pensait-il,
oui, soustraire le présent du passé et raconter la
différence de bonheur, de liberté, d'insouciance
que contenait ce passé. Cette arithmétique
paraissait si aisée, mais chaque fois qu'il essayait
de revivre ce vieux temps, la différence s'estom-

pait. Car, avant la révolution, il y avait eu aussi une guerre, celle de 1914 (et les bolcheviques n'y étaient pour rien), et les wagons remplis de blessés, et lui tout jeune encore, sur un champ couvert de cadavres, lui qui pleurait de douleur, ne parvenant pas à retirer sa jambe écrasée sous son cheval tué. Et à Dolchanka, bien avant l'arrivée des bolcheviques, les jours avaient la longueur rude des labours, la dureté des gros troncs sous la scie, le goût du pain chèrement gagné. Du bonheur d'autrefois restaient seuls ces quelques levers de soleil, cette source froide au creux d'une combe par une journée de moisson dans la fournaise de l'été, cette route sous la dernière tempête de neige. Comme à présent. Comme de tout temps...

Ne sachant pas bien s'il fallait se réjouir ou se désoler de la rareté de ce bonheur pourtant constant, Nicolaï se souvenait de la nuit déjà si lointaine, au bord d'une rivière, du sommeil d'Anna près du feu, de la joie unique qui remplissait cet instant. Dans quel temps pouvait-il placer cette nuit ? La guerre, la fuite, ce pays au nom et aux frontières provisoires, lui-même, ennemi des Blancs comme des Rouges, cette femme dont il ne connaissait ni le prénom, ni la vie. Elle, à peine sortie de la mort, la nuit semant dans la rivière ses étoiles, le feu, le silence. Tout son bonheur ne tenait qu'à cela.

Il essaya, un jour, d'expliquer cette vie d'avant à son fils. Et crut même trouver les mots qu'il fallait. Il parla du tsar, du vieux comte Dolchanski, de la révolution... C'était une journée d'octobre tiède et calme. Les champs étaient déjà vides, la berge sur laquelle ils étaient assis, tapissée de longues herbes jaunies. C'est en voyant dans le ciel ce vol d'oies sauvages que Nikolaï se rendit compte que depuis quelques minutes déjà, l'adolescent n'écoutait plus. Les oiseaux se reflétaient dans le flux lisse de la rivière et Pavel suivait leur reflet qui semblait remonter le courant au milieu des longues feuilles de saule et de quelques barques échouées. Nikolaï se tut et, en regardant dans la même direction que l'enfant, sourit : le glissement clair des ailes sur l'eau était plus beau que le vol lui-même.

Après le fameux printemps des aiguilles confisquées, il y eut deux années de famine, une centaine de morts à Dolchanka, plusieurs arrestations. Le dégoût que Nikolaï avait éprouvé, un jour, devant la machine télégraphique devint si quotidien qu'il ne le remarquait plus. Tout le monde savait que la famine avait été organisée. Mais pour ne pas perdre la raison, pour survivre au milieu de cette folie, il fallait ne pas y penser, il fallait s'attacher à la rectitude et à la bonne profondeur du sillon...

Et puis, même durant ces années-là, il leur arrivait de s'éveiller au milieu d'une belle journée d'octobre avec un vol d'oiseaux au-dessus de la rivière. Ou encore dans ce jour de grands froids : en rentrant, Nikolaï vit Anna près de la fenêtre, une main sur le berceau de leur deuxième enfant, et l'autre tenant un livre. Il s'approcha, s'assit à côté d'elle, tout engourdi de vent glacé, jeta un coup d'œil sur les pages. C'était un livre étranger, Anna ne faisait que regarder les images, des hommes et des femmes dans leurs habits amples à la mode ancienne, des villes inconnues. On trouvait encore dans les maisons du village ces volumes éparpillés de la bibliothèque du comte Dolchanski et, faute de pouvoir les lire, on s'en servait pour attiser le feu ou rouler une cigarette. « Ça, même si tu me demandais, je ne pourrais pas te l'apprendre ! » dit-il en riant, le doigt glissant sur les caractères énigmatiques. Anna sourit, mais d'un air un peu lointain comme si elle était en train de chercher un mot oublié... Il y avait un calme infini dans leur isba à cet instant-là. L'enfant dormait, le feu sifflotait doucement dans le poêle, la fenêtre toute recouverte de glace flambait des mille granules écarlates d'un soleil bas. Cette clarté, ce silence étaient suffisants pour vivre. Tout le reste était un mauvais songe. Discours, voix haineuses parlant du bonheur, peur de ne pas être assez dur, de ne pas se montrer assez heureux, assez haineux envers les ennemis, peur, peur, peur... Tandis que la vie n'avait besoin que de ces minutes du couchant d'hiver, dans une pièce protégée par le silence de cette femme penchée au-dessus de l'enfant endormie.

Comme dans un mauvais songe, des changements arrivaient en se bousculant, en se contredisant, en rendant vaine toute envie de comprendre. Par une nuit d'été, dans un fenil, Batoum mourut au milieu d'un incendie parti de son mégot. Sa maîtresse se sauva. Lui, trop ivre, s'embrouilla dans les bottes de foin. Comment pouvait-on comprendre ça ? L'homme qui avait poussé à la mort tant de monde avait péri comme un simple poivrot de village en provoquant presque de la pitié. Les kolkhoziens ne comprenaient pas... Carassin se maria au chef-lieu et y resta avec son épouse, une femme à l'énorme poitrine et qui dépassait d'une tête son mari. Cette masse de chair sembla engloutir ce révolutionnaire roux avec son excitation et ses rancunes. On les vit ensemble : il ressemblait à un petit fonctionnaire paisible et portait dans un filet une bouteille de lait et des craquelins... Les habitants de Dolchanka haussaient les épaules. Le camarade Krasny fit une carrière rapide dans l'appareil du Parti. On vit son nom apparaître plusieurs fois dans le journal de la ville, précédé de son nouveau titre — et la dernière fois sans ce titre, mais avec une mention devenue courante : « traître démasqué, caudataire de la bourgeoisie, espion à la solde des impérialistes ». Ceux qui l'avaient connu à Dolchanka se demandaient pourquoi il avait fallu plus de dix ans pour le « démasquer ». D'ailleurs, il y avait déjà au village toute une génération de jeunes à qui les noms de ces activistes des années vingt ne disaient plus rien en cette année 1936.

En pensant à cette jeunesse, Nikolaï se rendait compte de la solidité du monde nouveau. La révolution se débarrassait peu à peu des révolutionnaires et la vie revenait à sa substance de terre et de pain. Goutov, le forgeron, laissa l'enclume à son fils et fut élu président du kolkhoze. Il était déjà membre du Parti et y avait entraîné Nikolaï, en disant : « Il faut y aller, pays, sinon ils vont nous pêcher un autre Carassin... » Depuis longtemps, le portrait de Staline dans chaque maison était devenu presque invisible dans son évidence, aussi familier que l'était autrefois une icône. Nikolaï croyait beaucoup à la patience des neiges, des pluies, des vents, à la fidélité des champs, à la bienheureuse routine des jours qui allait tout remettre en place. Et quand à Moscou les têtes recommencèrent à tomber, il pensa à cette distance de plaines, de forêts, de neiges qui les éloignait de la capitale. Avec l'espoir d'un homme fatigué qui veut à tout prix se convaincre.

Au printemps, au plus fort des travaux, le président du kolkhoze fut arrêté... Ils passèrent plusieurs nuits sans se coucher, à veiller près de la fenêtre : Nikolaï, Anna, Pavel, qui était rentré de la ville pour une semaine de vacances, et Sacha. Ils ne voulaient surtout pas être surpris pendant leur sommeil et se retrouver dans la voiture noire à peine habillés comme tant de gens interpellés. Personne ne parlait et Nikolaï était content de ne pas avoir réussi à expliquer à son fils la différence entre leur vie et la vie d'autrefois. À présent, le jeune homme pouvait juger par lui-même.

La voiture arriva très tôt le matin. Anna réveilla Nikolaï qui s'était endormi, assis sur une chaise. On l'emmena aussitôt. Il eut le temps, comme dans une rapide gorgée, de retenir ce qu'il laissait : leurs visages, le salut hésitant d'une main, la lumière d'une lampe sur la table...

À la ville, avant même le début de l'interrogatoire, le juge d'instruction déclara que le président du kolkhoze leur avait « tout, absolument tout » dit, que leur complot avait été « démasqué » et que c'était dans son intérêt d'avouer les faits. Les questions défilèrent, mais durant les premières minutes, Nikolaï les entendait comme à travers un mur : la traîtrise de l'ancien forgeron avait atteint en lui quelque corde vitale dont lui-même ignorait la fragilité. Puis il pensa aux tortures qui arrachaient n'importe quelles calomnies, se calma, décida de se défendre jusqu'au bout.

C'est alors qu'en écoutant le juge, il comprit que celui-ci ignorait tout de lui, n'imaginait pas, même à peu près, où se trouvait Dolchanka et de quoi vivaient ses habitants, et ne disposait, en fait, d'aucun dossier. Juste une dizaine de pages qu'il fallait étayer par les réponses du prévenu pour faire de lui, le plus vite possible, un condamné. La nuit, dans la cellule où deux tiers des prisonniers restaient debout par manque de bancs, Nikolaï parla à un vieillard qui lui cédait de temps en temps sa place près du mur sur lequel tout le monde cherchait à s'appuyer. Le vieillard allait retourner au camp pour la deuxième fois, après y avoir déjà passé six ans. C'est lui qui expliqua à Nikolaï que le nombre de condamnés était planifié de la même façon que les tonnes de la récolte. Et comme il fallait toujours dépasser les prévisions du plan... Ils parlèrent jusqu'au matin. Avant d'être amené à l'interrogatoire, Nikolaï apprit que le vieillard était de trois ans son cadet. Un vieillard de trente-neuf ans.

Le juge comptait boucler l'affaire en une heure. Après quelques questions, il annonça la charge principale, celle que les dépositions du président du kolkhoze rendaient incontestable : Nikolaï avait rédigé des libelles que son épouse

171

lisait aux kolkhoziens, menant ainsi une propagande contre-révolutionnaire...

Nikolaï parvint à ne pas trahir son émotion. Calmement, il expliqua pourquoi ce qu'on imputait à sa femme était impossible. Dans le regard du juge, il crut voir passer toutes les versions qui auraient permis de contourner cet argument. On pouvait accuser Anna d'attenter à la vie de Staline, de vouloir incendier le Kremlin ou empoisonner la Volga. Mais on ne pouvait pas l'accuser de parler... « Demain, j'enverrai le médecin pour l'expertise ! » lâcha le juge, et il appela le garde.

Le médecin passerait dans leur maison à peine une minute. En prenant congé, il s'excuserait en levant les yeux au ciel et en poussant un soupir. C'est Sacha qui ferait le récit de la scène quand Nikolaï serait libéré.

En rentrant chez lui, après une semaine d'absence, il s'arrêta près de la porte fermée de la forge. Grâce aux nuits passées au milieu des prisonniers serrés les uns contre les autres, il pouvait imaginer ce que devait éprouver un homme qui, comme Goutov, avait passé plusieurs mois dans ces cellules bondées. Il fit un effort pour ne pas imaginer les tortures. Et les nuits après les tortures, avec la bouche remplie de sang et les ongles arrachés. Goutov avait dû vivre cela et, pendant une nuit, à travers le brouillard étouffant de la douleur, il avait inventé cette accusation qui sauverait ceux qu'il dénoncerait : Anna parlait aux kolkhoziens... En reprenant le chemin, Nikolaï remarqua que le long de l'isba de la forge les premières herbes et fleurs poussaient déjà en bottes claires et fraîches. Comme à chaque printemps.

Par une confiante superstition, il se laissa persuader que la vie avait enfin gagné. Et que la mort de Goutov, surtout une telle mort, était un tribut suffisant. Et que lui et Anna en étaient quittes avec cette visiteuse imprévisible. Les livres qu'Anna avait peu à peu accumulés dans leur maison ne parlaient d'ailleurs que de cette justice finale, de ce bonheur mérité au prix d'épreuves et de souffrances.

Quand, moins d'un an après, il se retrouva près du lit où Anna mourait, il crut, un moment, comprendre tout, jusqu'au bout : la vie n'était que cette simple d'esprit qu'il avait rencontrée un jour dans le village voisin. Cette femme assise, les jambes écartées, au croisement des chemins, ces yeux très clairs qui vous perçaient et ne vous voyaient pas, ces lèvres béates qui parlaient de « planter trois sabres sous chaque fenêtre de chaque isba », ces mains qui mélangeaient sans cesse, dans le pli de sa robe, le petit tas d'éclats de verre, de galets, de piécettes usées...

Il se secoua pour ne pas se laisser entraîner vers cette souriante folie. Et vit le geste d'Anna. Elle lui tendait une petite enveloppe grise. Il la prit, devina qu'il ne fallait pas l'ouvrir avant l'heure et, entendant du bruit, alla accueillir le médecin, en croisant à la porte Sacha qui entrait avec une carafe d'eau. Tout se répéta, comme des mois auparavant, mais dans un ordre différent . le médecin, le silence, la proximité de la mort... Comme les petits éclats de verre combinés dans la main aveugle de la simple d'esprit.

... Trois jours avant, Anna revenait du chef-lieu en marchant le long de la rivière, sur le sol qui vibrait, réveillé par la rupture des glaces, par les bruits de la débâcle. Un joyeux vertige mélangeait le soleil, les chocs crissants des glaces, la fraîcheur fauve des eaux libérées. Les gens qu'Anna croisait avaient un regard ébloui, un sourire confus comme si on les avait surpris ivres en plein jour. Quand, à la sortie du village, elle s'approcha du vieux pont de bois, elle crut, une seconde, être ivre elle-même : le pont n'enjambait plus la rivière, mais se cabrait, tourné dans le sens du courant. Il venait d'être arraché car les enfants qui couraient entre ses rambardes ne s'étaient encore aperçus de rien, fascinés par le tournoiement frénétique des glaçons, par les chocs qu'enduraient les piliers. Si elle avait été capable de les appeler, elle les aurait empêchés d'aller au bout du pont. Mais elle avait seulement pu accélérer le pas, puis courir, puis dévaler la pente gelée de la berge. Telles les perles d'un collier rompu, les enfants avaient glissé dans une trouée d'eau noire. Ce sauvetage aurait dû être bruyant, attirer beaucoup de monde...

Sur la rive déserte et ensoleillée avaient retenti juste quelques geignements et le fracas de la glace brisée. Pour retirer l'un des enfants, Anna s'était avancée dans l'eau, en plongeant, les mains à la recherche du petit corps qui venait de disparaître. Elle luttait contre chaque seconde de froid, les rejetait d'abord sur la rive, les entraînait vers l'isba la plus proche, les déshabillait, les frottait. Son propre corps était de glace et, une heure après, de feu...

C'est seulement un mois après l'enterrement que Nikolaï retrouva presque par hasard l'enveloppe oubliée. Une belle écriture qu'il ne connaissait pas et qui n'avait rien à voir avec les caractères d'imprimerie qu'il avait appris à Anna. Pourtant c'était bien une lettre de sa femme. Elle disait son vrai nom — le nom de son père, le grand propriétaire terrien dont le domaine côtoyait autrefois les terres de Dolchanski qui était un parent lointain de leur famille. Elle ne voulait pas emporter ce mensonge avec elle. Elle le remerciait de lui avoir donné la vie, de lui avoir appris la vie... Nikolaï passa plusieurs jours à s'habituer non pas à l'absence d'Anna mais à sa nouvelle présence dans les années qu'ils avaient vécues ensemble et dans les années d'avant. Il lui fallait imaginer Anna, cette jeune fille qui vivait à Saint-Pétersbourg, faisait de longs voyages à l'étranger et que rien ne prédestinait à le rencontrer, à vivre dans une isba de Dolchanka... Sacha lui avait raconté ce que la lettre n'avait pas le temps de dire.

Une nuit, il se réveilla, frappé par l'intensité de ce qu'il venait de rêver. Dans ce rêve régnait la même lumière pâle d'avant l'aube que derrière la fenêtre. Il marchait à travers une forêt si haute que tout en renversant la tête il ne voyait pas les sommets des arbres. Il avançait, guidé par un chant de plus en plus proche et qui rassemblait dans son écho toute la beauté de cette forêt encore embrumée de nuit, toute l'étendue du ciel qui commençait à pâlir, et même la finesse du dessin des feuilles qu'il écartait sur son passage, en s'approchant de celle qui chantait. À la surface du rêve, un doute grésilla : « Elle ne peut pas chanter... Elle est... » Mais il continua à marcher en reconnaissant de mieux en mieux la voix.

Il raconta ce rêve à Sacha qui venait comme autrefois les voir à Dolchanka.

Un an et demi plus tard, par une belle matinée de juin, Nikolaï rentrait de la ville, à cheval. Le soleil n'était pas encore levé et la forêt que longeait la route avait la sonorité d'une nef profonde et vide. Les appels des oiseaux gardaient une résonance discrète, nocturne... Avant de s'engager sur une montée sablonneuse, il tourna, entra dans la forêt, chercha l'endroit connu de lui seul. Mais la clairière d'autrefois, plus de vingt ans après, disparaissait sous tout un bois de trembles... Il allait rejoindre la route quand soudain surgit ce martèlement de sabots. Le bruit croissait si rapidement que ce ne pouvait être qu'un cheval poussé à fond de train. Nikolaï agita légèrement la bride, se rangea derrière un arbre. Un cavalier apparut sur la route. Un militaire courbé vers la crinière de son cheval, uni à lui en une seule flèche noire qui raya les troncs des bouleaux. Son visage était figé dans une grimace qui découvrait ses dents. « Un fou ! » se dit Nikolaï en hochant la tête. La poussière tourbillonnait doucement au-dessus des traces laissées par la rafale des sabots...

En traversant le village voisin de Dolchanka, il aperçut la simple d'esprit assise sur une pyramide d'écots de pins. Quelques troncs étaient déjà équarris, des coulées de résine scintillaient sur leur chair rosée, telles des gouttes de miel. La vue de ce bois clair, prêt à se dresser en un mur d'isba, promettait le bonheur. La simple d'esprit dormait, sa bouche restait entrouverte comme si elle voulait annoncer une nouvelle. Sa main, dans le sommeil, continuait à remuer ses trésors de verre répandus sur le tissu élimé de sa robe.

En arrivant à Dolchanka, vers midi, Nikolaï vit une grande foule devant le soviet du village. Les femmes pleuraient, les hommes fronçaient les sourcils, les enfants riaient et recevaient des taloches. Une voix répéta plusieurs fois, mécani-

quement : « Hitler, Hitler... » D'autres disaient :
« Les Allemands... » La guerre venait de commencer.

Il lui semblait qu'il n'y eût pas de bouleverse-
ment dans la suite des jours. Tout simplement, à
la ronde habituelle des travaux dans les champs
correspondait désormais l'avancée parallèle de
la ligne du front. Les noms des villes tombées le
laissaient incrédule, il s'agissait déjà des profon-
deurs de la Russie où la présence des Allemands
paraissait une illusion d'optique, une erreur de
cartographie. Il se souvenait des films des dernières années : l'ennemi était toujours battu non
loin de la frontière. Les chansons qu'il lui arrivait de siffloter promettaient : « Nous allons recevoir l'ennemi à la stalinienne ! » Vitebsk, Tcher-
nigov, Smolensk...

Un jour, même cette topographie bizarre disparut. Les villes se déplacèrent comme sur une
carte froissée. Des soldats en déroute couraient à
travers Dolchanka : les Allemands avaient encerclé plusieurs divisions. Le village, contourné, se
retrouva sur cet étrange territoire à l'intérieur
de l'armée ennemie. Le cercle se resserra, chas-
sant les habitants vers la forêt, puis au-delà de la
rivière toute perforée de balles, sur un champ de
blé calciné, enfin dans la rue du chef-lieu où l'on
se battait encore. Les gens trébuchaient sur cette
carte qui se déchirait sous leurs pieds, plissée par
les chenilles des chars, creusée d'explosions.

Avec un fusil, ramassé près d'un soldat tué, Nikolaï se cachait derrière une clôture, observant la
progression des Allemands. Ils semblaient ne pas
remarquer les secousses de la carte, avançaient
calmement, en exécutant des gestes précis et
économes : une rafale, une maison incendiée
au lance-flammes, un char qui nettoyait la rue
devant eux.

Il quitta son refuge, la fumée de l'incendie
brûlait les yeux. Quelques civils traversèrent la
rue en courant, d'un air déterminé. Ils devaient
connaître l'issue de la ville encerclée. Il les suivit
jusqu'aux longs convois du chemin de fer, près
de la gare. Un à un, ils plongeaient sous un
wagon, puis sous un autre... Quand Nikolaï se
releva après le dernier convoi, il eut le temps de
voir ces soldats allemands installés en bas du
remblai, à l'endroit exact de l'issue. Il ne sentit
pas la douleur, mais eut le temps de penser à son
fils déjà mobilisé : « Il faut dire à Pavel que ces
gens sont des machines... » Les soldats tiraient,
remplaçaient les chargeurs, tiraient. Si les fugi-
tifs avaient continué à surgir de dessous le
convoi, ces neuf soldats auraient passé leur vie
à les tuer.

IV

Pavel crut que ces minutes allaient déchirer son sommeil pendant de longues nuits : le fracas des chenilles à quelques centimètres de sa tête, l'éboulement de la tranchée où il était tombé en se sauvant devant les chars. S'il n'avait pas trébuché, il aurait continué cette course au milieu du piétinement essoufflé et de la panique d'autres soldats. Mais il avait glissé sur une motte d'argile, avait plongé dans une tranchée inachevée et donc peu profonde, n'avait pas eu le temps de se relever. La masse rugissante l'avait recouvert de son ombre, les nœuds d'acier d'une chenille avaient haché la terre juste au-dessus de son visage. Il s'était senti, un instant, entraîné dans les entrailles de l'engin. L'odeur acide du métal, puis la traînée glauque de l'échappement avaient rempli ses poumons... De l'autre côté de la tranchée, à travers le ronflement des moteurs, perçaient des cris et le craquement des corps sous les chenilles...

La nuit, affalé parmi quelques survivants de sa

compagnie dans un taillis de sapins, il guetta le retour de ces secondes passées sous le char. Il s'endormit, mais le sommeil biaisa, poussa une porte dérobée, traduisit tout dans son langage à la fois précis et opaque. Au lieu de chars, une énorme machine-outil toute neuve aux vis et aux leviers nickelés, couverts d'huile de graissage. Ses entrailles vibrent d'un bruit cadencé et rejettent à intervalles réguliers des ronds étampés. Et il faut, très adroitement, glisser la main dans le va-et-vient du mécanisme et poser la plaque d'acier sous l'embout de la presse. Et chaque fois, la main avance un peu plus loin, le corps se hisse un peu plus à l'intérieur de la machine, en essayant d'éviter la rotation des grandes roues dentelées, des courroies de transmission. D'ailleurs la cadence de l'énorme machine n'est pas bien réglée. On dirait qu'elle sent l'avancée de la main, l'entortillement du corps dans ses entrailles. Les doigts saisissent un carré de métal, la main se tend, l'épaule pénètre dans la machine, le corps rampe, se faufilant entre des dizaines d'engrenages, de coudes, de cylindres... Il parvient à placer la pièce, retire la main juste avant la frappe et veut reculer. Mais autour de lui, la machine vibre, sans une seconde de temps mort, sans la moindre ouverture par où il pourrait ressortir. Et à travers la bruyante marche de la mécanique, il reconnaît la chambre, la lumière et les objets venus de son enfance...

Les nuits suivantes, le songe ne revint pas. Car il n'y eut pas de nuits. Toujours cette fuite vers l'est, puis un village abandonné qu'ils tentaient de transformer, pendant les brèves heures d'obscurité, en un camp retranché. Et au matin, après une résistance désordonnée, une nouvelle retraite devant la tranquille avancée des chars et de ces soldats allemands qui souriaient en tirant. Ce rictus des gens qui tuaient l'impressionnait plus que les chars.

Dans ces premières semaines de guerre, il lui fallut oublier tout ce qu'il avait appris durant son service militaire. Il se souvenait encore du sergent qui mouillait son index de salive, le pointait dans l'air pour déterminer la direction du vent et leur expliquer de combien ils devaient rectifier leur tir... On aurait crié au fou, si au cours de ces pénibles combats d'arrière-garde, quelqu'un avait craché sur son doigt pour voir d'où venait le vent. Les Allemands mitraillaient en souriant. On leur répondait par ces tirs syncopés de fusils à un coup, souvent la seule arme de ce début de guerre. Et on reculait, sans pouvoir emporter les blessés, sans retenir le nom des villages rendus. Il lui semblait qu'avec ses compagnons ils livraient une bataille racontée par son père : ces fusils d'autrefois, ces troupes de cavalerie... En face d'eux, se faisait une tout autre guerre — une rapide coulée de blindés sur la terre retournée par les bombes d'avion. Peut-être les Allemands souriaient-ils en voyant le scintillement des sabres au-dessus des chevaux comme on sourit au passage d'une automobile vieille de plusieurs décennies et qui rappelle, naïvement, une époque révolue?

Il y avait aussi, dans ces jours meurtriers de la débâcle, des petits fragments inutiles qui empêchaient parfois de se concentrer, de penser uniquement à la silhouette vert-de-gris en ligne de mire. Ce chien blessé par un éclat et qui gémissait en tournant sur place et regardait de leur côté avec un regard en larmes. Ils laissèrent plusieurs camarades en fuyant ce hameau incendié, mais c'est le chien, cette boule rousse avec le dos brisé, qui repassait sans cesse devant ses yeux... Et aussi, à un autre endroit, cette herbe emmêlée, douce, pleine d'un bourdonnement paresseux d'insectes, l'herbe d'un été radieux qui continuait comme si de rien n'était tout près des isbas en feu dans lesquelles criaient les gens enfermés. Les soldats de son détachement se cachaient dans un ravin, leurs fusils jetés par terre, sans une cartouche. L'air chaud, infusé de fleurs, s'alourdissait déjà des effluves âcres venant du village... Plus tard, ce visage d'enfant, entrevu au milieu de l'entassement d'un wagon. Les yeux qui heureusement ne comprenaient encore rien, qui reflétaient un monde où la mort était encore absente. Le train s'ébranla. Avec d'autres soldats, Pavel prenait position autour de la gare, en espérant tenir face aux Allemands le temps que le train quitte la ville.

En sortant d'une bourgade en ruine, au début de l'automne, il ramassa cette page de journal déchiré, un numéro de la semaine précédente. En le lisant, on pouvait croire que l'ennemi avait à peine franchi la frontière et qu'il allait être chassé d'un jour à l'autre. Ce soir-là, on se battait à une centaine de kilomètres de Moscou...

Depuis quelque temps déjà il savait pourquoi les Allemands souriaient en tirant. C'était un rictus qui n'avait rien à voir avec la joie. La grimace inconsciente d'un homme qui écrase entre ses mains les secousses d'une longue rafale. Comme la plupart de ses compagnons, Pavel était à présent armé d'une mitraillette allemande récupérée au combat. Ils avaient désormais le même sourire que les Allemands. Et ils ne couraient plus devant les chars, mais plongeaient dans une tranchée, faisaient le mort, se relevaient, jetaient des grenades. Au réveil, en décollant les pans de leurs manteaux de la terre gelée, ils tournaient le visage vers la naissance de la clarté, dans l'espoir du soleil. Moscou, de plus en plus proche, était quelque part dans ce voile de froid, ils la devinaient tel un gonflement de veines nues qui battaient sous le vent de cette plaine glacée.

Il lui arrivait de se dire qu'il avait vu tout ce qu'on pouvait voir de la mort, qu'aucun corps

meurtri, déchiré, morcelé ne devait plus le surprendre par la fantaisie des mutilations. Pourtant la mort restait étonnante. Comme ce
matin-là, dans la belle lumière d'un soleil se
levant du côté de Moscou. Un soldat aux yeux
brûlés par une explosion courut vers les chars,
aveugle, guidé par le bruit des moteurs et par sa
détresse, et roula sous les chenilles en faisant
sauter une grenade. Ou encore ce jeune Allemand sans casque, à moitié allongé près d'un
canon renversé, les mains en sang serrées sur ses
côtes fracassées et qui appelait d'une voix gémis-
sante d'enfant, en pleurant dans une langue que
jusqu'alors Pavel n'avait entendue qu'aboyée et
qu'il croyait faite pour être aboyée.

Il y avait aussi son propre corps que, durant
une seconde infinie, il vit étendu, inerte dans les
ornières enneigées. La détonation d'un obus
supprima tous les bruits et c'est au milieu de
ce silence d'un monde disparu qu'il se vit d'un
regard extérieur et très lointain (« comme du
ciel », penserait-il plus tard) : le corps d'un soldat dans sa capote tachée de boue, les bras écartés, le visage rejeté vers le haut, vers ce beau
soleil d'hiver qui aurait gardé la même splen-
dide indifférence s'il n'était plus resté personne
dans cette matinée de décembre. Il était sûr
d'avoir vécu ces quelques instants de contemplation détachée et indolore, sûr d'avoir vu la fragile dentelle du givre qui entourait la tête du

soldat immobile. Sa tête... Quand, à l'hôpital, il reprit connaissance et put de nouveau entendre, il sut qu'on avait failli le laisser pour mort dans ce champ où il n'y avait plus un vivant. Une infirmière, plutôt par acquit de conscience, s'était approchée de ce cadavre dont la tête était prise dans une flaque glacée, s'était accroupie, avait porté un petit miroir aux lèvres du soldat. La transparence du verre s'était couverte d'une légère buée...

Retournant au front à la fin de l'hiver 1942, il remarqua que durant son absence le monde avait changé. Désormais, le matin, en reprenant leur besogne de guerriers, ils avaient le soleil dans le dos. Et le soir, sur les derniers kilomètres avant la halte, les plus pénibles, quand les bottes alourdies de boue semblaient prendre racine dans la terre, ce soleil brillait devant eux, à l'ouest, dans la direction de l'Allemagne. Comme si dans les champs glacés près de Moscou les points cardinaux s'étaient inversés.

Cette inversion du soleil fut une logique réconfortante. La seule dans le capricieux chaos de la guerre. S'il avait eu le temps d'y réfléchir, il aurait remarqué encore cette autre logique : on comptait dans les rangs de moins en moins d'hommes nés, comme lui, tout au début des années vingt, ceux qui combattaient dès le premier jour de la guerre. C'est bien plus tard que les survivants de sa génération auraient le loisir d'examiner le diagramme des âges, ce triangle aux côtés ébréchés, un sapin, eût-on dit, pointu en haut, évasé vers le bas. À la hauteur de 1920, 1921, 1922, il y aurait une profonde entaille, comme si une mystérieuse épidémie avait exterminé les hommes qui avaient ces années de naissance. Il n'en resterait qu'un ou deux sur cent. Des branches émondées jusqu'au tronc.

Dans la rude poussée humaine vers l'Occident, Pavel avait appris que la survie dépendait le plus souvent non pas de la logique, mais de la connaissance des petites astuces du chaos, de ses imprévisibles lubies qui défiaient le bon sens. Une victoire pouvait être plus meurtrière qu'une défaite. La dernière balle tuait celui qui, à la fin du combat, ébruitait son soulagement et allumait le premier une cigarette. Et on ne pouvait jamais dire si ce qui arrivait était salvateur ou mortel.

C'est en marchant dans cette ville à peine reprise aux Allemands qu'il pensait à la victoire qui fauchait plus d'hommes qu'une bataille perdue. Les rues, vides, gardaient encore des perspectives instables, inquiètes, déformées par le regard qui les avait embrochées sur la visée du tir, par la course essoufflée de l'angle d'une maison à l'autre. Les tués avaient l'air de chercher un objet perdu dans la poussière des cours, au milieu des gravats des immeubles éventrés...

Quelques minutes avant, la durée du silence, plus longue qu'une simple pause entre les rafales, annonçait la fin et le soldat qui était accroupi à côté de Pavel derrière un pan de mur se redressa, bâilla avec satisfaction en aspirant l'air humide de cette soirée de mai. Et il se rassit immédiatement, puis s'affala sur le côté, une pincée de tabac encore serrée entre l'index et le pouce et, au coin d'un sourcil, ce creux qui s'imprégnait rapidement de sang. Pavel se jeta par terre, en croyant à un tireur embusqué. Mais en regardant la plaie, reconnut le travail d'un éclat égaré, l'un de ces bouts de métal qui venaient on ne sait d'où, à la fin d'un combat, et n'étaient précédés d'aucun bruit d'explosion. D'ailleurs, dans le ciel obscurci par l'orage, le tonnerre imitait les explosions dans un grondement sourd, à l'autre bout de la ville. Pavel se leva, héla les infirmiers qui, deux corps chargés sur un brancard, traversaient la rue en courant...

Avec d'autres soldats, il marcha le long des maisons trouées d'obus, puis en entendant le bruit du piétinement, tourna dans une ruelle moins touchée et se mit à vérifier les immeubles les uns après les autres. Dans l'avant-dernier, il se retrouva seul. Les couloirs, les portes des classes, et dans les classes les tableaux et les morceaux de craie dans la rainure, en dessous... Certaines vitres étaient brisées et dans la pénombre d'une fin de jour lourde d'orage, il lui semblait reconnaître aussi ce moment très particulier de mai où les dernières leçons de l'année fondaient dans la joie des grosses averses, des grappes humides de lilas derrière la fenêtre ouverte, dans cette obscurité orageuse qui envahissait soudain la salle de classe et créait entre eux et le professeur une discrète et rêveuse complicité. Sur le tableau de l'une des salles, il vit cette inscription tracée avec une application scolaire : « La capitale de notre pays est Berlin. » L'enseignement se faisait d'après les programmes allemands rédigés pour les « territoires de l'Est », Moscou était censée disparaître au fond d'une mer artificielle... Il sortit de la classe en entendant des coups de feu dans le couloir du rez-de-chaussée. Quelques soldats allemands se cachaient encore dans l'immeuble et il n'était pas facile de les dénicher dans ces dizaines de salles où l'œil était tout le temps distrait par les caractères à la craie sur le tableau, par les pages d'un manuel oublié.

Pavel ne s'étonna pas que le souvenir de ces classes désertes fût plus tenace que celui de la bataille elle-même, pour laquelle pourtant il reçut une médaille et dont la date était marquée par des salves victorieuses à Moscou. Il connaissait trop bien les imprévisibles caprices de la guerre et de ce qui en restait dans la mémoire. Et c'était aussi par un caprice de mauvaise humeur que le commandant lui refusa une semaine de permission, le temps de se rendre à Dolchanka, à moins de cent kilomètres

de la ville reconquise. C'était la troisième année
de guerre, une année faite comme les précédentes de mille mouvements de troupes, de pro-
gressions pénibles et de replis chaotiques. Au
milieu de ces trajectoires embrouillées, un seul
point fixe, inchangé depuis son départ : la maison de sa famille, les feuilles de plantain autour
du perron en bois, le crissement familier de la
porte. Malgré toutes les villes calcinées, malgré
tous les morts, le calme de cette maison paraissait intact, jusqu'au sourire des parents sur cette
photo, dans la salle à manger : le père, la tête
légèrement tournée vers la mère dont il semblait
attendre la parole... Dans cette ville si proche de
Dolchanka, une ville à moitié rasée par les obus,
un doute le saisit. Il voulait juste s'assurer que la
photo souriait toujours sur le mur... Dans le refus
du commandant, il vit un mauvais signe qui,
quelques jours après, se confirma : un champ
de mines sur lequel ils piétinèrent comme une
bande d'aveugles, puis cette giclure d'éclats, la
douleur, mais avant la douleur, la vue de ce corps
sectionné en deux et qui rampait toujours : le
soldat avec lequel, une heure avant, il parlait des
différentes astuces de la pêche... À l'hôpital, il
rumina sa rancœur contre le commandant. Le
jour où il put se lever et sortir dans le couloir, il
apprit qu'entre-temps, dans une offensive mal
engagée, leur division avait été enterrée par l'artillerie allemande. Il n'éprouva ni joie d'y avoir
échappé, ni remords. La guerre rendait tout ce

qu'on pouvait dire ou penser d'elle à la fois vrai et faux, et dans chaque minute il y avait trop de mal et trop de bien mélangés pour pouvoir juger. On ne pouvait que se taire et regarder. Près d'une fenêtre, un jeune soldat apprenait à allumer une cigarette en la serrant entre les moignons de mains qui lui restaient.

C'est par cette journée de mars 1944 qu'à travers les caprices meurtriers du chaos Pavel crut percer un sens, un grand but dont on ne pouvait plus douter. À quelques mètres de leur cantonnement, au milieu d'une plaine grise, sans repères, sans bords, des soldats creusaient la terre et enfonçaient dans le trou un poteau fraîchement équarri. L'odeur de la terre retournée et celle de l'écorce ajoutaient une note étrange à l'inscription sur un étroit panneau horizontal qu'ils clouèrent en haut du poteau : U.R.S.S. C'était difficile d'imaginer que là, sous leurs grosses bottes embourbées, entre les tiges des herbes sèches passait la frontière, ce pointillé invisible qu'il n'avait vu que sur les cartes, à l'école. Ils avaient mis presque trois ans pour y arriver depuis Moscou... Certains soldats allaient et venaient, amusés de pouvoir, d'un seul pas, se retrouver à l'étranger. Le soir le commissaire politique leur parla de la « patrie nettoyée de la souillure nazie », de la « mission libératrice » qui leur était confiée dans l'Europe asservie. En l'écoutant, Pavel se disait que cette borne frontalière était plus convaincante que tous les discours.

Il ne comprit pas pourquoi le passage de la frontière éveilla en lui la peur de mourir. Peut-être parce que pour la première fois depuis de longs mois la fin de la guerre et donc le retour devenaient pensables. Et comme un joueur qui a beaucoup gagné et craint de tout perdre pendant les dernières minutes du jeu, il se rendit compte de son gain, de cette vie jusqu'ici préservée au milieu de tant de morts et que chaque jour de combats rendait plus précieuse et plus menacée. Dans une pensée inavouable, il reconnaissait que pour ne pas mourir il aurait été prêt à ruser, à ralentir la course pendant l'attaque, à se cacher derrière un dos, à simuler une chute. Mais il connaissait les lois de la mort qui visait souvent ces malins et pardonnait aux têtes brûlées.

L'espoir du retour ne fit qu'aiguiser sa peur. Il se voyait marcher, la poitrine couverte de décorations, dans la rue de Dolchanka et ne trouvait rien qui aurait pu être plus beau que ce seul moment. Durant les heures de répit, il lui arrivait d'astiquer ses médailles et la boucle de sa ceinture, en rejouant cent fois la même scène rêvée : la grand-rue du village natal, les regards émerveillés des habitants, lui se dirigeant avec une lenteur bienheureuse vers la maison dont il devinait déjà l'attente silencieuse et vivante.

Pendant ces préparatifs au retour, entre deux combats, il avait l'impression de transporter vers le futur une part de lui-même qui échappait ainsi à la guerre, qui vivait déjà dans l'après-guerre.

Ce jour-là, l'argile qu'il trouva au bord d'une rivière fondait comme du savon. L'argent terni de ses deux médailles « Pour bravoure » s'éclaircit, la silhouette du fantassin au milieu de l'étoile rouge brilla telle une écaille de mica. Il rangea les décorations, nettoya ses doigts avec une poignée de sable. L'eau en ce soir d'avril paraissait presque tiède. Et dans le calme du crépuscule, un oiseau caché au milieu des saulaies répétait deux notes d'une joyeuse insistance...

En se redressant il entendit ce bref esclaffement. Les soldats de sa compagnie, pensa-t-il, qui, profitant de la halte, se lavaient ou rinçaient leur linge. L'esclaffement retentit de nouveau, mais trop saccadé pour qu'il pût s'agir d'un rire. Pavel contourna la broussaille des saules, enjamba un gros tronc à moitié immergé et, écartant une cascade de branches, les vit. Une femme renversée sur le sable de la rive, la tête vers l'eau, un homme qui écrasait cette tête de ses deux mains en empêchant les cris, un autre qui serrait les poignets de la femme, le troisième qui se débattait sur elle.

Il lui était déjà arrivé de surprendre des violeurs. Et de tirer en l'air pour les faire fuir. Et de se faire traiter d'enfoiré car la femme travaillait pour deux boîtes de conserve. Un jour, on avait tiré dans sa direction, en entendant sa voix... Cette fois, il fallait agir vite. Les esclaffements étaient ceux d'une bouche à moitié étouffée. La femme parvint à libérer sa tête, à saisir une gorgée d'air et tout de suite son visage fut muselé sous une large paume. Pavel se fraya un chemin à travers le branchage, fit basculer l'homme qui tordait les mains de la femme, frappa de haut en bas celui qui lui écrasait la bouche. Et eut le temps, en une fraction de seconde, d'apercevoir le visage de la femme et de le reconnaître. C'est-à-dire, justement, de ne pas le reconnaître, mais de se dire qu'il l'avait certainement déjà vu, ou rêvé, ou imaginé... Le premier soldat se jeta sur lui. Il l'esquiva, attrapa par le col de la vareuse celui qui était encore étendu, le fit basculer de côté et, avant de discerner dans le crépuscule ses traits, identifia la voix qui jurait. C'était l'un des officiers de la compagnie.

Après, il comprendrait que c'est le très proche voisinage de la mort qui précipita les choses. Si le viol avait été reconnu, les trois hommes seraient passés en conseil de guerre et auraient été fusillés. S'il n'était pas intervenu, la femme serait morte étouffée. Les soldats étaient ivres, ils ne se seraient aperçus de rien. S'ils n'avaient pas été ivres, ils l'auraient tuée de toute façon pour la faire taire. Chacun, à sa manière, repoussait la mort, comme dans un combat rapproché

197

on repousse la grenade par un jeu fébrile de quelques secondes suspendues à l'explosion.

Il penserait plus tard à ce jeu, à cette comptine mortelle dont le dernier mot était tombé sur lui. Des semaines plus tard, car sur le moment tout se passa trop vite. On l'arrêta, on arracha ses galons, on retira ses décorations (ces médailles fourbies à l'argile). Un camion le chargea dans un entassement d'hommes dont l'uniforme ne portait aucun insigne distinctif. Il savait qu'il s'agissait d'une compagnie disciplinaire, donc d'une mort à très brève échéance.

Dès la première bataille, la distance qui le séparait de la mort se mesura en nombre de tués. Deux cents soldats de sa compagnie avançaient droit sur les positions allemandes, sans aucun soutien d'artillerie, sans chars, sur une plaine nue, une mitraillette pour cinq hommes. Ils savaient que derrière eux, une section de barrage était prête à abattre celui qui aurait voulu reculer. On ne pouvait qu'avancer vers la mort, ou reculer vers elle. L'unique choix.

Il sauta dans la tranchée derrière un mort, un soldat à la poitrine déchiquetée par une rafale. En tombant, ce corps détourna, pour une seconde, le regard de deux Allemands qui s'écartèrent pour éviter le cadavre. Une seconde qui put contenir cet oblique coup de couteau, une mitraillette arrachée aux mains de l'un des Allemands, un tir qui devança à peine le geste de l'autre soldat. Pavel courait, se jetait par terre, tirait — toujours un peu en avance sur le temps des autres. Tout lui paraissait lent : le couteau qui s'enfonçait lentement sous l'oreille de l'Allemand, la chute du corps qui se débattait et le maculait de sang, le regard de l'autre soldat qui, gêné par l'étroitesse de la tranchée, secouait son arme coincée entre son ventre et la paroi de terre, et qui avait le temps de comprendre qu'il était trop lent... Le combat avait pris fin depuis un moment déjà et c'est avec retard que se déroulait maintenant au fond de son regard le temps qu'il avait réussi à devancer. Il était sorti de la tranchée et la longeait en se dirigeant vers le petit groupe de survivants qui se rassemblait autour du commandant. Ils se regardaient comme s'ils se voyaient pour la première fois.

Avec les restes d'autres compagnies disciplinaires, on en forma une nouvelle : deux cents hommes sans nom, sans grade, les derniers venus — sans armes. On les jetait là où l'on ne pouvait que mourir, comme dans cette longue cuvette minée de crevasses de tourbe que Pavel traversa pendant le troisième combat. Les Allemands tirèrent, cachés dans le taillis. Et trahirent leurs positions. On pouvait lancer une vraie offensive. Les disciplinaires n'étaient qu'un appât...

En réunissant une nouvelle compagnie, le commissaire répéta qu'ils devaient « laver de leur sang leur faute envers la patrie ». Il n'avait pas peur de se répéter car le contingent se renouvelait presque à chaque combat. « Un mois ou deux, dans le meilleur des cas », pensa Pavel en évaluant, d'après le nombre des survivants, l'espérance de vie chez les disciplinaires.

Cette espérance trouva une formule arithmétique grâce aux prisonniers du goulag, nombreux dans ces compagnies de kamikazes désignés. L'un d'eux (comme tous les autres, il n'avait pas de nom ; un tatouage sur le dos de la main le remplaça : Ancre) était un homme aux yeux inhabitués au soleil, au visage brûlé par le froid du grand Nord. Il montra à Pavel son scrupuleux décompte des jours, de fines entailles sur le manche de son couteau : pour un mois de service dans les compagnies disciplinaires, expliqua-t-il, on réduisait leur peine de cinq ans, deux mois effaçaient sept ans de camps, trois mois en valaient dix. Il n'y avait pas de meilleure équation pour exprimer l'époque qu'ils vivaient. Ancre fut tué après huit années de guerre (égale : deux mois et quelques jours). Pavel ramassa son couteau au manche strié d'espoir.

Il lui arrivait de se rappeler le visage de la femme violée. Non pour la plaindre ou pour se plaindre et regretter son geste. C'est la ressemblance de ce visage avec les traits vus quelque part qui ne le lâchait pas. Il pensa à sa sœur, à sa mère... Et aussi à Sacha. À d'autres visages de femmes. Elles avaient eu, par instants, dans leurs

200

yeux, le même reflet de douleur et de beauté...
Un jour, dans une ville polonaise, en passant
devant une église à moitié détruite par les obus,
il devina. Le souvenir de l'église de Dolchanka
lui revint à l'esprit. Démolie elle aussi, mais avec
une opiniâtreté vindicative : la coupole arrachée, la toiture brûlée, un pan de mur soufflé
par la dynamite, le travail du camarade Krasny.
L'intérieur, à ciel ouvert, était envahi d'orties et
de jeunes pousses d'érables. Sur les murs s'étalaient des obscénités griffonnées avec un éclat
de brique. Seul, dans l'angle, à une hauteur inac-
cessible à la main humaine, ce visage s'inclinait
vers celui qui entrait par la porte béante. Les
yeux d'une femme, grands et douloureux, un
regard venant d'une fresque noircie par le feu.

Comme ils étaient presque sûrs de ne pas se revoir le lendemain, les disciplinaires se parlaient autrement que les soldats ordinaires. Des paroles toutes simples, un ton qui ne se souciait pas de se faire comprendre, de convaincre ou d'étonner. Des mots qu'on dit à soi-même ou qu'on adresse à des ombres. Avant un combat, on savait déjà que, dans quelques heures, neuf voix sur dix auraient à jamais cessé de résonner sur cette terre. Cela rendait les voix calmes, détachées, indifférentes à ce que les ombres de demain allaient en penser. Parfois le récit s'interrompait et on le devinait qui se poursuivait, souterrain, dans le silence des souvenirs.

« Pour ne pas l'écraser, cet œuf, racontait Ancre deux jours avant sa mort, je m'attachais le poignet à la cuisse pendant le sommeil. L'œuf était toujours au chaud, sous l'aisselle. Toute notre baraque m'aidait à le couver. Durant les fouilles, on se le transmettait, on le cachait aux gardiens comme si c'était une bombe ou un lin-

got d'or. Qu'est-ce que tu veux, il n'y a pas beaucoup de distractions dans un camp... C'est un
tracteur qui avait fait tomber ce nid. Tous les
autres œufs, c'était fichu, mais celui-là ne s'était
pas cassé. On était très curieux de voir quel
genre d'oiseau allait en sortir... »

Il en était sorti une minuscule parcelle de vie,
une petite pulsation tiède couverte de duvet, et
cette bouche jaune largement étirée que les prisonniers nourrissaient d'un mâchouillis de pain
et de salive. Les gardiens finirent par savoir mais
n'intervenaient pas. Ils comprenaient que le
camp n'aurait pas bronché si on avait doublé les
normes du travail, si on l'avait privé de vivres, si
on avait aggravé les peines. Mais il se serait
révolté si on avait touché à cette petite bête qui
apprenait déjà à voler dans l'air étouffant des
baraques.

Ancre fut tué et Pavel ne connut pas la fin du
récit. Il imaginait seulement un jeune oiseau
qui, sous les regards figés des prisonniers, survo-
lait les lignes de barbelés.

En racontant son histoire, Ancre se nommait
parfois « coq couveur ». Le sobriquet faisait
sourire cet autre prisonnier, arrivé dans la compagnie en même temps que lui et qui, à la différence des autres soldats, s'était appliqué à
conserver son vrai nom parmi l'anonymat des
disciplinaires. À tous ceux qu'il abordait, même
brièvement, il disait son nom, Zourine, heureux

sans doute de le reconquérir après avoir long-temps été un simple numéro-matricule. C'est ce désir de personnification qui le poussait à racon-ter ce qui lui était arrivé.

Blessé dans la bataille de Brest-Litovsk, il avait été capturé par les Allemands, avait passé plus d'un mois derrière les barbelés, avait réussi à s'évader, à rejoindre nos troupes et là, dans un mouvement à rebours, avait été arrêté, jugé comme traître et envoyé dans un camp sovié-tique...

Pavel avait déjà entendu les récits de ces éva-dés qui fuyaient, sans le deviner d'une mort à l'autre. Il savait ce que voulaient dire les paroles de Staline qui déclarait : « Aucun de mes soldats ne sera fait prisonnier par l'ennemi. » Cela signi-fiait qu'il ne fallait jamais se rendre vivant.

Ce n'est pas le destin de Zourine qui le frappa, mais juste un épisode que le soldat racontait maladroitement, en bafouillant, comme s'il se sentait fautif d'avouer sa capture.

... C'était, disait-il, au dernier jour du combat dans la forteresse de Brest-Litovsk. Les Alle-mands venaient de déloger les derniers défen-seurs qui se battaient dans les souterrains. Cer-tains périrent sous l'écroulement des voûtes, d'autres furent brûlés par des lance-flammes, asphyxiés par la fumée. On aligna les survivants sur la place centrale de la forteresse, devant les soldats allemands qui les observaient avec une curiosité goguenarde. Les combattants cillaient sous le soleil trop dru après de longues semaines passées dans l'obscurité des casemates. Leur uniforme s'était transformé en une croûte de boue durcie. Des pansements tachés de terre et de sang, des cheveux rigides plaqués sur les fronts, des lèvres écorchées par la soif. On aurait dit des bêtes qu'on venait de retirer de leur tanière. Ces bêtes avaient perdu le compte des jours et ne savaient plus que la citadelle frontalière qu'elles défendaient avait été depuis longtemps abandonnée par le reste de l'armée qui reculait déjà vers Moscou...

Exactement comme on traîne une bête capturée, deux Allemands traînèrent sur un brancard de fortune encore un combattant et le déposèrent aux pieds des autres. Son visage toucha la pierre, il sembla écouter un bruit lointain. Un éclat d'os, très blanc au milieu du tissu sale de sa vareuse, pointait de son épaule. Il resta immobile, étendu entre les Allemands et la rangée des prisonniers. L'un des officiers lâcha un ordre bref. Un soldat s'en alla en courant et revint avec un seau d'eau qu'il versa sur le gisant. Celui-ci remua la tête : on vit que la moitié de son visage était carbonisée — la même surface noire que les murs de briques vitrifiés par les lance-flammes. Péniblement, il se releva sur un coude. Dans ce visage fait de peau calcinée et de boue, un œil brilla, conscient et plein encore de l'obscurité des souterrains.

L'officier s'inclina pour capter ce regard

borgne. Dans le visage brûlé, les lèvres bougèrent. Au lieu de crachat, un caillot de sang brun s'arracha à cette bouche et s'écrasa sur les bottes de l'officier...

« On s'est dit, racontait Zourine, c'est foutu, le fritz va l'achever, un coup de pistolet et ils vont s'acharner sur nous, pour nous faire payer ce crachat... »

L'officier se redressa et un nouvel ordre claqua. La rangée des soldats tressaillit et, avec un rude claquement de talons, se figea au garde-à-vous, les yeux fixés sur le gradé. Il les dévisagea avec dureté et fit résonner à travers la place quelques paroles hachées. Zourine comprenait l'allemand, cette langue de l'ennemi qu'on apprenait à l'école en lisant Heine. « C'est un véritable soldat, dit l'officier. C'est comme lui que vous devez vous battre ! »

Une longue seconde la place demeura muette. Une ligne de soldats allemands au garde-à-vous et cet homme mourant étendu sur les dalles, le front contre la pierre.

Dans la nouvelle compagnie composée des débris des précédentes Pavel ne parla à personne. Il était déjà habitué à cette inutilité de se lier à quiconque et savait que tout ce qu'on pouvait garder d'une telle amitié d'avant la mort, c'était un couteau au manche encoché de jours de survie ou bien un récit inachevé. Et s'il engagea cette conversation nocturne c'est parce que

la faute qu'on attribuait à un nouveau disciplinaire lui paraissait trop invraisemblable. On
disait que, durant les attaques, ce soldat aurait
refusé de crier le nom de Staline.

Tous les deux en faction, ils parlèrent en chuchotant sans se voir dans l'obscurité. Les positions allemandes étaient très proches, on ne
pouvait même pas allumer une cigarette. Les
réponses du soldat laissaient Pavel perplexe. « Il
se paie ma tête, celui-là... », se disait-il de temps
en temps, et il essayait dans la clarté grise de la
nuit de juin de distinguer les traits de son
étrange interlocuteur. Mais le reflet de la lune
renvoyait juste le bref scintillement des lunettes,
la tache pâle du front.

« C'est vrai que tu échanges ta vodka contre
du pain ? » demandait Pavel voyant dans ce refus
de boire les cent grammes réglementaires avant
l'attaque une bizarre crânerie : ces quelques
gorgées brûlantes donnaient le courage de s'arracher à la terre sous le sifflement des balles et
des éclats. « Tu n'aimes pas boire ou quoi ?

— Si, mais j'ai toujours faim. J'étais un gosse
de riches, tu sais. Mes parents m'ont gavé
comme une dinde quand j'étais gamin. »

Une telle sincérité déroutait. Pavel se disait
que lui-même, interrogé de la sorte, aurait
inventé une raison bien plus noble à son refus.
Oui, il aurait dit qu'il ne buvait pas car il n'avait
peur de rien. Mais surtout il n'aurait jamais
avoué ce passé d'enfant gâté.

« Et c'est vrai qu'on t'a envoyé dans une compagnie disciplinaire à cause de Staline ? Tu as vraiment refusé de crier ?

— Tu vois, on avait un commissaire politique qui n'aimait pas ma tête. Il n'y avait rien à faire, il me cherchait tout le temps. Un jour, il m'a fait sortir des rangs et ordonné de crier : "Pour la patrie ! Pour Staline !" J'ai refusé en disant qu'on n'était pas à l'attaque...

— Mais à l'attaque, tu criais ?

— Oui... Comme tout le monde. On a moins peur quand on crie, tu sais bien. »

Cette nuit-là, Pavel apprit que le soldat était parti au front à dix-sept ans, volontaire, en mentant, comme tant d'autres, sur son âge. Il était de Leningrad et depuis le blocus n'avait pas reçu une seule lettre, même après que le siège fut rompu... Au moment de la relève, le soldat resta un moment immobile dans l'indécision hébétée de celui qui est soudain rattrapé par la vague de sommeil retenue jusque-là. En s'éloignant, Pavel se retourna et le vit ainsi : une silhouette, toute seule, dans l'étendue des champs nocturnes, sous le ciel qui s'imprégnait déjà de la première clarté.

Il le retrouva le lendemain, pendant une halte. La compagnie, éclaircie de moitié par une attaque sans succès, laissait plus facilement repérer les visages. Le soldat le salua, lui tendit la main. « Il est juif », pensa Pavel, et il ressentit ce mélange de déception et de défiance dont il ne connaissait pas lui-même la source. Il entendait souvent dire, au front, que tous les juifs restaient à l'arrière ou étaient planqués dans l'intendance. Ils en avaient rencontré plusieurs en première ligne, ou à l'hôpital, défigurés par les blessures, ou encore dans cette parenthèse rapide qui séparait les gestes insignifiants d'avant le combat (la langue humectant le papier d'une cigarette, une plaisanterie, une main qui repousse une abeille) et les premiers pas d'après, sur une bande de terre couverte de corps silencieux ou hurlants. Pourtant, il continuait d'entendre le refrain sur les planqués et les petits malins de l'intendance. À présent, il se rendait compte que chez les disciplinaires ces propos s'étaient tus. La mort trop proche enlevait les oripeaux des noms et des origines.

« Je m'appelle Marelst. C'est un prénom... »

Pavel le dévisagea sans pouvoir s'empêcher de sourire : de haute taille, très maigre, des épaules d'une minceur osseuse d'adolescent, et ces lunettes avec l'un des verres fêlé en diagonale. Ce physique correspondait très peu au prénom formé par la contraction de Marx-Engels-Lénine-Staline. Un de ces vestiges révolutionnaires des années vingt... Sur la vareuse, au-dessus du cœur, on voyait encore les accrocs laissés par les décorations confisquées.

« Tu avais une Étoile rouge? demanda Pavel en apercevant une tache plus sombre et anguleuse sur le tissu blanchi par le soleil.

— Oui, et une "Pour bravoure" », répondit Marelst, et il se reprit aussitôt pour gommer le ton de fierté juvénile qui avait percé dans sa voix. « Je les avais... Mais en fin de compte je me dis que maintenant, de toute façon je n'aurais plus rien obtenu à moins de capturer Hitler en personne... »

En marchant dans leur colonne étirée sur un chemin de la plaine, il apercevait à trois rangs de lui Marelst qui portait la plaque d'acier du mortier, la charge la plus encombrante car on ne savait jamais comment l'équilibrer sur son dos. Pavel regardait ce dos légèrement courbé, les écarts de la marche imposés par le va-et-vient de la plaque... Un dos comme un autre, pensait-il distraitement, un soldat traînant ses pieds fatigués dans la poussière d'une route de guerre. Il se rappela sa méfiance, son dépit d'avoir appris qu'il s'agissait d'un juif. À contrecœur, il constata que ce dépit lui paraissait inexplicablement justifié et même inséparable du fait d'être russe. Il aurait voulu en trouver la raison. Mais du temps de son enfance, la possibilité d'être juif restait théorique, car on n'en avait jamais vu à Dolchanka où les gens de l'autre bout du village étaient déjà considérés comme des étrangers. Plus tard, à l'école, ce furent ces quelques dictons de sagesse populaire sur le juif qui « ratisse l'argent des deux mains ». Une sagesse curieusement mise à mal par leur professeur d'histoire, ancien soldat, juif et manchot qu'il était difficile d'imaginer dans ce rôle de ratisseur...

Le lendemain (on les avait jetés, comme toujours sans soutien d'artillerie, dans l'écheveau de pierre d'une petite ville polonaise), il observa Marelst de nouveau, en essayant de comprendre. Il y eut beaucoup de blessés à cause des ricochets dans les rues étroites. Pavel emportait un soldat dont la vareuse était gonflée de sang comme une étrange outre. Et en tournant l'angle d'une rue, il aperçut la silhouette de Marelst, lui aussi avec un fardeau humain. Ils marchèrent un moment ensemble, en silence, plongés tous deux dans la torpeur d'une fin de combat, quand on se réinstalle dans son corps resté vivant, dans ses pensées d'il y a quelques heures et qui paraissent vieilles de plusieurs années. De temps en temps, Marelst ployait les genoux et en se redressant avec effort ajustait la position du blessé sur son dos. Les verres de ses lunettes étaient éclaboussés de boue, l'une des branches, cassée, avait été remplacée par un bout de fil de fer. Pavel fixait ces lunettes, ce visage, sans rien dire, frappé par cette disproportion : ce large bleu sur le menton, un bleu banal, pareil à celui que l'on reçoit dans une simple bagarre, un simple bleu laissé par un combat qui venait de tuer tant d'hommes. Il y avait une curieuse dérision dans cette chiquenaude par laquelle la mort semblait repousser celui dont l'heure n'était pas encore venue...

Marelst dut remarquer ce regard ou peut-être devina-t-il que ses origines avaient déplu. Le soir, assis près du feu de leur campement, il parla de cette voix égale et sourde dont les disciplinaires, en chuchotant, sondaient le passé de leurs vies qui paraissaient, d'un jour de sursis à l'autre, de plus en plus étrangères, comme vécues par quelqu'un d'autre. Au milieu de son récit, craignant sans doute le ton de la confession, il s'arrêterait pour annoncer avec une ironie catégorique : « En fait, j'ai décidé de ne pas mourir. Donc, tout ce que je raconte n'est pas définitif. La vie continue, comme disait le pendu en voyant l'arrivée des premiers corbeaux. Non, tu verras, on y échappera, on boira nos cent grammes à Berlin. Que dis-je, cent grammes, un tonneau ! » En se souvenant plus tard de ce récit à la tombée de la nuit, Pavel ne parviendrait pas à retrouver la place de cet éclat de joie. Dans sa mémoire, les paroles de Marelst gardaient une cadence grave et dense où il était impossible d'insérer ne fût-ce qu'une bribe de plaisanterie.

Il y avait dans ce récit le père de Marelst, un jeune horloger de Vitebsk qui, un jour, sortit de sa boutique et jeta sur le pavé une lourde pendule avec son boîtier en acajou, puis en pleurant se mit à piétiner les éclats de verre. On le crut fou. Il l'était devenu d'une certaine façon en apprenant que la maison de son frère qui vivait en Moldavie avait été mise à sac et que le pillage avait dégénéré en tuerie et qu'on enfonçait des clous dans les crânes des nouveau-nés. Il eut le sentiment d'entendre le craquement avec lequel la pointe de fer perçait ces têtes à peine couvertes de cheveux, de voir les yeux grands ouverts des enfants. Ce bruit, ce regard le poursuivaient sans relâche, ne lui laissant plus entendre la marche des montres, répondre au sourire des proches. La torture était aussi de savoir que les pilleurs étaient pour la plupart des ouvriers avec une faim de trois jours au ventre et jaloux de l'édredon de duvet que possédait le frère. Il se sentit la force désespérée d'empoigner le globe terrestre et d'en secouer tout le mal. Cette force lui fut nécessaire au moment des arrestations, pendant les années de clandestinité, dans l'exil. À la révolution, il devint le maître tout-puissant dans sa ville natale, puis fut appelé à Moscou par Lénine lui-même. Le but lui paraissait plus clair que jamais : il fallait que dans ce pays, dans le monde entier, il ne reste plus une personne que la faim transforme en tueur. Pour cela, il fallait donner à manger aux uns. Et tuer quelques-uns parmi les autres. Durant la guerre civile, il comprit qu'il faudrait en tuer plus que quelques-uns. Quelques milliers, pensa-t-il d'abord. Quelques dizaines de milliers. Quelques millions... À un moment, il se surprit à avoir oublié pourquoi on tuait. C'était le jour où sa secrétaire posa sur son bureau un nouveau paquet de dénonciations : dans l'une d'elles, il trouva la formule qui lui rappela la sinuosité d'un serpent. « Le citoyen N. doit être arrêté car il est suspecté d'être un suspect. » Il lui sembla soudain que par la porte entrebâillée la secrétaire guettait sa réaction. La même année, il apprit que l'un de ses anciens compagnons du temps de la clandestinité s'était suicidé. Il essaya de réfléchir calmement. Le choix devenait étroit : il fallait ou bien suivre cet ami ou bien oublier définitivement pourquoi on tuait. Il avait trois enfants. Le dernier, Marelst, était né le jour où l'on avait vu des larmes dans les yeux de Staline qui se tenait près du cercueil de Lénine. « J'ai une famille, essayait de se convaincre le père de Marelst, et puis la révolution ne se fait pas en gants blancs. » Un grand appartement en face du Kremlin, une voiture avec chauffeur, une nouvelle secrétaire plus jeune et plus conciliante que la précédente — lorsqu'elle sortait de son bureau en rajustant sa jupe, il éprouvait un long moment d'agréable torpeur qu'aucune question ne pouvait plus troubler. Quand il apprit la famine organisée en Ukraine et ses millions de morts, il se dit qu'il fallait étendre cette torpeur sur toute la durée des jours, pour ne pas perdre la raison... Marelst avait dix ans en cet été 1934 où ils allèrent en Crimée. L'excitation du long voyage en train avec ses parents, son frère et sa sœur l'empêchait de dormir. Il vit ce qu'il ne devait pas voir. Dans une gare, dans une nuit aveuglée de projecteurs, cette foule de femmes et d'enfants que les soldats poussaient vers les wagons à bestiaux en agitant les crosses de leurs fusils. « C'est qui, ces gens-là ? » demanda Marelst de sa couchette. « Des koulaks et des saboteurs », répondit rapidement le père, et il descendit sur le quai pour menacer le chef de gare qui osait retenir leur train dans cette situation idéologiquement douteuse. La mère posa sa main sur les yeux de Marelst. Et lui éprouva une jouissance complexe, pareille à la saveur du gâteau qu'ils avaient mangé à l'anniversaire de sa sœur : cette crème blanche qui collait au palais, des fins copeaux de chocolat, des minuscules paillettes de fruits confits. De même, il goûtait dans sa bouche et par tous les autres sens le calme de leur compartiment qui bougea doucement en glissant le long du quai, le délicieux tangage de sa couchette, l'odeur du thé froid sur la petite tablette sous la fenêtre et surtout, dans un pressentiment du bonheur, les galets de Crimée qu'il faudrait déverser d'une main dans l'autre en recherchant la mystérieuse calcédoine dont son père lui avait parlé. L'existence des koulaks qu'on embarquait dans ces hideux wagons à bestiaux ne faisait qu'aiguiser ce contentement. Il allait s'endormir avec ce goût de pâtisserie sur les lèvres lorsque, soudain, il y eut comme un coup de vent glacé qui circula dans l'obscurité de leur compartiment. L'enfant eut peur. Une peur irréfléchie et cette pensée qui dépassait son raisonnement : un jour, il serait puni pour ce goût sucré de bonheur dans sa bouche, pour la joie de savoir les autres tassés dans les wagons sans fenêtres... Il saurait formuler cette peur plusieurs années après. Sur le moment, il n'y eut que cette brève coulée d'air froid et la vision d'une femme qui tentait de protéger son enfant dans le va-et-vient des crosses de fusils... Il comprit cette peur durant l'hiver 1938. En deux mois ses parents devinrent vieux et ne parlèrent plus qu'en chuchotant, en progressant à tâtons d'un mot à l'autre. Toutes les conversations évitaient soigneusement le secret trahi justement par ce soin de ne pas le dire : l'imminente arrestation du père, la disparition de ce qu'ils appelaient si naturellement leur vie, leur famille. Le père réussit à devancer la sonnerie nocturne à leur porte. Dans le bâtiment du ministère qu'il dirigeait, les escaliers s'élevaient en une large courbe majestueuse et laissaient au moins un mètre d'espace entre leurs rampes. Le père s'y jeta du dernier étage et les employés qui montaient ou descendaient eurent le temps d'apercevoir ce corps dont la chute raya les travées et qui percuta plusieurs fois le fer des rampes. Quelqu'un essaya d'attraper au vol les pans ouverts de la veste, mais ne garda qu'une rapide brûlure sous ses ongles... Grâce à cette mort, le père ne devint pas un « ennemi du peuple » et leur famille, bien que délogée de l'immeuble de prestige, ne fut pas déportée. Ils s'installèrent chez leurs amis, à Leningrad... Le souvenir de la

nuit où, enfant, il avait vu les wagons à bestiaux
— le souvenir de son bonheur — lui revenait
chaque jour avec cette brûlure sous les ongles
qu'il imaginait d'après le récit des employés. Il
partit au front en espérant expier ce bonheur
enfantin. Mais les premiers combats effacèrent
et le souvenir de cette honte, et la nécessité de se
disculper. Il y avait trop de morts, trop de corps
enfoncés dans la boue des champs, trop de
remords qui empiétaient les uns sur les autres :
ce jour-là, un blessé abandonné qui tendait vers
lui sa main en sang, le lendemain, cet officier
qui, se dressant à l'attaque une seconde avant
lui, fut fauché par une rafale... Il lui restait de sa
vie ancienne juste ce cahier rempli de poèmes
d'adolescence. Un cahier qui s'éparpilla, feuille
après feuille, en papier à cigarettes. Il y vit
d'abord une dure leçon de la vie qui réduisait en
cendres ces pages avec leurs sonnets laborieux et
mélancoliques. Mais très vite, le goût du gros
tabac qui chassait l'odeur du sang et de la chair
pourrissante donna à ce cahier un sens nouveau
— celui du silence des soldats qui, après un combat, roulaient une cigarette avec un bout de
poème. Désormais, le calme de ces minutes lui
paraissait infiniment plus vrai que tout ce qu'on
pouvait dire sur la vie ou la mort dans ces
strophes rimées...

En parlant, Marelst relevait de temps en temps
la tête et les verres de ses lunettes captaient le

reflet du feu, les yeux disparaissaient comme sous une giclure de sang. Pavel se disait qu'en temps de paix ils ne se seraient jamais rencontrés, et même en se rencontrant, ne se seraient jamais compris. « Un Leningradois, aurait pensé Pavel avec suspicion, fils d'un ministre... » Il se rendait compte, à présent, que la guerre avait tout simplifié. Il y avait ce feu qui séchait et écaillait les plaques de boue de leurs bottes, la nuit dans cette plaine perdue quelque part entre la Pologne et l'Allemagne, ce bout de terre nocturne qu'ils venaient d'arracher à l'ennemi. Et cet homme assis près du feu, un homme qui parlait tout bas, comme à travers le sommeil, et qui était tout entier dans ce qu'il disait. Pavel comprit soudain qu'il n'y avait plus rien d'autre : une nuit, un homme, une voix. Tout le reste était inventé en temps de paix... L'homme n'était que cette voix nue sous le ciel.

Le lendemain, en reprenant la route, il pensa qu'après le combat il raconterait à Marelst ce qu'il avait toujours tu : l'histoire de cette femme enterrée, avec son enfant dans le ventre, une femme sans voix mais qu'il comprenait toujours.

Dans ce combat, ils devaient libérer un camp. Transformé en une base fortifiée, il gênait l'offensive de toute une division. On ne savait pas s'il restait encore des prisonniers dans les baraques : on ne voyait qu'une trentaine de détenus attachés aux poteaux, autour du camp, en bouclier. Il fallait attaquer sans tirer un seul obus, sans grenades. « À mains nues ? » s'étonna un nouveau venu. Personne ne lui répondit. On jeta à l'assaut trois compagnies disciplinaires, six cents hommes. Après la première attaque, repoussée, Pavel vit que les rouleaux de barbelés avaient à moitié disparu sous les corps immobiles. Plus loin, le long de la clôture, les prisonniers ligotés observaient, muets, ces flux et reflux de soldats qui se laissaient tuer sans pouvoir répondre.

À la cinquième ou à la sixième vague, quand il ne restait plus qu'un quart des trois compagnies, Pavel, déjà sourd, déjà avec le goût du sang brûlé dans la gorge, recula au milieu d'une douzaine de soldats vers un large fossé à l'arrière du camp. Quelqu'un s'inclina pour boire, mais se redressa aussitôt : les mains puisèrent une bouillie visqueuse, jaunâtre. C'était une étroite rivière morte, bouchée de cendres. Ils piétinèrent quelques secondes sans pouvoir se décider à traverser ce liquide stagnant où surnageaient quelques cadavres. Marelst surgit à ce moment-là et Pavel vit sa silhouette qui avança s'enfonçant jusqu'aux genoux, jusqu'au ceinturon, jusqu'à la poitrine. Ses bras soulevèrent la mitraillette au-dessus de la tête. Lorsque, couvert de lourdes floches d'écume, il réapparut sur l'autre rive, les soldats se précipitèrent sur ses pas et le temps s'affola comme pour rattraper le retard. Sur un mirador, le canon d'une mitrailleuse pointa frénétiquement vers eux. L'écume s'anima, bouillonna de balles. Le tireur se débattait dans la cage du mirador en luttant contre l'angle mort. L'assaut de ce côté-là n'était sans doute pas prévu. Les soldats se jetèrent vers les barbelés. Et comme toujours au combat, tout se brisa en fragments de plus en plus rapides et fortuits. Une poutre éclatée du mirador. Le mitrailleur au front ouvert par une rafale. Il tombe et réapparaît — il a un visage intact, c'est un autre Allemand. Les balles fouettent l'écume, strient la berge. Un soldat s'arrête, s'assoit, comme pour se reposer. Pavel le contourne en courant, lui lance un juron, puis comprend... Au loin, une tache d'uniformes gris-vert se déverse entre les baraques — le renfort des Allemands. À gauche, attaché au poteau, un prisonnier semble sourire, sans doute déjà mort. La première ligne de barbelés. Le soldat qui court devant Pavel saute et se redresse soudain, tâte sa gorge. Le bas de son visage est emporté par un éclat de grenade. Son corps chute — une passerelle par-dessus les fils hérissés. On marche sur son dos. On tombe. On allonge la passerelle. Le ciel retourné par une explosion. La terre secoue le corps et le projette dans le bleu. Dans le regard : la rencontre d'une motte de terre et d'un nuage. Le ciel est sous le corps qui se noie dans le bleu. Ce bras arraché, comme oublié par quelqu'un sous un rouleau de barbelés. Les yeux de l'Allemand, sa bouche ouverte et cette souplesse, cette tendresse presque, avec laquelle la baïonnette s'enfonce dans son ventre. Une autre explosion. Le corps embroché protège des éclats. La porte béante d'une baraque. L'empilement des squelettes en habits rayés. Un Allemand embusqué derrière cet amas. Une grenade qui disperse les morts. Un pan du mur s'écroule — la violence du soleil. L'Allemand s'entortille au milieu des corps en rayures. Une baraque brûle. Un être, à moitié nu, rampe en se sauvant des flammes. La surdité est totale. Les explosions sont entendues par l'estomac, les poumons, par le serrement des tempes. Le silence vient aussi de l'intérieur, du ventre. Le regard, encore fébrile, rebondit en ricochet d'un mur à l'autre, d'une ombre vers une porte qui bat soudain sous un coup de vent. Mais le corps n'entend plus rien. La fin. Les oreilles peu à peu recommencent, à leur tour, à entendre. Le silence. Le grésillement d'un criquet dans l'herbe entre deux lignes de barbelés. Et, affalé contre le mur d'une baraque, ce soldat avec une large traînée de sang sur la poitrine. Et son cri (« de l'eau ! ») qui n'est encore, pour les autres, que la preuve de l'ouïe retrouvée et de leur vie intacte.

Les soldats allaient et venaient à travers le camp, comme des coureurs qui, après la distance, déambulent en laissant s'apaiser la fièvre de l'effort. On vérifia toutes les baraques, on libéra les détenus ligotés (la plupart tombèrent près de leur poteau). Le commandant compta.

Une quarantaine d'ombres en habits à rayures donnaient des signes de vie, certains en ouvrant les yeux, d'autres en essayant de se relever. Des six cents disciplinaires des trois compagnies, il restait vingt-sept soldats...

Pavel eut peine à dégager le corps de Marelst. Il fallut soulever d'autres corps, retirer les barbelés. Mais surtout, les doigts du soldat semblaient s'agripper à la terre. Dans le sac de son camarade, Pavel trouva deux lettres envoyées de Leningrad avant le blocus. Il les garda.

Malgré les batailles qui allaient reprendre le lendemain et l'infinie diversité des corps mutilés, il ne put oublier le geste de Marelst : cette main qui avait eu le temps de tâter le bas du visage arraché par un éclat. Il avait souvent pensé à sa propre mort, à la dernière seconde avant la mort, à la possibilité ou à l'impossibilité de se savoir mourir. Ce geste devenait une réponse.

L'assaut du camp valut aux survivants l'amnistie et l'envoi dans des unités ordinaires. Ils écoutèrent la nouvelle sans manifester aucune joie, comme si ce changement ne les concernait pas.

La guerre avait rajeuni. Pavel le remarquait en observant les derniers appelés, leur insouciance d'être tué ou leur peur de mourir, leur maladresse dans la souffrance, leur jeune disponibilité à tout ce que la guerre offrait. Il avait oublié que lui aussi, auparavant, conjurait la mort dans des prières d'amateur, astiquait ses médailles, rêvait du retour, attendait les lettres.

En face, ce rajeunissement était aussi visible. Les balles érodaient facilement, dans les rangs allemands, cette moye friable des tout jeunes gens, des adolescents recrutés dans la *Hitlerjugend*. Cette tranche arrachée, le noyau apparaissait, presque minéral dans sa dureté : des soldats qui avaient survécu à Stalingrad, à Koursk, à Koenigsberg. Des soldats qui savaient que leurs villes natales ou les villes d'où ils recevaient des lettres étaient transformées par l'aviation en ruines carbonisées. La guerre était devenue depuis longtemps leur seule patrie. Et le soldat qui sait qu'il n'est attendu nulle part est à redouter.

Pavel tomba sur l'un de ces soldats déjà dans les faubourgs de Berlin où leur compagnie pataugeait au milieu des petites poches de résistance. Le drapeau rouge flottait sur le Reichstag, la victoire était annoncée, mais là, derrière cette église à la coupole percée d'obus, se cachaient encore des tireurs qui refusaient de se rendre. Surtout celui-ci, au visage noir de fumée, qui criblait la rue en se cachant derrière une colonne toute rongée de balles. Il paraissait invulnérable. Après chaque rafale, lorsque la poussière s'éclaircissait on voyait de nouveau apparaître son profil raide derrière la colonne, et le tir reprenait. Les jeunes soldats, perplexes, haussaient les épaules, visaient avec application ou, au contraire, se mettaient à arroser toute la façade, grimaçant de colère... On finit par l'avoir au lance-grenades. En s'approchant, Pavel, en même temps que les autres, constata l'erreur et siffla d'étonnement. Dans une niche entre deux colonnes se tenait une statue de bronze farcie de leurs balles. La cache de l'Allemand se trouvait à côté, plus bas. Il était étendu, mort, le visage tourné vers eux. La main gauche, couverte de sang, était accrochée à la poignée de la mitrailleuse par un fil de fer qui remplaçait les ligaments déchirés et permettait le tir. Bruni par la suie des incendies et la poussière, son visage ressemblait beaucoup au métal de la statue. Ses traits n'exprimaient rien.

Cette fusillade avait lieu pendant qu'autour du Reichstag on fêtait la victoire. Ils arrivèrent trop tard et Pavel n'eut même pas le temps de marquer son nom sur les murs mutilés. L'ordre de monter dans les camions était déjà donné et lui ne parvenait pas à trouver un morceau de plâtre sur ce sol jonché de douilles et d'éclats. Il regrettait surtout de ne pas avoir tracé le nom de Marelst comme il se l'était promis depuis longtemps.

Il sentait qu'il y avait quelque chose d'inachevé dans ces journées de victoire. Cette inscription manquée... Non, bien plus que cela. La guerre était finie, pensait-il, et cette idée paraissait étrange. D'un jour à l'autre, tout ce flux de visages, morts ou vivants, de corps indemnes ou meurtris, de cris, de pleurs, de soufflements d'agonie, tout se retrouva dans le passé, rejeté vers ce passé par la joie de ce soleil de mai à Berlin. Sans pouvoir le dire, Pavel attendait un signe, un changement de la couleur du ciel, de l'odeur de l'air. Mais les semaines coulèrent, déjà sûres de leur cadence de routine. Les camions arrivèrent à la gare. Les convois se remplirent de soldats et lentement repartirent vers l'est.

Un jour, à l'aube, déjà en Russie, pendant que le train était arrêté à côté d'un village, Pavel vit une jeune femme qui rinçait du linge, accroupie au bord d'un courant. L'étrangeté de cette matinée calme touchait à la folie. Pavel comprenait, sans pouvoir le dire clairement, qu'à présent, après tout ce qui s'était passé à la guerre, il était impossible de rester là, sur cette berge, tranquillement, et de faire onduler dans l'eau ces bouts de tissus blancs. Il était impossible d'avoir ces jambes, cette croupe. Ce corps fait pour aimer ne devait pas exister. Elle aurait dû se lever, le regarder et crier de joie ou pleurer en se laissant tomber à terre. Il secoua la tête, se ressaisit. Autour de lui, les soldats dormaient. Il sentit son visage trembloter dans une grimace de

225

jalousie. La jeune fille se redressa, empoigna l'anse du seau rempli de linge essoré. Il suivit ses mouvements, la désira et malgré le bonheur violent qui l'emplit eut le sentiment de trahir quelqu'un.

Ils traversèrent Moscou à la tombée de la nuit, en camion, d'une gare à l'autre. Pavel ne connaissait pas la ville et attendait inconsciemment que la fuite des rues derrière la bâche relevée du fourgon lui apprenne le mystère de cette vie sans guerre. À un carrefour, le temps d'un feu rouge, il vit la fenêtre ouverte d'un restaurant, côté cuisine. Le soir de juillet était lourd. Un cuisinier, avec une précaution pénible, déplaçait une volumineuse marmite, le corps rejeté en arrière, une grimace d'effort sur les lèvres. Il était étrange de penser à une vie où cette grande casserole et son contenu avaient de l'importance. Au fond de la cuisine, une porte s'ouvrit et, déjà emporté par le camion, Pavel eut le temps d'apercevoir, en enfilade, la salle du restaurant, la grappe du lustre, une femme inclinée vers son assiette, un homme qui agitait la main en éteignant une allumette... « Ils dînent... », pensa Pavel, et ce mot, cette activité lui parurent d'une étrangeté déroutante. À la gare, en attendant le départ du long convoi composé de wagons de marchandises où l'on allait les faire monter, il surprit les dernières paroles d'un couple qui se faisait ses adieux devant un train de banlieue : « Demain, vers sept heures... » Il grimaça en secouant la tête, comme pour se défaire d'un vertige. Ce rendez-vous de sept heures était placé dans un temps, dans une vie, dans un monde où il ne pourrait jamais pénétrer.

Il vivait encore dans ces jours où, après le combat, les soldats allaient et venaient d'un pas engourdi, au milieu des morts, en s'habituant à être vivants. De ces jours lui venait un couteau avec les encoches laissées par un disciplinaire. Dans ces jours il y avait ce soldat qui, avant de s'écrouler, avait tâté le vide à la place des mâchoires arrachées... La nuit, un cri le réveilla. « Les chars, là, à droite ! » hurla son voisin, luttant contre un cauchemar. Dans l'obscurité, il y eut quelques ricanements, quelques soupirs et de nouveau, le silence et le tambourinement des rails.

Il était sûr, à présent, de rencontrer cette vie neuve et oublieuse même à Dolchanka. Au chef-lieu, avant de se mettre en route, il vit une femme qui cueillait des framboises derrière la clôture de sa maison. La maison d'en face avait le toit soufflé par une explosion et paraissait inhabitée. Il observa les mains de la femme, étrangement fines, blanches, aux doigts tachés de jus mauve. Ses avant-bras étaient pleins, insupportables au regard. Il toussota, s'approcha d'un pas entravé et, en s'appuyant sur la clôture avec une nonchalance agressive, demanda la direction de Dolchanka. « Comment dites-vous, Dolchanka ? » s'étonna la femme, et elle haussa les épaules. Il y avait dans son ton et la curiosité flattée de parler à un militaire et le désir de se montrer fière. Pavel s'en alla, puis se retourna, en pensant : « Une grosse génisse ! La saisir, lui arracher son panier, la violer... » Mais, une part de lui, une part très tendre, s'éboulait déjà en une coulée chaude et lui caressait le cœur, en rassemblant dans un matin de bonheur et cette femme, et ses doigts maculés de rouge, et cette vieille clôture dont le bois commençait à tiédir sous les rayons encore pâles.

En marchant, il pensa à son entrée à Dol-chanka, une entrée si souvent imaginée que maintenant l'envie lui venait de se faufiler en passant par les potagers, pour éviter les regards, les saluts. Involontairement, il transportait à Dolchanka tous les gens qu'il avait rencontrés sur la route du retour, à Moscou, au chef-lieu. Imaginé, le village se remplissait de cette vie sans guerre, de sa joie déjà quotidienne et sûre de ses droits. Il y aurait le va-et-vient des jeunes dans la grand-rue, les étirements sonores, à la fois rieurs et plaintifs, d'un bandonéon, l'attroupement, les questions, une multitude d'enfants inconnus. Et il faudrait, pour supporter cette gaîté torturante, avaler un bon verre de vodka, puis un autre...

Ne pas revenir du tout ? Cette pensée lui parut soudain vraisemblable, et c'est à ce moment-là qu'il remarqua que la route, cette route connue jusqu'au moindre tournant, avait changé. Ce n'était pas la colonne des camions incendiés à la sortie du chef-lieu ni les cratères d'obus qui donnaient cette impression. Tout simplement, ce chemin de terre disparaissait çà et là sous l'avancée de la forêt. Des jeunes merisiers poussaient en son milieu, l'herbe remplissait les ornières. Il lui arrivait de heurter de sa botte le chapeau d'un tue-mouche, de contourner une fourmilière. Pourtant les grands repères étaient là : cette chênaie qui descendait dans un ravin, une large bosse calcaire entourée de sapins... Pavel se pencha, toucha la couche de sable et d'aiguilles de pin. Elle formait déjà une croûte solide, toute tissée de tiges et de racines. En reprenant la route, il accéléra inconsciemment le pas.

Avant d'entrer à Dolchanka, la route faisait une courbe serrée en épousant la boucle de la rivière. Si l'on regardait derrière soi, on pouvait voir l'endroit qu'on venait de dépasser, comme on voit, dans un virage, les derniers wagons du train. Pavel se retourna et dans la lumière rouge du couchant qui rasait le sol, il vit la poussière de ses pas qui ondoyait encore dans l'air immobile et chaud, de l'autre côté du chemin incurvé. Il vit plus que cette trace. Il s'imagina presque, tel qu'il était il y a un instant : un soldat qui venait de nettoyer ses bottes, de rajuster sa vareuse, de laver son visage en puisant de l'eau tiède au milieu des joncs. Et se sentit, pour quelques secondes, très éloigné de ce double heureux et tout ému par le retour. Il dépassa le bosquet à l'entrée du village, tira encore une fois sur le bas de sa vareuse et soudain s'arrêta, puis courut, et de nouveau s'arrêta.

Ce qu'il vit ne l'effraya pas, tant le calme était profond. La verdure des vergers devenus sauvages recouvrait presque entièrement les restes des isbas calcinées. Les arbres avaient poussé en désordre, à travers la rue, en rompant sa ligne droite. Dolchanka n'existait plus. Mais ses ruines n'avaient pas la violence de la destruction récente. Les pluies avaient depuis longtemps délavé la noirceur des murs brûlés, les herbes folles cachaient les pierres des fondements. Seuls les fours dressaient encore leurs cheminées, indiquant l'emplacement des maisons. Pavel s'accroupit, tira la petite porte en fonte du fourneau — le grincement des gonds était l'unique bruit évoquant la présence humaine dans ce silence végétal.

Il parla à haute voix, en marchant lentement le long de la grand-rue. Les mots, même venant au hasard, donnaient à ces minutes un semblant de logique. Il reconnut la forge : brune de rouille, l'enclume pointait ses cornes au milieu des orties. Toujours en parlant, il fit ce calcul très simple : le village avait été brûlé durant l'offensive allemande de l'automne 1941, et donc depuis quatre ans, la neige, les arbres... Il s'arrêta devant une maison dont les murs restaient presque intacts, se souvint de cette bâtisse du soviet. Au-dessus de la porte, des gros clous portaient des bouts de corde blanchis par le soleil. Et au sol, les squelettes couverts de lambeaux d'habits étaient assis ou allongés, transpercés de tiges drues et de feuilles, entourés de larges ombelles crémeuses à l'odeur de vin chaud...

Il passa la nuit dans ce carré de rondins noircis qui traçaient encore, au milieu des broussailles, la place de leur maison disparue. À présent, il ne souffrait plus. Dès les premiers pas autour de cet ancien incendie (sous les décombres des poutres réduites à des morceaux de charbon, il avait aperçu un lit de fer, tout noir, et l'avait reconnu), dès le premier crissement du verre sous le pas, la douleur avait franchi le seuil du supportable et l'avait insensibilisé. Seuls quelques petits détails absurdes blessaient encore le regard. Le soir, c'étaient ces guirlandes de fleurs blanches accrochées à la cheminée : près du sol, les fleurs étaient déjà fermées et en haut, là où le soleil brillait encore, elles exhibaient leurs cornets évasés. Il s'était approché, avait tiré avec force sur la guirlande... Et à pré-

sent, dans la nuit, ce fut cette ombre. Un rapide
fouinement derrière les restes de la maison (un
chien errant? un loup?) — et la peur, et l'humi-
liation d'avoir peur. Ici. À ce moment-là. Mais le
vrai supplice était le ciel avec ces étoiles légèrement embrumées de chaleur et qui piégeaient le
regard par la géométrie de leurs constellations
apprises à l'école et, depuis, obtusément inchangées. Il y avait, dans leur lumière mate, une sorte
de paisible imposture, une promesse usée par
des milliards et des milliards de prières jamais
exaucées. Même en fermant les paupières, il
n'échappait pas à ces tracés éternels. Il s'assit et
s'imagina soudain très vieux, oui, un vieillard
qui veille près de sa maison détruite. Et se sentit
indiciblement heureux, dans ce vieux corps imaginé, dans ce mourant sans souvenirs, sans
désirs. Il avait vingt-cinq ans, en cet été 1945. Le
temps qui le séparait du vieillard lui sembla
d'une longueur inhumaine. Il tira son sac, sa
main tâta la crosse du parabellum emmailloté
dans un bout de tissu...

Il quitta le village avant la clarté du jour. En
marchant, il se sentait suivi par son propre
regard. Un regard de mépris. Il savait que s'il
avait manqué de courage, c'était à cause de la
femme aux mains tachées de jus de framboise.

Au début, il sut trouver des prétextes à ses
errances. Il essaya, en vain, de retrouver sa sœur
et passa plusieurs mois à tourner d'une ville à

l'autre, dans la région. Puis alla à Leningrad, pour rencontrer la famille de Marelst, se persuadait-il, comme s'il y avait encore un espoir de voir quelqu'un de vivant après un silence de plusieurs années. Un fonctionnaire à qui il demandait des renseignements sur Dolchanka, un fonctionnaire très perspicace, flaira en lui cette manie de nomade et le rabroua : « Il est temps de retrousser ses manches, camarade, et de participer à la reconstruction du pays ! » En effet, si tout le monde se mettait à rechercher les survivants de tous les villages brûlés... Il ne trouva personne à Leningrad. Pourtant, très consciencieusement, il sonna à tous les étages de ce grand immeuble humide, sinistre, fermé sur une cour encaissée que ne parvenait pas à rendre vivante ce grand arbre aux feuilles incolores. Son zèle donna un résultat auquel il ne s'attendait pas. Une vieille femme surgit d'un appartement caverneux, le regarda presque joyeusement et soudain se mit à parler, de plus en plus haut, en racontant le blocus, les cadavres gelés dans les rues, les appartements habités de morts qu'on ne ramassait même plus... Il recula sur le palier, bafouilla un mot d'adieu, commença à descendre. Toutes ces histoires lui étaient connues. La femme sentit qu'il lui échappait et cria avec une joie démente : « Et dans notre immeuble, les gens ont mangé leurs chiens ! Et ceux qui n'ont pas mangé leurs chiens sont morts et les chiens ont déchiré leurs cadavres... » Pavel dévalait l'escalier et la voix, amplifiée par l'écho, le poursuivait jusqu'à la sortie, puis dans les rues, et plus tard dans le train, dans le sommeil.

Dès qu'il restait plusieurs semaines à un endroit, il commençait à oublier. L'oubli, en cet après-guerre, était plus que jamais le secret du bonheur. Ceux qui n'avaient pas voulu oublier buvaient, se donnaient la mort ou tournaient en rond, comme lui, dans un semblant de retour qui n'en finissait pas.

Un jour, ce bonheur le happa. La femme ressemblait à la cueilleuse de framboises et même était encore plus proche de ce que l'homme affamé de chair attend : cette plénitude pesante du corps qui donne aux seins, à la croupe, au ventre une vie indépendante. En revenant après un jour ou deux d'absence (avec une équipe, il installait les fils électriques le long des routes), il se noyait dans ce corps, dans la vapeur douceureuse des pommes de terre cuites, et se réjouissait qu'on pût vivre sans autre chose que la chair lourde de ces seins et l'odeur tassée de cette isba à la bordure d'un chef-lieu.

Deux fois seulement, il douta de ce bonheur. Un soir, il observait sa compagne qui touillait le contenu d'une large poêle d'où montait le graillon bleuâtre des lardons. « Elle le touille comme pour les cochons », pensa-t-il sans méchanceté, tout engourdi par la journée de travail sous la pluie et par le bonheur. « Mais on

peut très bien devenir un cochon si ça continue », se dit-il, en sentant une faible pulsation
d'éveil, un afflux de souvenirs. Et il se hâta de
replonger dans l'agréable torpeur du soir.

La seconde fois (à cause des froids, leur
équipe rentra plus tôt que prévu, il enleva ses
bottes trop embourbées dans l'entrée et monta
sans bruit), ce bonheur faillit faire de lui un
tueur. La porte de la chambre était entrouverte
et déjà de la cuisine, il vit sa compagne, nue, et,
collé à elle, un homme très maigre qui semblait,
en soufflant, vouloir la pousser hors du lit. La
hache qu'il chercha dans l'entrée ne tomba pas
sous son regard. Ces quelques secondes de
recherche le calmèrent. « Aller en taule à cause
de cette tranche de lard et de ce ver au cul ridé ?
Pas fou... » Il chaussa ses bottes et se dépêcha de
sortir en comprenant que pour tuer il aurait
suffi de voir le visage de la femme, d'entendre sa
voix. Il passa la nuit chez un ami et ne dormit
pas, tantôt presque indifférent, tantôt inventant
une vengeance. Dans un moment de lassitude, il
crut comprendre quel genre de femme était
celle dont il avait partagé la vie pendant une
année. Il n'y avait jamais pensé auparavant. La
guerre était le temps des femmes sans hommes
et des hommes sans femmes, mais aussi celui
des femmes qui, plutôt par le hasard d'une ville
proche du front que par impudeur, avaient aimé
sans compter, habituées à ces hommes qui repar-
taient à la guerre et que la mort rendait irré-

médiablement fidèles à leur maîtresse d'une nuit. La femme que Pavel avait rencontrée était cette maîtresse. « Sale pute ! » chuchota-t-il dans l'obscurité de la cuisine où son ami lui avait fait un lit, mais ce juron voulait en réalité faire taire un obscur pardon. Sa concubine lui rappelait, par son infidélité même, le temps de guerre. Elle vivait encore dans ce temps. « Comme moi », pensa-t-il.

Au matin, le désir de vengeance l'emporta. Il revint dans l'isba qu'il trouva déjà vide. La femme était partie travailler, en lui laissant une casserole de pommes de terre. Il retira les cartouches de son parabellum, résolu à les mettre dans le fourneau, et imaginant avec une mauvaise joie le feu d'artifice, le soir. Puis se ravisa, alla dans la chambre, tira son couteau. Il perça l'édredon sans entrain, comme par acquit de conscience, et s'arrêta. Quelques plumes voletèrent autour du lit. La chambre lui paraissait déjà méconnaissable, comme s'il n'y avait jamais vécu. Il caressa les zébrures sur le manche du couteau, puis rassembla quelques objets qui lui appartenaient et s'en alla. Dans l'entrée, il remarqua la hache, rangée dans un coin, derrière la porte.

De nouveau, durant plusieurs mois, il ne vécut nulle part, jouant au retour du soldat, rusant avec la vie neuve des autres pour rester avec ceux qui n'étaient plus. C'est en pensant à eux qu'un jour il se souvint de l'amie de sa mère, de cette étrangère si russe qui venait souvent les voir à Dolchanka, de Sacha. Il la retrouva dans sa petite ville, à côté de Stalingrad, se laissa convaincre, resta chez elle et commença à travailler dans un dépôt de chemins de fer.

Le troisième anniversaire de la victoire approchait, la ville se couvrait de panneaux rouge et or, avec des slogans triomphants, avec les figures radieuses des soldats-héros. Pavel avait l'étrange impression que les gens autour de lui parlaient d'une autre guerre et que de plus en plus ils croyaient à cette guerre qu'on inventait pour eux dans les journaux, sur les panneaux, à la radio. Il parla de la sienne, des disciplinaires, des assauts à main nue. Le chef d'atelier le rabroua, ils s'empoignèrent. Pavel lâcha prise en voyant sur le bras du chef une longue balafre grossièrement suturée comme on le faisait en première ligne. Quand la dispute se calma et qu'ils restèrent seuls, l'homme l'emmena dehors, derrière un amas de vieilles traverses, et l'avertit : « Tout ce que tu dis est vrai, mais si demain on t'embarque pour ta vérité, sache que je n'y suis pour rien. Des mouchards, il y en a dans l'atelier... » Pavel en parla à Sacha. Elle lui donna du pain, tout l'argent qu'elle avait à la maison et lui conseilla de passer la nuit chez une vieille amie qui vivait à Stalingrad. Elle avait raison. On vint le chercher à trois heures du matin.

Il n'avait plus besoin de trouver des prétextes à ses errements. Il fallait tout simplement s'éloigner de plus en plus de Stalingrad, se rendre invisible, se fondre dans cette vie neuve qu'il avait jusque-là fuie. Il quitta la région de la Volga en se dirigeant vers l'ouest puis, d'un hasard à l'autre, se mit à descendre vers le sud, en pensant à la mer, aux ports, au grouillement méridional dans lequel sa mine douteuse de soldat vagabond s'effacerait. Les gares et les trains étaient depuis longtemps devenus son vrai domicile. Les semaines passées dans le dépôt lui avaient donné une assurance de professionnel. Plus d'une fois, il repéra la présence d'une patrouille militaire. Il se changeait, mettait son bleu de travail et se faisait passer pour un cheminot. Puis redevenait soldat : les machinistes refusaient rarement d'aider un « défenseur de la patrie ».

Ce jour-là, Pavel portait son uniforme. Le train qu'il avait repéré dès le matin était déjà déchargé et devait partir d'une minute à l'autre. Sa destination lui convenait. Il restait à négocier avec le machiniste ou bien, en cas de refus, à sauter dans un wagon après le départ. C'est en faisant son guet entre deux baraquements d'entrepôt qu'il entendit leurs voix : deux voix d'hommes qui se secondaient avec une hilarité menaçante et celle d'une femme dont il perçut tout de suite le fort accent d'Orient. Curieux, il contourna l'angle et les vit. Les hommes (l'un d'eux s'appuyait sur un balai, l'autre allumait puis éteignait sa lampe, par jeu, car il faisait encore clair) empêchaient la femme de s'en aller, lui bloquant la route, la poussant contre le mur de l'entrepôt. Ils le faisaient sans violence, mais avec cette autorité des mouvements qu'a un chat qui joue avec un oiseau déjà brisé.

« Non, ma belle, tu nous dis d'abord où tu vas et avec quel train, puis tu nous dis ton nom..., répétait le balayeur en avançant une épaule pour retenir la jeune femme.

— ... et on voudrait aussi voir un peu tes papiers », enchaînait le cheminot et il dirigeait sa lampe vers le visage de la femme.

Elle fit un pas plus énergique pour se libérer, dans sa voix une corde fatiguée se rompit : « Lâchez-moi ! » L'homme à la lampe lui appliqua la main sur la poitrine comme pour repousser une attaque : « Mais sois gentille avec nous, on ne te demande que ça... Sinon la milice va s'intéresser à ta personne. »

La femme, hébétée, les yeux mi-clos comme pour ne pas voir ce qui lui arrivait, ne parvenait plus à rejeter ces quatre mains qui tiraient sur sa robe, lui enserraient la taille, la poussaient vers la porte bâillante de l'entrepôt.

Pavel se porta vers eux d'un bond en essayant de devancer les avertissements de prudence qui résonnèrent dans sa tête. Ce n'est pas le désir de porter secours qui le décida, mais une vision irréfléchie : ce contraste trop rude entre la beauté de la femme, la fragilité ciselée de son visage et la bouillie des mots, des physionomies, des gestes qui l'empoissait.

Son apparition soudaine, son uniforme en imposèrent et même firent peur. En entendant sa voix rauque, le cheminot se retourna, s'écarta de la jeune femme, s'inclina pour reprendre sa lampe posée par terre. Il bégaya :

« Non, tu vois, sergent, c'est que... non, c'est une voleuse... Quand on l'a vue, elle était en train de chaparder dans les entrepôts... »

Il se mit à se justifier en prenant à témoin le balayeur, mais peu à peu, sa peur maîtrisée, il se rendit compte que le sergent avait un air bizarre : les joues couvertes d'une barbe de quatre jours, une vareuse grossièrement raccommodée, çà et là, et sans col, ces bottes aux tiges écrasées et bouffies par l'usure. Il changea de ton, ulcéré par son erreur.

« Mais toi-même, qu'est-ce que tu viens faire ici ? Tu ne voulais pas par hasard visiter les entrepôts ? Elle était donc avec toi, cette voleuse ? Deux copains, deux coquins ! »

Pavel, sentant le danger, voulut couper :

« Tu la fermes, d'accord ? Lâche la femme et va serrer les freins ! Et pas de sifflet... »

Mais l'autre, détectant de mieux en mieux la faiblesse de ce soldat qui lui avait fait tellement peur, s'emporta :

« Quoi ? Les freins ? Mais qui es-tu, toi ?

241

Attends un peu, on va voir quel régiment tu as déserté ! Tiens-le, Vassilitch ! J'appelle la patrouille ! Ils sont là, près de la gare... »

Pavel repoussa le balayeur qui voulut l'attraper, se retourna et vit que le cheminot ne mentait pas : un officier et deux soldats venaient dans leur direction, le long de la voie. Il frappa pour faire cesser le hurlement des deux hommes. Son poing s'écrasa contre une bouche moite, glissante, l'autre main percuta un menton. Mais le cri se poursuivit, seulement sur un ton plus aigu. Et les doigts se tordaient en s'agrippant à sa vareuse. Il frappa encore. La lampe tomba, roula par terre, s'alluma d'elle-même, son faisceau découpa les roues d'un train qui venait de démarrer. Au loin, les deux soldats de la patrouille se mirent à courir, l'officier accéléra le pas...

C'est la jeune femme qui l'arracha à cette bagarre sans issue. Figée près du mur, elle parut soudain se réveiller et jaillit comme une flèche vers le train qui avançait avec une lenteur somnambulique. Pavel attrapa son sac et la suivit, en essuyant sa main tachée de sang contre son pantalon.

Ils grimpèrent sur le palier d'un wagon, sautèrent sur les voies de l'autre côté, roulèrent sous un convoi et, en voyant que les soldats l'avaient contourné tout au bout, replongèrent, coururent le long du train, rampèrent de nouveau entre les roues. Les sifflets de la patrouille les

242

guidaient, tantôt éloignés, tantôt assourdissants, séparés par un seul rang de wagons. Et les yeux avaient le temps d'intercepter le calme de cet ouvrier qui fumait tranquillement, assis sur une pile de traverses, et la plaque d'émail (avec une destination invraisemblable) d'un vieux wagon sur une voie de garage, et même l'intérieur des compartiments (enfants, thé, une femme préparant le lit) dans ce train de voyageurs qui surgit à vive allure et les sauva, en les séparant de leurs poursuivants. Ils s'élancèrent, entraînés par le souffle de son passage, se retrouvèrent entre ce train rapide et un convoi de marchandises qui avançait à peine, comme ne se décidant pas à partir, aperçurent l'ouverture d'une porte coulissante, échangèrent pour la première fois un regard de complicité, grimpèrent. Pavel tira la porte, trouva dans l'obscurité le bras de la jeune femme. Ils restèrent sans bouger, suivant, derrière la mince paroi de bois, le va-et-vient des pas, des appels, des sifflets. Des pas s'approchèrent, longèrent le train qui glissait toujours avec une lenteur torturante, et une voix s'adressant à quelqu'un de l'autre côté des rails cria : « Non, mais ils doivent être là quelque part, je les ai vus ! Dis-lui de venir avec son chien ! » Leurs yeux s'étaient déjà habitués à l'obscurité. Ils se regardaient fixement, chacun devinant que son danger, si singulier, si lié à son passé, se mêlait désormais au danger que fuyait l'autre. Que leurs vies se mêlaient. Au loin retentirent une

voix coléreuse, un ordre, puis quelques aboie-
ments. Et c'est à ce moment que le convoi fut
parcouru par une secousse et Pavel sentit dans
son corps au même instant que dans le corps de
la femme cet involontaire effort de tous les
muscles dans l'enfantin désir d'aider le départ.
La course s'accéléra très peu, mais après une
dizaine de cognements de roues ce bruit changea, devint plus sonore, plus vibrant. Le train
entra sur un pont et roula de plus en plus vite.

Très tôt le matin, Pavel se leva, tout engourdi
par une nuit de guet, la tête remplie des saccades
de visions de la veille. Il fit glisser la lourde porte
du wagon et soudain recula d'un pas, effrayé,
ébloui. Sur un ciel encore sombre, au-delà des
vallonnements couverts de forêt, éclataient les
angles neigeux du Caucase, presque menaçants
dans leur beauté. Leur masse légèrement bleu-
tée semblait avancer à chaque seconde, sur-
plomber le train. Et à cause de cette hauteur,
tout l'espace s'édifiait à la verticale et il était
impossible pour quelqu'un qui avait toujours
vécu en plaine d'imaginer la vie en contrebas de
cette splendeur muette.

La jeune femme vint aussi vers la porte et
regarda dehors, en rejetant ses longs cheveux
que le vent lui souffla au visage. À travers le martèlement des roues, Pavel cria son admiration.
Elle hocha la tête, mais n'exprima ni surprise ni
crainte. Elle avait l'air de ne pas s'intéresser aux

pics neigeux à l'horizon, mais de scruter les collines boisées et les rares villages, encore assoupis.

Pavel voulut descendre à la première occasion, attiré par une grande ville que le train traversa en s'immobilisant pour quelques minutes. Cette contrée verticale lui semblait trop étrangère. La femme le retint.

Ils sautèrent du wagon lorsque le convoi, à la sortie d'un long tunnel, ralentit à un tournant, au milieu des montagnes. La femme marcha vite, en descendant le versant couvert d'arbres et de buissons que Pavel ne connaissait pas. Il la suivait avec difficulté, se laissant agripper par les ronciers qu'elle savait éviter, dérapant sur des petits éboulis cachés sous la brande. La forêt, sans un sentier, paraissait vierge. En débouchant sur la berge d'un cours d'eau, la femme s'arrêta et Pavel, la rattrapant (« Elle veut m'égarer ou quoi ? » s'était-il dit quelques minutes auparavant), demanda sans pouvoir cacher son inquiétude sous un ton de bravade : « Alors, tant qu'à faire, on va monter au Kazbek, à présent ? Tu m'amènes où, comme ça ? » La femme sourit, et c'est à ce moment qu'il remarqua à quel point elle était lasse. Sans répondre, elle avança sur les galets, entra dans le courant, y plongea, tout habillée, et ne bougea plus, laissant l'eau laver son corps, son visage, sa robe aux manches effilochées. Pavel voulut l'appeler puis se ravisa, sourit et s'en alla vers les rochers qui, un peu plus bas, descendaient dans la rivière. Tout lui parut soudain simple, comme prévu par un ordre de choses insolite qu'il allait découvrir. Il se déshabilla derrière les rochers et glissa dans le courant. Le soleil était déjà au zénith et cuisait la peau. Les vêtements séchèrent en quelques minutes.

Pendant la halte sur cette berge, il apprit ce qu'il devinait déjà. La jeune femme était une Balkare. L'un de ces peuples caucasiens déportés en 1944. Certains tentaient de rentrer clandestinement, mais se faisaient prendre bien avant d'avoir vu la neige des sommets.

Elle lui montra son village de loin : une rue déserte, des vergers aux branches couchées par terre sous l'inutile abondance de fruits et dans la cour d'une maison, sur une corde, une rangée de linge en lambeaux.

Ils s'installèrent à plusieurs kilomètres de là, par prudence. De temps en temps, Pavel descendait dans ce village vide où il trouvait quelques outils de charpentier, une boîte de clous, un vieux briquet à amadou... Un jour, il vit, imprimés dans l'épaisse poussière de la rue, des traces de roues. Il reconnut un tout-terrain militaire. Les mois passèrent, la voiture ne réapparut pas. Il ne dit rien à la femme. « À ma femme », pensait-il souvent à présent.

Le refuge qu'ils avaient construit dans le repli rocheux d'un vallon était à une journée de marche d'une petite ville avec une gare de chemin de fer. C'est de cette ville que Pavel envoya une lettre à Sacha. Elle était seule à connaître leur vie cachée. Seule à venir les voir une ou deux fois par an.

Elle vint aussi pour la naissance de leur enfant et resta plus longtemps cette fois-là... Un soir, Pavel revenait de son rucher installé de l'autre côté du vallon, à l'orée d'une forêt de châtaigniers. Il traversa le courant, en portant sur son épaule une seille remplie de miel frais, s'arrêta pour reprendre souffle en bas d'une petite montée qui menait vers leur maison. Il voyait à travers la porte entrouverte les silhouettes des deux femmes. Sacha restait debout, une bougie à la main, sa femme était assise, le visage penché vers l'enfant. Il entendait non pas les paroles mais juste la tonalité, lente et égale, de leur conversation à mi-voix. Il pensa à Sacha, avec cette reconnaissance douloureuse qu'on éprouve envers celui qui n'attend aucun mot de reconnaissance, qui n'y pense même pas et qui donne beaucoup trop pour qu'on puisse le lui rendre. « Elle serait russe, elle n'aurait jamais osé venir ici... », se dit-il en comprenant que c'était une manière très imparfaite d'exprimer la nature de cette femme. Étrangère, elle prenait plus de liberté avec les pesantes lois et habitudes qui gouvernaient ce pays et qu'elle ne croyait pas absolues. Alors elles cessaient d'être absolues.

De l'endroit où s'était arrêté Pavel, il entendait le ruissellement du courant, ce bruissement souple et sonore qui, la nuit, emplissait leur maison, en se fondant dans les bruits de la forêt, dans le crissement du feu. Sous le rocher, en face de la maison, l'eau était lisse et très noire. Le ciel y jetait le reflet d'une constellation qui ondulait lentement en changeant de contour. Il s'étonnait en pensant que l'homme avait besoin de si peu pour vivre et être heureux. Et que dans le monde qu'ils avaient fui, ce peu se perdait dans les innombrables stupidités, dans les mensonges, dans les guerres, dans le désir d'arracher ce peu aux autres, dans la peur de n'avoir que ce peu...

Il souleva la seille et se mit à monter vers la maison. Sa femme se tenait sur le pas de la porte avec leur fils dans les bras. L'enfant s'était réveillé mais ne pleurait pas. Les étoiles éclairaient faiblement son petit front. Ils restèrent un instant dans cette nuit, sans bouger, sans rien dire.

... Celle qui me contait la vie de Pavel interrompit son récit sur cet instant de nuit. Je pensai que c'était une simple pause entre deux mots, entre deux phrases et que le passé allait de nouveau s'éveiller dans sa voix. Mais peu à peu son silence se confondit avec l'immensité de la steppe qui nous entourait, avec le silence du ciel qui avait cette luminosité dense des premières minutes d'après le couchant. Elle était assise au milieu de cet ondoiement infini des herbes et, la tête légèrement relevée, les yeux mi-clos, regardait au loin. Et c'est en devinant qu'il n'y aurait pas de suite que subitement je compris : la fin du récit m'était déjà connue. Je savais déjà ce qui arriverait au soldat, à sa femme, à leur enfant... L'histoire m'avait été confiée plus d'un an auparavant, par une soirée d'hiver, dans la grande isba noire, le jour où le cri d'un adolescent avait failli me tuer : « Ton père fusillé comme un chien par les mitrailleurs... » Depuis, d'un samedi soir à l'autre, le récit s'était poursuivi en me donnant ce qui me manquait le plus à l'orphelinat — la certitude d'avoir été précédé sur cette terre par des gens qui m'aimaient.

En regardant cette femme aux cheveux blancs assise à quelques mètres de moi, je comprenais de mieux en mieux que la véritable fin de son récit était ce silence, ce flot de lumière qui planait au-dessus de la steppe et nous deux, unis par la vie et par la mort des êtres qui survivaient uniquement en nous. Dans ses paroles et désormais dans ma mémoire. Elle se taisait, mais à présent j'imaginais son ombre au fond de la maison cachée dans un étroit vallon du Caucase. C'est elle, cette femme qui, une bougie à la main, souriait à une jeune mère qui entrait en portant un enfant dans ses bras, à l'homme qui déposait sur un banc une lourde seille recouverte de coton.

Je prononçais mentalement son prénom, Sacha, comme pour faire coïncider la femme qui était assise sur l'herbe de la steppe, à côté de moi, et cette autre qui avait, si discrètement, si intensément, traversé la vie de ma famille. C'est à ce moment qu'elle fit un effort pour se lever, en s'apercevant sans doute que la nuit approchait. Maladroitement, je me hâtai de lui venir en aide, de lui tendre mon bras, devinant pour la première fois la fragilité de son corps, la fragilité de la vieillesse qu'on a peine à concevoir quand on a quatorze ans. Mes doigts dans ce geste hâtif serrèrent sa main mutilée. Je sentis un frémissement instinctif, ce réflexe de pudeur qu'ont certains blessés qui ne veulent pas effrayer ou se faire plaindre. Elle me sourit, me parla d'une voix qui retrouva sa tonalité sereine et précise.

Après quelques minutes de marche, je me rendis compte que j'avais oublié, à l'endroit de notre halte, le livre que nous emportions durant ces longues journées passées dans la steppe, au bord d'une rivière. Je le dis à Sacha, rebroussai chemin en courant et en me retournant je la vis, de loin, toute seule au milieu de l'étendue sans limites emplie de la transparence du soir. Je marchais lentement en reprenant mon souffle et la regardais m'attendre là-bas, dans cette solitude absolue, dans ce détachement qui rendait sa présence semblable à un mirage. Je ne pensais pas à l'histoire de ma famille dont elle venait de me transmettre les derniers souvenirs. Je pensais à elle-même, à cette femme qui, d'une manière très discrète, presque involontairement, aurais-je pu croire, m'avait appris sa langue, et dans cette langue, le pays de sa naissance, le pays qui ne l'avait jamais quittée durant sa longue vie russe.

De loin, je reconnus son sourire, le geste de sa main. Et avec toute l'ardeur de mon âge, je fis le serment muet de lui rendre, un jour, son vrai nom et son pays natal tel qu'elle l'avait rêvé dans l'infini de cette steppe.

V

« Non, écoutez, soyons sérieux, politiquement ce pays est un cadavre. Ou plutôt un fantôme. Un fantôme qui espère encore faire peur mais qui fait plutôt rire. »

Ils parlaient de la Russie. Je n'intervenais pas. S'il m'arrivait de me trouver dans ce genre de réunions très parisiennes, ce n'était jamais pour y prendre la parole. Je répondais à l'invitation car je savais que dans ce monde très composite il y avait une chance de tomber sur un invité qui, en apprenant mes origines, pouvait s'exclamer : « Tiens, pas plus tard qu'hier j'ai rencontré, chez Untel, à Lisbonne, votre compatriote, comment elle s'appelait déjà... » C'est ainsi en tout cas que j'imaginais pouvoir capter ton ombre, la retenir, la cerner sur un continent, dans un pays, dans une ville, en questionnant cet invité providentiel... Durant plus de deux ans, j'avais patiemment revu les endroits où ta présence me paraissait probable, des villes que nous avions, même brièvement, habitées autrefois. Désormais, au lieu de cette quête (je m'étais souvent dit que logiquement tu devais précisément éviter ces villes-là), je guettais un écho que le hasard d'un bavardage mondain allait glisser entre deux sentences sur le « cadavre politique » ou autres vérités de salon.

Ce jour-là, la Russie fantôme fit mouche. La conversation s'anima.

« Un trou noir qui engloutit tout ce qu'on y jette, enchaîna quelqu'un.

— Ils sont allergiques à la démocratie », affirma l'autre.

Une femme, en tendant sa cigarette vers un cendrier :

« J'ai lu quelque part qu'ils ont maintenant une espérance de vie plus basse que dans certains pays d'Afrique !

— C'est sans doute, chérie, parce qu'ils fument trop », déclara son mari, et il lui subtilisa, par jeu, son paquet de cigarettes.

Tout le monde rit. On changea de sujet. Sous prétexte de reprendre un verre, je m'éloignai, je regardai leur petit groupe au milieu d'autres cercles qui se faisaient et se défaisaient en suivant le hasard d'un regard, d'une parole, d'un ennui. Il y avait cette femme qui écrasait son mégot, une sorte de minuscule adolescente malgré la soixantaine, son mari, ancien ambassadeur, grand, massif, qui tout en écoutant, c'est-à-dire en feignant d'écouter, levait les sourcils en saluant les gens par-dessus la tête de ses interlocuteurs et retombait dans la conversation pour rebondir à demi-mot. Cette autre, une grande prêtresse de la culture parisienne, une femme au profil masculin, à la voix ferreuse et dont le corps très maigre, l'expression des yeux, les mouvements du menton semblaient militer pour une cause tandis que son cou, sous les cheveux coupés court, démentait ce militantisme par sa fragilité presque enfantine, dernier refuge de sa féminité et dont peut-être ellemême ignorait la beauté. Une autre encore, cette blonde souriante très classique qu'on avait l'impression d'avoir rencontrée mille fois, avant de percer, sous cette carapace dorée et souriante, une inconnue. Enfin, ce jeune homme qui venait de parler du « pays fantôme ». Jeune à cinquante ans et qui le serait toujours. Un jean noir, une chemise blanche largement ouverte sur une poitrine claire, une chevelure d'artiste, de fines lunettes rondes. Plus que de cet habillement, l'illusion de jeunesse provenait de son art d'être toujours actuel. Ce qu'il disait en fait importait peu, car durant sa déjà longue vie de diseur de vérités, il avait été maoïste, communiste, anticommuniste, libéral, antibourgeois vivant dans le quartier le plus bourgeois, avait défendu toutes les causes et leur contraire, mais surtout savait ce qu'il fallait dire pour se faire passer pour un contestataire, un révolutionnaire, une tête chercheuse, même en disant des banalités qu'il combattrait le lendemain. À ce moment-là il fallait dénigrer le pays fantôme. Il avait le sens de la formule...

En sortant, je fus rattrapé par un journaliste rencontré dans l'une de ces réunions. « Je vais couvrir la visite de votre président avec une journaliste russe. Vous la connaissez peut-être, elle s'appelle... »

En marchant dans les rues nocturnes, je me disais que la probabilité de te retrouver sous une identité russe était presque nulle. Surtout à côté de « notre » président. Pourtant, c'était le seul moyen qui me restait d'écarter, une à une, celles qui n'étaient pas toi.

Le sobriquet de « pays fantôme » me poursuivit quelque temps à la manière d'un obsédant refrain court-circuité par la mémoire. Et aussi ce regret : il aurait fallu intervenir, essayer d'expliquer, leur dire que... Plus tard, dans la nuit, je pensai à cette douleur fantôme qu'éprouve un blessé après l'amputation. Il sent, très charnellement, la vie du bras ou de la jambe qu'il vient de perdre. Je me disais qu'il en était ainsi pour le pays natal, pour la patrie, perdue ou réduite à l'état d'une ombre, et qui s'éveille en nous, à la fois déchirement et amour, dans les pulsations les plus intimes des veines rompues.

« Il aurait fallu leur parler de... » Mais ce qui me venait à l'esprit était silencieux : cette femme, seule, au milieu de l'immensité de la steppe, le regard abandonné dans la dernière clarté du couchant. J'imaginais cette même femme, plus jeune, au début de la guerre, infirmière dans un hôpital, dans une petite ville derrière la Volga. Des salles bondées de blessés, de mourants, de morts. Des chirurgiens qui opèrent jour et nuit et tombent de fatigue. Le sol qui, à cause des bombardements, devient sonore sous les pieds, comme une large dalle posée sur le vide. Des convois arrivent, déchargent leur cargaison de corps gluants de sang, de boue, de poux. Les bras sont engourdis par le poids de tous ces hommes qu'il faut transporter, retourner, soulever. Dans le tumulte des cris, on ne distingue plus la bouche qui appelle. La douleur rend tous les regards semblables. Cela se passe dans un pays dont les deux capitales sont assiégées, l'armée en déroute, les villes dévastées. Un pays fantôme...

Elle ne l'avait jamais appelé ainsi, ne s'était certainement jamais dit : « Je suis étrangère, ce pays n'est pas le mien, je n'ai pas à supporter le destin démesuré de ce peuple. » Dans un bombardement, un éclat lui avait mutilé les doigts de la main droite. Depuis, du matin au soir, et souvent la nuit, elle travaillait à la gare de triage, au milieu des convois qui partaient au front et qui en revenaient.

... Je me souviens qu'en quittant les gens avec qui j'avais passé le début de la soirée je les avais entendus dire que les prix de l'immobilier (« en tout cas à Paris *intra-muros* », précisait la femme-adolescente) allaient repartir à la hausse...

La nuit d'hiver était tiède, la pluie dans la fenêtre ouverte égrenait à l'infini le scintillement de la ville. Myriades de points lumineux, obtus symbole de l'éparpillement humain : pour retrouver une personne disparue, il suffit de visiter toutes ces sources de lumière, l'une après l'autre, sur toute la planète. Souvent, dans mon désespoir, ce tri infini des lueurs me paraissait réalisable.

Je me rappelai très précisément le jour où je t'avais parlé de Sacha, de cette femme qui m'était soudain apparue toute seule dans l'immensité de la steppe.

Dans notre jargon, nous les appelions « voyeurs »...

Ce jour-là, dans la fournaise africaine de la ville, il ne restait plus que des lambeaux des deux armées ennemies, ces soldats épuisés qui n'avaient même plus la force de se haïr. Quelques habitants aussi, terrés, assourdis d'explosions, veillant sur leurs morts. Enfin, les « voyeurs », ces professionnels engagés par les entreprises d'armement, des spécialistes qui, d'une distance raisonnable, suivaient les combats, prenaient des photos, notaient les performances des armes, filmaient la mort. Les acheteurs de canons ne se contentaient plus de notices publicitaires ni de tirs de démonstration sur des polygones d'opérette. Ils exigeaient des conditions de guerre réelles, des preuves obtenues au feu, de vrais corps déchiquetés au lieu des mannequins troués. Les téléobjectifs des « voyeurs » découpaient ce char à la tourelle arrachée et d'où sortaient des carcasses humaines noircies, réussissaient à cadrer ce groupe de soldats fendu par une grenade d'assaut...

C'est à cause d'eux que nous étions restés dans cette ville. Nous avions pu les approcher, nouer connaissance, rendre un service, nous assurer de pouvoir retrouver leurs traces en Europe. Puis, quand la fumée des incendies avait commencé à gêner leurs prises de vue, nous les avions vus partir : un hélicoptère qui avait glissé sur le fond des collines rousses et par sa légèreté avait fait penser à un survol touristique.

D'un refuge à l'autre, nous nous retrouvâmes au dernier étage de la tour d'un hôtel qui dominait le quartier du port. Les cinq ou six premiers étages étaient noirs de suie et n'avaient plus de vitres. Un escalier de fer en colimaçon qui menait au jardin suspendu, au premier, avait été arraché par une explosion et se balançait à présent comme un énorme ressort pointé vers le vide. Le dernier étage était occupé par un restaurant panoramique qui en temps de paix tournait lentement, permettant aux touristes de contempler la mer, le grouillement multicolore du marché, les silhouettes ocreuses des montagnes. Maintenant la salle restait immobile et, sans air conditionné, on s'y sentait comme dans une cage de verre. Le double vitrage ne laissait pénétrer aucun souffle, amortissait même le bruit des fusillades. Les tables étaient dressées, les serviettes s'élevaient en petites pyramides amidonnées. Le silence et l'air confiné rappelaient un musée désert, par un après-midi de juillet. Un grand espadon fixé sur le mur, au-dessus du bar, augmentait cette impression d'être derrière une vitrine de musée. De temps en temps, les rafales se faisaient entendre en bas de l'immeuble, puis résonnaient dans les étages, montaient... Une nuit, le courant revint pour quelques secondes, des abat-jour en verre foncé répandirent une lumière douce, couleur de thé, les ventilateurs s'animèrent au-dessus des tables. Et à côté du bar retentirent les soupirs d'un magnétophone : deux ou trois mesures d'un slow qui disparurent presque aussitôt dans l'obscurité revenue.

De jour, par la baie circulaire, nous pouvions observer presque la ville entière. Souvent, deux groupes de soldats, rebelles et gouvernementaux, avançaient l'un vers l'autre, sans se voir, séparés par un pâté de maisons, et soudain tombaient nez à nez, se jetaient sous les porches ou à terre, et s'entre-tuaient. Parfois un seul homme progressait en rasant les murs, l'arme pointée en avant, et de notre refuge vitré nous voyions son ennemi qui marchait à pas de loup, derrière l'angle de la maison. La guerre vue du haut révélait toute sa nature de jeu comique et impitoyable. Nous suivions l'approche des deux soldats qui ne se voyaient pas encore, nous savions ce qui allait se passer, et notre position et cette prescience surhumaine nous peinaient comme une prérogative usurpée... Au loin, à plusieurs kilomètres de la ville en feu, on pouvait discerner les rectangles gris du cantonnement des Américains. Ils attendaient la fin des combats pour intervenir.

Nos pensées, nos paroles étaient d'une clarté dure et définitive durant ces journées de réclusion dans notre refuge perché. Peut-être parce que nous voyions la bataille de très haut, comme sur une maquette, et constations que finalement il suffisait de monter une dizaine d'étages pour que la folie de l'homme apparaisse nue. Ou bien parce que trop claire et sans appel était notre propre situation : en suivant le départ des « voyeurs », nous n'espérions plus, comme autrefois, qu'un lourd hélicoptère de combat se poserait — s'imposerait — à côté des maisons en feu pour emporter les débris des troupes qui s'obstinaient à servir l'empire. Les dernières nouvelles, confuses et invraisemblables, qui nous étaient parvenues de Moscou, parlaient des fusillades dans les rues, du pilonnage des bâtiments civils. Une confusion qui disait très clairement la fin.

Mais surtout cette guerre paraissait transparente. Malgré la fumée des incendies, malgré la densité du sang versé, malgré l'écheveau de commentaires dont on l'enveloppait dans les journaux. Sa logique était toute simple. Le changement de l'équipe dirigeante décidé, par les Américains, à dix mille kilomètres de cette ville. Le baril de pétrole à moitié prix les récompenserait. La nouvelle équipe le vendrait pour payer les armes déjà livrées et qu'il faudrait régulièrement renouveler en suivant les conseils des décideurs. Et pour bien choisir, les conseillers feraient la projection des vidéos tournées par « les voyeurs » et qui montreraient ces armes dans des combats tout à fait réels...

Tu te mis à me parler de cette transparence quelques minutes après la mort d'un soldat. Nous l'avions entendu monter l'escalier en courant, en tirant sur ceux qui le poursuivaient. La porte du restaurant n'était pas barricadée — nous savions que cela aurait mis en colère les assaillants et nous aurait privés d'une maigre chance de survie. Il y avait eu le crépitement de quelques rafales multiplié par l'écho des étages, puis cette explosion. Il était impossible de savoir si la grenade était lancée par le fugitif ou par ses poursuivants. En tout cas, ils n'avaient pas grimpé plus haut et le soldat était mort sur le palier du restaurant. Je ne me rappelle plus pour quel camp il combattait. J'étais simplement frappé par sa jeunesse.

Nous avions recouvert son corps d'une nappe et c'est à ce moment-là que tu parlas des gens

qui dans leurs bureaux new-yorkais ou londo-
niens habillaient ces guerres d'enveloppes de
reportages, d'articles, d'émissions, d'enquêtes.
On faisait semblant d'oublier le prix du baril,
on parlait des haines ancestrales, des catas-
trophes humanitaires, du processus démocra-
tique entravé.

« Tu vas voir, ils vont encore expliquer ce carnage par la rivalité entre Bantous et Nilotiques,
disais-tu avec cette pointe d'aigreur que je ne te
connaissais pas.

— Mais je pensais qu'ils étaient tous bantous
dans cette région...

— Quelque anthropologue de service va
trouver autant d'ethnies qu'il le faut et on leur
apprendra qu'elles se sont toujours détestées
et qu'elles n'ont qu'à s'entre-tuer... Ou bien on
rappellera que le président indésirable avait, il
y a vingt ans, rendu visite à Kadhafi ou à Fidel.
Et sur tous les écrans de la planète, sur toutes les
radios, on le traitera de terroriste sanguinaire. Et
la boîte qui organisera tout ce tapage va être
payée grâce au baril moins cher. Comment il
disait déjà, le vieux Marx ? "Promets au capita-
liste trois cents pour cent de gain, aucun crime
ne l'arrêtera." Toujours actuel... »

Nous nous taisions en regardant la maquette
de la ville qui, dans le crépuscule, ressemblait
aux feux d'un campement nomade. Les deux
armées, retranchées dans leurs positions, attendaient le matin. Au loin, au-dessus du contin-

gent américain, on voyait les faisceaux de lumière que dardaient vers le sol les hélicoptères déjà engloutis par l'obscurité... Je crus deviner tes pensées et pour t'en distraire, je me mis à te raconter ma rencontre, à Milan, avec l'un de ces habilleurs de l'actualité. La langue déliée par la boisson, il prétendait que sa firme était capable de créer un personnage politique, de l'imposer, de le faire acclamer et, seulement quatre-vingt-seize heures après, de le démolir, de présenter son exact négatif sans que l'opinion se rende compte d'être manipulée. « Oui, quatre-vingt-seize heures, quatre jours, se vantait-il, une seule condition : il faut que ça tombe sur un week-end, l'esprit critique baisse et puis toute coupure de rythme permet plus facilement de remodeler la mémoire collective. Quant aux vacances, je ne vous dis pas, on a le temps d'habituer l'opinion à l'idée que Saddam sera le futur président des États-Unis... »

Au lieu de sourire, je vis ton visage se crisper, tu fermas les yeux et secouas légèrement la tête comme pour comprimer une douleur subite. Tu étais déjà très loin de cette ville, de cette guerre si vraie et si truquée. Tu étais dans un passé dont je ne savais pas si la douleur provenait d'un excès de mal ou d'une joie trop grande. Je t'attirai vers moi et c'est à ce moment, comme par une dérision idiote et agressive, que la lumière revint. Je me précipitai vers les interrupteurs — sur les vitres sans rideaux, nos silhouettes auraient été

visibles dans toute la ville. Mais le magnétophone, caché au fond du bar, resta branché et
dans l'obscurité nous écoutions les flux et reflux
d'un saxophone dont la mélodie n'avait, elle,
rien d'agressif. C'était un souffle de notes fatiguées et qui glissait parfois, comme sur une lame
de rasoir, au bord d'une chute, d'un cri, d'un
sanglot, puis revenait vers une respiration ryth-
mique et profonde en brossant, dans le noir, la
fin d'une longue course, la fin d'une lutte, la
fatigue d'un homme le soir d'une bataille perdue... La mélodie se brisa mais dans le noir, nous
continuâmes, un temps, d'entendre sa cadence
silencieuse.

La nuit, je te parlai de ma dernière rencontre
avec Sacha, de sa solitude au milieu d'une steppe
infinie, de cet instant où son récit avait pris fin
en me laissant devant une mère et un père pen-
chés sur leur enfant, dans une nuit du Caucase.

Peu avant le lever du soleil, un obus percuta le
mur de l'hôtel, dans le bar une rangée de verres
glissèrent, un à un, et se brisèrent sur le comptoir. Les rafales pénétraient déjà dans le hall
du rez-de-chaussée, montaient vers les étages. Je
cassai une vitre dans la cuisine, puis une autre
sur le palier, en espérant trouver un escalier
d'incendie. Mais il n'y eut que ce vieux nid sec
qui se détacha d'une corniche et tomba dans le
va-et-vient des soldats qui tiraient. Nous savions

d'expérience que les cordes, tuyaux de descente, escaliers qui mènent sur les toits et autres installations de salut n'existaient que dans les films d'aventures. La fumée acide s'enroulait autour de la rampe, remplissait peu à peu la salle du restaurant.

Le temps vibra en suivant le regain des attaques, le fracas des explosions et les brèves accalmies dont le silence assourdissait. Le regard s'arrêtait sur une table, les couverts, le petit bouquet de fleurs en tissu, le soleil et la mer derrière la vitre — le calme du petit déjeuner dans un hôtel, et pour une seconde, on avait peine à imaginer que quelques étages en dessous un soldat aux jambes criblées de balles rampait à travers le couloir pour se cacher dans une chambre. Durant l'une de ces pauses, nous essayâmes de sortir par le jardin suspendu et, déjà près de l'escalier en colimaçon, tombâmes sur un tir. C'étaient les derniers combattants de l'ancien régime. Ils avaient cru à une attaque qui venait des étages supérieurs. Nous rebroussâmes chemin dans l'escalier tout sonore de coups de feu, j'eus un sourcil incisé par un ricochet, tu te retournas en courant, vis mon front en sang, j'eus le temps d'intercepter ton regard, de le calmer d'un clin d'œil. Les balles tirées sur nous réveillèrent une nouvelle fusillade. Les assaillants finirent par encercler le bâtiment.

Durant toute la journée, dans l'agitation des brusques mouvements de survie, nos yeux se heurtaient dans un regard rapide, sans mots, saisissant en un éclair tout ce qu'était notre vie et tout ce qui nous attendait. Ce regard rencontré comprenait jusqu'au bout. Mais parvenue à la pensée, au chuchotement intérieur des mots, cette compréhension devenait invraisemblable : « Cette femme qui m'est si proche va tomber, mourir, dans une heure, dans deux heures... »

On se battait déjà dans l'escalier, derrière la porte du restaurant. Dans les cris se faisait entendre l'acharnement hystérique de ceux qui sont sûrs d'avoir gagné. Les rafales étaient plus courtes, celles qui achèvent. On ne luttait plus, on traquait, on débusquait, on achevait. La fumée sentait maintenant la vapeur d'eau déversée sur les flammes. Derrière la vitre, la nuit tombait en incitant les soldats à en découdre au plus vite, avant l'obscurité.

Pour quelques instants, notre fatigue, notre absence nous rendirent invisibles. Les soldats s'engouffrèrent dans la salle, en mitraillant les recoins où stagnaient l'ombre et la fumée, transformant la cuisine en une longue cascade de débris de verre. Nous restions pourtant devant eux, près de la fenêtre brisée, là où l'on pouvait respirer. Debout, l'un contre l'autre. Tout s'était réduit pour nous à cette étreinte, à quelques mots devinés à travers la fusillade, dans le mouvement des lèvres...

Une seconde après, ils découvrirent notre présence. Le canon d'une mitraillette se mit à me pousser dans le dos, une crosse nous frappa aux épaules, comme pour nous séparer. Puis ils reculèrent, en marquant la distance nécessaire à l'exécution et qui leur évitait de se faire asperger de sang... Après trois jours de siège et des nuits sans sommeil, le monde au-delà de nos corps était flou, invertébré. La pensée s'enlisait en essayant de saisir dans cette mollesse la dureté de la mort et, sans s'effrayer, retombait dans la somnolence. L'unique éclat de lucidité fut le bras de ce soldat que je vis de biais en décollant un instant mon visage du tien : il portait un fin bracelet de cuir au poignet. « Celui-ci ne tirera pas, pensai-je avec une assurance irraisonnée, non, il ne tirera pas sur nous. »

Comme nous, ils remarquèrent ce glissement sous leurs pieds. Depuis un certain temps déjà, le courant était revenu et le restaurant tournait. Sa baie vitrée encadra l'incendie dans le port, et un moment plus tard, le minaret et les toits de la vieille ville. Le magnétophone reprenait la même coulée de notes fatiguées. Son souffle rythmé nous isola davantage. Nous étions seuls et restions, encore pour quelque temps, dans cette vie, mais déjà comme à l'écart de nos deux corps enlacés que les soldats rudoyaient en hurlant. Ils avaient besoin de deux condamnés ordinaires, de deux corps dressés le visage contre le mur. Notre étreinte les gênait. Nous étions pour eux un couple de danseurs sur un minuscule îlot tracé par la lumière couleur de thé, par la table

270

avec un bouquet de fleurs en tissu, par le souffle du saxophoniste... L'ondulation cuivrée de la musique se cabra soudain dans un envol vertigineux, en devenant à la fois rire, cri, sanglot, et celui qui l'aurait suivie dans sa folie n'aurait pu que tomber mort de cet à-pic vibrant. Le bruit d'un chargeur enclenché claqua. Tu levas les yeux vers moi, des yeux très calmes et me dis : « À demain. »

Sa voix perça à travers le braillement des soldats, car elle était méprisante et très sûre d'elle. Plus tard, tu parlerais d'extraterrestre. Ma première impression fut exactement celle-là : un cosmonaute capturé par les habitants d'une planète. C'était un G.I. qui, escorté par les Africains, pénétrait dans la salle du restaurant. Son équipement dépassait même ce qu'on voyait dans les films sur les guerres intergalactiques. Un casque avec un micro incorporé et une visière transparente, un gilet pare-éclats, un ceinturon qui ressemblait à une ceinture de chasteté car il descendait, en avant, pour protéger les parties génitales, d'épaisses jambières capitonnées qui recouvraient les genoux, des gants avec les doigts annelés, mais surtout un nombre infini de petits ballons, capsules, flacons accrochés à son brêlage ou enfoncés dans les innombrables poches de sa veste. Il y avait sans doute tous les antidotes et tous les sérums possibles, toutes les torches, toutes les pompes filtrantes... Il s'élevait à une tête au-dessus des

autochtones qui respectueusement l'entouraient et le regardaient parler. Devant notre per-
plexité, ils se mirent à crier tous ensemble pour
nous extorquer la réponse. Cette fois, c'est leur
vacarme qui nous empêcha de comprendre. Je
m'entendis m'exclamer alors, encore étranger
à moi-même :

« Mais faites d'abord taire vos gardes du
corps ! »

Je te vis sourire, me rendis compte de la
comique absurdité de l'expression, ris aussi. Ce
bodyguards m'avait échappé.

Plus tard, il nous arrivait souvent d'imaginer
cette nouveauté militaire : l'intrépide guerrier
américain flanqué d'une dizaine de gardes du
corps, nouvelle méthode pour faire la guerre.
C'est vrai qu'ils étaient terrorisés à l'idée d'avoir
des cercueils à envoyer en Amérique, surtout au
moment de leurs élections présidentielles.

Ces longs souterrains de notre passé débouchaient souvent sur la souriante banalité du présent et, ce jour-là, sur cette salle de réception, sur cette femme qui ne parvenait pas à décoller un minuscule gâteau, ce petit-four surmonté d'une gouttelette de crème, dans un plateau que lui tendait le serveur. Tout en torturant le gâteau collé aux autres, elle continuait à me parler et sa voix déjà nivelée par l'insignifiance de l'échange mondain devenait parfaitement machinale : « C'était très émouvant... Et surtout tellement bien documenté... Toutes ces séquences d'archives... » J'émergeai du passé non pas grâce à ces paroles, mais à cause du verre qui, dans sa main gauche, s'inclinait et risquait de déverser son contenu. Je retins sa main. Elle me sourit, en réussissant enfin à détacher le gâteau. « Et puis, il y a un véritable message dans ce qu'il dit... C'est très, très fort! » Sa bouche s'arrondissait sur les mots, sa langue surgissait délicatement, enlevait une miette de gâteau. Je finis par me rendre compte que j'étais là, dans cette salle, à côté de cette femme qui louait un film qu'on venait de projeter en avant-première. Dans le souterrain de mes souvenirs, je voyais encore ce soldat qui venait de tomber et que nous étions en train de recouvrir d'une nappe, je sentais encore l'odeur de cette ville africaine en feu, et plus au fond des galeries, dans les années plus lointaines, se dessinaient d'autres villes, d'autres visages figés par la mort... La femme semblait attendre ma réponse. J'approuvai son avis, répétant, en écho, ses dernières paroles. Il fallait revenir dans le présent.

Pour reprendre pied dans ce présent parisien, il suffisait d'identifier, sous leur nouveau déguisement, les vieilles connaissances. Cette femme blonde qui me parlait du film était toujours la même blonde, je l'avais rencontrée cent fois dans ces assemblées où j'espérais retrouver tes traces. Depuis la dernière rencontre, elle avait juste rajeuni d'une dizaine d'années, changé la couleur de ses yeux et l'ovale de son visage, rallongé son nez, changé de nom et de métier. C'était une autre personne, bien sûr, mais toujours parfaitement moulée dans ce type féminin doré, souriant et d'un vide presque agréable. Un peu plus loin, dans une courtoise bousculade autour des tables, j'aperçus l'ancien ambassadeur, cet homme massif et grisonnant qui, cette fois, était ancien ministre, exhibait moins de cheveux et avait adopté une voix plus nasale mais toujours ironique. En maniant très adroitement une pince, il servait sa femme qui approchait son assiette. Et il plaisantait, et les personnes qui l'entouraient souriaient tout en s'évertuant à glisser leurs fourchettes à travers le chassé-croisé des bras et à obtenir leur tranche de gâteau ou leur portion de salade.

Je retrouvai aussi le jeune homme de cinquante ans, l'intellectuel qui connaissait la vérité. Il était à présent plus âgé qu'il y a deux semaines et avait choisi au lieu des boucles noires de la dernière fois cette coiffure lisse, cendrée, mais ce qu'il disait aurait pu être dit, mot pour mot, par son double qui avait parlé du « pays fantôme ». Il avait déjà rempli son assiette et conversait maintenant avec un homme très corpulent, portant une natte et vêtu de noir, l'auteur du film qu'on venait de projeter. Assis dans un petit cercle d'invités, ils formaient, involontairement, un couple de variétés, le maigre et le gros, et leurs propos correspondaient à cette différence physique : le maigre, l'intellectuel, modulait et développait les propos savamment frustes, « venant des tripes », du gros. Et le gros, l'artiste, commençait ses phrases par un « moi, l'histoire officielle, je m'en fous » et il se mettait à expliquer que « les archives, il faut les bouffer crues ». C'est la parole d'une femme qui m'attira vers leur cercle. Grande, osseuse, au profil masculin (je me souvins de la journaliste littéraire qui avait joué ce type parisien, la dernière fois), elle était, ce soir-là, fonctionnaire de la Culture. « Vous devriez montrer votre film à Moscou, il faut qu'ils sachent aussi cette réalité... », dit-elle au cinéaste avec l'autorité de celui qui subventionne.

À Moscou... Je m'étais habitué à intercepter ces rappels russes. Mais plus décisive encore que ce réflexe fut l'envie de voir le visage de celui qui avait pu faire ce film. De ma place, je ne voyais que son dos très large et la natte qui descendait sur sa chemise de soie noire. Je m'approchai d'eux.

... Le film s'appelait *Le prix du retard*. En noir et blanc car il s'agissait surtout d'archives de la Seconde Guerre mondiale. Durant les premières minutes, on voyait des soldats soviétiques qui mangeaient, allaient et venaient, riaient, restaient assis en fumant, dansaient au son d'un bandonéon, s'ébrouaient dans une rivière. Puis Staline surgissait, tirant sur sa pipe, l'air à la fois souriant et retors, et la voix off, sur un ton de verdict, annonçait que cet homme était coupable de... (la voix faisait ici une pause)... de lenteur. L'avancée de ses armées était beaucoup moins rapide qu'elle aurait pu et aurait dû être. Résultat : des milliers et des milliers de morts dans les camps, qui auraient pu être libérés plus tôt par cette armée à l'allure de tortue. Les archives enchaînaient sur les amas de corps, les lignes de barbelés, les bâtisses trapues dont les cheminées crachaient leur fumée noire. Et sans transition, on voyait de nouveau des soldats aux larges visages rieurs, un gros plan sur un fumeur qui exhalait de jolis cercles blancs dans l'air, l'autre soldat qui, la chapka rabattue sur les yeux, dormait sous un arbre. Et quelques images plus loin, on revoyait des squelettes vivants dans leurs pyjamas à rayures, des yeux dilatés de souffrance, des corps nus, décharnés et qui ne ressemblaient plus aux humains. La voix off se mettait à additionner les chiffres : le retard accumulé par ces soldats oisifs, le nombre des victimes qui auraient pu être sauvées... Il y avait dans ce film quelques trouvailles techniques. À un moment, l'écran s'était divisé en deux. Dans la moitié droite, la séquence défilait au ralenti, en fixant les soldats qui se déplaçaient d'un pas somnambulique. Et la moitié gauche, à une cadence accélérée, montrait les cadavres à rayures dont on remplissait rapidement un charnier. Dans la séquence finale, ces deux réalités juxtaposées pâlissaient et l'on voyait, par transparence, les blindés et les soldats américains qui s'engouffraient, en libérateurs, dans le portail d'un camp...

Je n'aurais pas dû intervenir. D'autant que je savais à quel point c'était inutile. Ou bien au moins aurais-je dû le faire autrement. Je parlai de ce front étendu à des milliers de kilomètres entre la Baltique et la mer Noire, de ces offensives en marche forcée que Staline lançait pour sauver les troupes américaines battues dans les

Ardennes, du nombre bêtement arithmétique des soldats qui devaient mourir par milliers, chaque jour, pour déplacer la ligne de ce front de quelques kilomètres vers l'ouest...

Le gros cinéaste profondément enfoncé dans son fauteuil croisa à ce moment-là les jambes et renversa le verre que sa voisine avait posé par terre. Il éclata de rire en s'excusant, la voisine lui tendit une serviette en papier dont il tapota le bas de son pantalon éclaboussé, tout le monde bougea comme libéré par cet intermède. Et c'est déjà sur un ton de querelle mondaine qu'il me lança, bourru et moqueur :

« Non mais, toute cette histoire officielle, Staline, Joukov et autre blabla, je m'en fous. Moi, j'ouvre une archive comme une boîte de conserve, je la bouffe et je la crache telle quelle sur l'écran... »

Il dut se rendre compte qu'après l'avoir « bouffée », il ne pouvait pas la recracher telle quelle, et se hâta de corriger l'image par une intonation plus agressive :

« Vous n'allez quand même pas nous répéter tous ces vieux trucs sur les vingt millions de Russes tués à la guerre ! »

L'intellectuel à la coiffure cendrée modula :

« Le grand atout de la propagande nationaliste. »

La conversation devint générale :

« Le pacte germano-soviétique (intervint l'ancien ministre).

— Sans les Américains, Staline aurait envahi toute l'Europe (la femme, jeune encore, qui parlait comme on récite une leçon).

— Vous savez, dans ces vingt millions, il y avait sans doute tous ceux qui mouraient de vieillesse. En quatre ans ça fait du monde ! (l'ancien ministre).

— Les massacres de Katyn... (la fonctionnaire de la Culture).

— Le devoir de mémoire... (l'intellectuel).

— La repentance... (l'homme qui, il y a quelques minutes, avait légèrement heurté une femme devant la table des salades et avait fait une grimace navrée : exactement la même qu'en parlant à présent de repentance).

— Écoutez, c'est très simple. Dans les archives que j'ai piochées à Moscou, on le voit noir sur blanc : si les Russes n'avaient pas traîné les pieds en Pologne et en Allemagne, on aurait pu sauver au moins un demi-million d'hommes ! Attendez, un peu de comptabilité ne fait pas de mal... »

L'auteur du film sortit de sa poche un agenda dont la couverture s'ouvrait sur une petite calculette. Plusieurs personnes inclinèrent la tête pour mieux suivre ses explications. J'entendis ma propre voix, comme de l'extérieur, résonner au-dessus de ces têtes penchées. J'essayai de dire qu'en libérant un camp, les soldats ne pouvaient pas utiliser l'artillerie, ni les grenades d'assaut, et que souvent il fallait avancer sans tirer car les Allemands se protégeaient derrière les prisonniers, et que sur les deux cents hommes d'une compagnie il n'en restait qu'une dizaine à la fin du combat...

C'est la sonnerie d'un téléphone enfoui dans le sac de quelqu'un qui interrompit ces paroles inutiles. On se mit à tapoter ses poches, à fouiller les sacs. Le cinéaste finit par attraper l'appareil dans la poche de sa veste. En maugréant, il fit basculer son corps hors du fauteuil et s'éloigna de quelques pas. Sans lui, la conversation s'émietta en couples, s'effaça dans le brouhaha de la salle.

Je traversai la foule en cherchant à me défaire de l'écœurement d'en avoir trop dit. Mais les paroles dites revenaient sans cesse avec une intonation de plus en plus irrémédiable : « Sans artillerie... À mains nues... Les boucliers humains... » Dans les regards que je rencontrais il me semblait deviner la compréhension ironique qu'on a pour une maladresse, somme toute anodine. Je me disais qu'il aurait été plus facile de me faire comprendre par cet officier de la Wehrmacht qui aboyait sur la place de la forteresse de Brest-Litovsk que par ces gens qui sirotaient leurs boissons.

En m'arrêtant dans un recoin, devant la fenêtre, près d'un piano poussé contre le mur, j'observai un instant la salle, le petit attroupement autour des tables avec les restes des plats, le cercle que je venais de quitter, d'autres groupes, et le cinéaste que je n'avais pas d'abord aperçu.

Assis sur le tabouret du piano, il criait dans son téléphone tout en exécutant des demi-tours brusques qui correspondaient à l'énergie de ses répliques : « Non mais, écoute, je ne suis pas une entreprise philanthropique, moi ! Déjà ça nous coûte la peau des fesses... Oui, mais alors qu'ils baissent leurs commissions. Non, arrête de délirer, je ne mets le revolver sur la gorge de personne... Ni sur la tempe non plus, c'est ce que je voulais dire... Il fallait être le dernier des cons pour leur proposer un million cinq. Oui, mais c'était chiffré, mon pote. Attends, je vais te dire ça tout de suite. À condition qu'on garde le taux qu'on a dit, tu vas avoir, en tout et pour tout... »

Il disposa sur le couvercle du piano l'agenda-calculette et se mit à compter et à communiquer le résultat à son interlocuteur. S'il avait levé la tête, il aurait vu dans mes yeux une sorte d'admiration...

C'est à cet instant que le souvenir de ce soldat me revint. Entouré de ses camarades, il s'arrêtait au bord de ce qui avait dû être une étroite rivière et qui stagnait à présent, obstruée de cendres humaines et de cadavres. Après quelques secondes d'hésitation, il entrait dans ce liquide brunâtre, les autres le suivaient, plongeaient bientôt jusqu'à la poitrine et ressortaient, couverts d'une écume poisseuse. Et se mettaient à courir vers les rangs de barbelés, vers les miradors...

Je comprenais maintenant que dans cette

absurde discussion après le film, j'aurais dû parler juste de ce soldat. Ne dire que ces quelques minutes entre le moment où il plongeait dans la bouillie brune contenant mille morts en suspension et la seconde où, encore conscient, il portait sa main à son visage à moitié arraché par un éclat... Oui, il aurait fallu expliquer que c'est la vue de cette eau qui avait ralenti la course des soldats (Oh, cette lenteur russe!). Rien ne pouvait plus les étonner, ni le sang, ni l'infinie diversité des plaies, ni la résistance des corps qui, démembrés, déchiquetés, aveugles, s'agrippaient à la vie. Mais cette écume beige, ces vies en poussière... Les soldats piétinaient comme à la frontière de ce que la raison ne pouvait concevoir.

Je vis à ce moment, devant la table presque dégarnie, le cinéaste qui tournait et retournait un verre pour voir sans doute si personne n'y avait bu. Une jeune femme (celle qui avait annoncé que Staline aurait pu envahir l'Europe), obligée de crier à cause du bruit, lui parlait en approchant sa bouche de son oreille, en adressant à cette oreille tout un jeu de mimiques comme si cet organe voyait. Derrière l'ondulation des têtes, l'intellectuel à la coiffure cendrée parlait au milieu des silhouettes féminines et ses mains exécutaient des passes d'hypnotiseur. Dans le cercle autour de l'ancien ministre et de sa femme-adolescente on pouffait de rire.

L'idée de parler du soldat me parut soudain

invraisemblable. Non, il fallait tout simplement supposer sa présence muette, invisible, quelque part dans cette salle où flottait l'odeur des sauces et du vin répandu sur le tapis. Il fallait suivre son regard — d'abord sur les séquences du film, puis sur ces bouches qui mangeaient, goûtaient le vin, souriaient, parlaient des camps. Le regard du soldat ne jugeait pas, il se posait sur les choses et les êtres avec un détachement amer et comprenait tout. Il comprenait que ceux qui, dans cette salle, parlaient de millions de victimes, de la repentance, du devoir de mémoire mentaient. Non que ces victimes n'aient pas existé. Le soldat en gardait encore les cendres collées à ses mains, aux plis de sa vareuse. Mais au temps de leur martyre et de leur mort, chacune d'elles avait un visage, un passé, un nom que même l'immatri- culation tatouée à leur poignet n'avait pas réussi à effacer. À présent, elles étaient commodément groupées dans ces millions anonymes, une armée de morts qu'on exposait sans cesse dans les grands bazars d'idées. Le soldat devinait sans peine que, dans le film, cette bâtisse lugubre qui recrachait de la fumée noire et produisait des cendres humaines était devenue une vraie entre- prise familiale pour ce cinéaste et pour son ami. Et en bons vendeurs, ce gros homme à la calcu- lette et son ami maigre à la voix catégorique, eux et leurs doubles omniprésents, innombrables, poussaient des appels assourdissants, invecti- vaient les indifférents, maudissaient les incrédules. Ils ne laissaient pas un instant de paix à ces millions de morts, en renouvelant leur torture devant les caméras, sur les pages de journaux, sur les écrans. Chaque jour, il leur fallait innover. Tantôt, c'était le visage faussement contrit d'un évêque qui fondait dans la repentance. Tantôt, les policiers, en pénitents inconsolables, demandaient pardon pour les erreurs de leurs collègues d'il y a un demi-siècle. Un jour, cette trouvaille heureuse ! Pourquoi ne pas accuser de lenteur les soldats qui libéraient les camps ? Les maigres et les gros ne se lassaient pas d'invoquer la mémoire, mais curieusement leur tapage incitait à l'oubli. Car ils parlaient de millions sans visage, pareils à ces zéros fluides que dessinaient leurs calculettes...

Je savais que le soldat n'aurait pas pris la peine de démentir, de polémiquer. Son regard aurait été muet. Il aurait observé la salle et aurait sans doute noté une seule impression qui résumait tout : la laideur. Laideur des mots, laideur des pensées, laideur du mensonge partagé. Extraordinaire laideur de ce jeune visage féminin incliné vers l'oreille du cinéaste, de ce jeune corps, long et souple, incurvé par l'hypocrisie des mots que l'homme écoute avec une indulgence paternelle. Laideur de tous ces visages et de ces corps lissés par l'entretien et qui se frottent dans l'agréable tiédeur du clan. L'infinie laideur de cette France-là.

Non, le soldat n'aurait pas pensé à tout cela.

Sa présence silencieuse l'aurait placé loin de ces corps bien nourris, et de ces esprits bien-pensants, loin des hypnotiseurs de la mémoire et des trafiquants de millions de morts. Il y avait, dans ce lointain, cette ligne de barbelés sur laquelle il était tombé, transformant son corps en une passerelle pour ceux qui le suivaient. Il y avait, déjà au-delà de sa mort, cet instant où, dans le camp libéré, s'effaçait l'écho du dernier coup de feu, ces minutes floues où les soldats qui avaient survécu vaguaient entre les baraques aux portes béantes, au milieu des corps disposés selon le caprice de la mort, de longues minutes où ils s'accoutumaient à se sentir en vie, à voir la tranquillité du ciel, à entendre. Dans ces premiers instants se trouvait ce blessé portant l'uniforme de disciplinaire, un jeune soldat affalé contre le mur d'une baraque, les mains croisées sur le ventre et remplies de sang. Il criait en demandant de l'eau. Mais les autres, encore plongés dans la surdité des dernières explosions, ne l'entendaient pas. Dans le brûlant mûrissement de la douleur, il lui semblait que personne dans cet univers n'entendait son cri. Il se trompait. Un homme venait vers lui, très lentement car il avait peur de tomber. Cet homme sans chair, sans muscles, couvert de haillons à rayures, avançait comme un enfant qui apprend à marcher et tout son équilibre tenait à cette vieille écuelle remplie d'eau qu'il serrait entre les mains. C'était l'eau qu'il recueillait sous le minuscule goutteà-goutte d'un tuyau. L'eau qui avait déjà sauvé. Le disciplinaire blessé vit le prisonnier, vit ses yeux noyés dans le crâne émacié, et se tut. Il n'y avait plus dans ce monde que ces deux regards qui lentement allaient l'un vers l'autre.

Je pensais à ce prisonnier avec une joie que je ne parvenais pas à m'expliquer. Je me disais seulement que son regard n'était enregistré par aucune calculette qui additionnait les millions ni inscrit dans aucun martyrologe officiel. Personne ne m'imposait son souvenir mais il vivait dans ma mémoire, un être singulier dans toute la douloureuse beauté de son geste.

En me faufilant entre les groupes d'invités, vers la sortie, je croisai la femme-adolescente. À travers le bruit, je ne saisis que la fin des paroles qu'elle m'adressait :

« ... captivant !

— Oui, c'était très intéressant », répétai-je avec son intonation.

Elle me serra la main et en la tirant légèrement m'obligea à me pencher un peu.

« C'était très juste ce que vous avez dit sur le pacte germano-soviétique, dit-elle en plissant les yeux en signe de complicité.

— C'est que... Ce n'est pas vraiment moi qui...

— Et puis ce... comment vous disiez déjà, ce Katyn. Quelle histoire ! Remarquez, les Polonais, je ne leur ai jamais fait confiance.

286

— Oui, mais là, c'étaient plutôt les Russes qui les ont...

— Vous savez, ma fille a une amie russe, une jeune femme adorable, très cultivée, elle parle trois ou quatre langues et connaît le monde entier. Il faudra qu'un jour vous fassiez sa connaissance. Et en plus, elle est violoniste... »

En apprenant ce détail, je suivis le reste du récit distraitement. La violoniste affirmait : « Grattez bien un Russe, vous trouverez un Tatare. » La formule enchantait la femme-adolescente. En l'écoutant, je cherchais dans le rythme de sa respiration cette pause qui m'eût permis de prendre congé. Mais le souffle que contenait cette poitrine malingre paraissait intarissable. « Grattez un Polonais, je vous assure, vous trouverez un... », elle m'attira vers elle pour terminer son jugement. « Non, mais il y en a quand même qui ne le sont pas ! » protestai-je en vain.

À ce moment-là, derrière la femme-adolescente, au milieu des groupes et des couples, je vis un visage d'homme qui, tourné de profil, me parut à la fois connu et méconnaissable. Je le fixai. Ce profil semblait sourire aussi à quelqu'un d'autre que son interlocuteur. J'essayai de me souvenir, mais bien avant de se préciser dans un nom ou un lieu, ce visage disparut derrière le défilé des invités.

Je réussis, entre la fin d'un récit et le début immédiat du suivant, à glisser un bref mot d'adieu et à replonger dans la foule, en arrachant ma main aux doigts de la narratrice. « Le pacte, Katyn, la réputation irrémédiable des Polonais... », je me disais que curieusement ce pot-pourri mondain était une réponse détournée aux mensonges des hypnotiseurs de la mémoire... Je les vis ensemble, le cinéaste et l'intellectuel, un peu à l'écart des autres. Un bout de phrase de leur conversation perça le vacarme : « ... demain tu auras déjà le papier de Jean-Luc et puis jeudi... »

Dans la loge du gardien, le téléviseur papillotait sur les dernières minutes d'un match. L'homme, debout sur le pas de la porte, avait une mine fatiguée et encore tiraillée par l'émotion du spectacle. « Quatre à un ! Du jamais vu... », s'exclama-t-il en remarquant mon coup d'œil sur l'écran et ne doutant nullement qu'on pût ne pas être surpris par ce score. Je me dis que le match était diffusé pendant la projection du film.

Devant la sortie, un attroupement se forma, celui de la fin, le plus bavard, le plus lent à se disperser. J'attendis que, un par un, les invités se glissent dans le goulet de la porte. Soudain, dans une répétition troublante, j'aperçus le visage d'un homme, ce profil discrètement souriant et dont le sourire, je le constatais maintenant, semblait tenir compte de ma présence. Comme moi, l'homme attendait l'écoulement de la foule. Je fis quelques pas dans sa direction. Il tourna légèrement la tête. C'était Chakh.

« Il doit y avoir quelque part la sortie des artistes... » Chakh prononça ces paroles à mi-voix, comme pour lui-même et, en évitant la cohue qui bloquait toujours la porte, il se mit à gravir un escalier au fond du hall. Je le suivis.

Nous nous retrouvâmes sur le balcon d'un entresol vitré qui contournait la salle déjà à moitié désertée par les invités. Les voix qui montaient ressemblaient à celles des vendeurs en fin de marché, inutilement fortes et aiguës au milieu de peu d'acheteurs. On entendait aussi une série de petites ventouses décollées, des bises d'adieu accompagnées de miaulements de politesse. Les employés rangeaient les tables, poussaient les fauteuils. En marchant, Chakh regarda la salle, puis se retourna et je vis sur son visage une expression fatiguée qui semblait dire : « On n'y peut rien ! »

Il connaissait sans doute cette autre sortie qui nous laissa, comme font souvent les salles de cinéma, dans une rue nocturne dont il est difficile de reconnaître tout de suite les façades. « J'ai écouté ton plaidoyer, tout à l'heure », me dit-il quand nous fûmes installés dans une brasserie. « D'ailleurs j'étais certainement seul à t'écouter », ajouta-t-il avec un léger sourire. Nous passâmes un moment sans parler. Derrière les baies vitrées de la brasserie défilaient des groupes de jeunes gens qui scandaient en hurlant la victoire de leur équipe et agitaient des drapeaux aux couleurs de foire.

« Oui, je t'ai écouté, mais en fait j'étais venu pour rencontrer l'un des sponsors du film... Je te laisse deviner qui ?

— Quelque fonctionnaire de la Culture qui finance ce genre de navets pseudo-documentaires avec l'argent du contribuable français ?

— Non, tu n'y es pas.

— Un ex-gauchiste devenu un magnat de la presse et toujours en lutte contre l'impérialisme soviétique ?

— Non plus. Je vois que les années d'inaction te font perdre la main. Alors ?

— Aucune idée. Un homme que je connais ?

— Un homme que tu as rencontré et qui, en ces temps lointains, s'appelait Mr. Scalper. Tu te souviens, on plaisantait beaucoup sur ce nom si bien porté. Enfin, tu le connaissais mieux que moi...

— Oui, je vois maintenant. Ron Scalper, ce marchand d'armes aux goûts presque artistiques. Il partait deux ou trois jours avant le début des massacres. On aurait cru qu'il flairait le sang. Et il avait l'habitude de dire aux voyeurs qui restaient pour filmer les performances de ses canons : "Faites-moi quelques clichés en noir et blanc, avec les Africains, ça sort parfois mieux..." On avait vraiment envie de le scalper... Donc il s'est reconverti au mécénat ?

— Il a surtout bien réussi depuis. Il dirige une grosse boîte américaine avec plusieurs fabriques d'armement, un institut de recherches, quelques revues spécialisées. Pour les lance-roquettes, il est parmi les meilleurs du monde...

— Mais ce film ? Il a envie de se racheter ou quoi ? Je le vois mal en train de verser des larmes, même de crocodile, devant les charniers des camps.

— Non, le film c'est simplement de la publicité améliorée. Ils ont un service qui s'occupe de cette agit-prop. La concurrence est rude dans le commerce des armes, tu le sais bien. Il ne suffit plus de projeter les films tournés par les voyeurs et destinés à quelques officiels. Il faut travailler en profondeur l'opinion des pays. Habituer les gens à l'idée que ce sont toujours les Américains qui les ont sauvés et que les Russes ne savent même plus fabriquer de bonnes casseroles. Toute l'Europe de l'Est va être rééquipée avec les armes américaines. Des contrats de dizaines de milliards. Les Américains n'auront bientôt plus un seul chômeur. Ça vaut bien la peine de financer quelques films et de mener quelques petites guerres, par-ci, par-là, histoire de tester la production.

— Et tu crois que tout ce beau monde de tout à l'heure va encore se souvenir de ce film demain ?

— Mais ce genre de produits est conçu non pas pour se souvenir, mais pour faire oublier. Oublier la bataille de Moscou, oublier Stalingrad, Koursk... J'ai parlé avec le sponsor : le prochain épisode est déjà en fabrication. Ça va s'appeler *Les soldats de la liberté*. El-Alamein, combats dans le Pacifique, débarquement en Normandie, libération de l'Europe — et voilà toute la Seconde Guerre mondiale. Surtout pas un mot sur le front de l'Est. Ça n'a pas existé. Et en plus, il parlait avec un sérieux très sincère : "El-Alamein est la première grande victoire, le vrai tournant de la guerre !" De leur guerre... »

Chakh baissa la voix, me sourit et ajouta sur un ton d'excuse : « Là, je suis en train de répéter ton plaidoyer... » Il se tut, puis ne voulant sans doute pas laisser l'impression d'un homme vexé, reprit avec une intonation où ne résonnait plus aucun dépit :

« Tu sais, après tout, ce passé trafiqué est peut-être aussi une façon, pour eux, de ne pas y penser. Moi, je rouspète car j'ai vu, dans la bataille de Koursk, les chenilles des chars couvertes de viande hachée, je me souviens de l'averse qui s'est abattue, dans la soirée, sur ces milliers de chars, et l'eau bouillait et montait en vapeur sur l'acier brûlant... Mais les dinosaures de mon genre vont d'ici peu disparaître, quant aux nouvelles générations, allez leur parler de ce Koursk. Ça serait gâcher leur joie de vivre. Regarde cet imbécile, il va se faire écraser... »

Dans la rue, les supporters avec leurs drapeaux et leurs bouteilles avançaient au milieu des voitures qui les esquivaient en klaxonnant.

« Et pour passer leurs examens, ils répéteront ce qu'on leur aura appris : il était une fois un méchant Hitler qui n'aimait pas les juifs et en tua six millions et en aurait tué plus si les Américains n'étaient pas descendus du ciel avec leurs jeeps et leurs tablettes de chocolat. Et le plus difficile sera pour eux d'apprendre par cœur les noms des camps. Mais on inventera quelque astuce mnémotechnique. À l'école nous apprenions ainsi les cinq grands lacs d'Amérique : Érié, Michigan, Huron, Supérieur, Ontario. Il y a comme une rime là-dedans, à l'oreille, non ? Ils en trouveront bien une pour Buchenwald... »

Je sentis dans la légèreté feinte de sa voix le désir de retarder les questions que nous ne pouvions pas éviter. Je fixais son visage, vieilli comme vieillissent les visages des hommes d'action, en transformant les dangers surmontés en reflets de fermeté et en striures de force. Et il me semblait de plus en plus irréel que cet homme puisse, dans quelques minutes, me dire où je pouvais te trouver.

Chakh dut aussi remarquer que nous parlions du film pour taire ce que notre rencontre avait soudain révélé. Il se tut en hochant légèrement la tête, puis lâcha en regardant à travers la vitre :

« Cela étant dit, ce soir, en voyant ce frou-frou parisien, je me disais, comme je me dis souvent en venant dans ce pays, que notre copain Jansac, tu te rappelles cet agent avec lequel nous avions négocié à Aden et qui est mort juste après la libération des otages, oui, je me disais qu'au lieu de rapatrier son corps, les légionnaires auraient mieux fait de l'enterrer là-bas, dans une tombe taillée au milieu de ces rochers noirs en face d'Aden, de l'autre côté de Bab al-Mandab. Je n'arrive pas a l'imaginer vivre ou mourir ici, dans ce pays, tel qu'il est devenu... »

Je n'attendis plus et l'interrogeai sur toi Je savais que la première note de sa voix me dirait déjà beaucoup. Il me jeta un bref regard dont la dureté me sonda d'une question muette, comme pour dire : « Tu me le demandes à moi ? » Mais ce qu'il dit effaça immédiatement cet air de reproche.

« Je ne sais pas ce qui lui est arrivé. En tout cas, je ne t'aurais jamais revu pour t'annoncer sa mort. Les condoléances de parents et d'amis, ce n'était pas son genre. Quant à toi, réfléchis bien, il est souvent plus reposant de vivre dans un vague espoir. Tant qu'on ne sait pas...

— Je voudrais justement savoir. »

Chakh eut de nouveau ce regard durci, puis me confia comme à contrecœur :

« Sa dernière identité était allemande. Une Allemande qui avait longtemps vécu au Canada et qui revenait en Europe. Donc tu peux abandonner tes recherches russes. Ne perds pas ton temps, il n'y aura parmi ces femmes russes vivant à Paris que des violonistes saint-pétersbourgeoises, des prostituées ukrainiennes et des épouses moscovites, et parfois toutes les trois en une seule personne... Je repasserai en France dans une dizaine de jours, je pense savoir d'ici là au moins dans quel pays il faudra la chercher. »

J'eus le temps, avant une nouvelle rencontre, de comprendre ce qui avait changé en Chakh. Il aurait été plus simple de dire : il a vieilli. Ou d'expliquer l'aigreur qui perçait dans ses paroles par la disparition du pays qu'il avait servi depuis tant d'années. Mais il y avait autre chose. À présent il travaillait sans aucune protection, comme un voltigeur à qui on a retiré le filet, surtout sans le moindre espoir d'être échangé, en cas d'échec, contre un Occidental, ce qu'on faisait autrefois. En le revoyant, je lui en parlai. Je disais qu'à Moscou, on pensait plus à ouvrir des comptes en Suisse qu'à exfiltrer un agent. Il sourit : « Tu sais, un jour ou l'autre nous serons tous exfiltrés par le bon Dieu. »

Ce soir-là, le jour de notre deuxième rencontre, nous parlions justement de ces années où tout avait basculé à Moscou. Les années où le Kremlin se transformait en une grosse tumeur mafieuse dont les métastases minaient le pays tout entier. Les années où, comme dans la panique d'une défaite, on abandonnait les alliés d'hier, on soldait les guerres, on démantelait l'armée. Le temps où l'écroulement de l'empire rompait, maille après maille, les réseaux de renseignement tissés durant les soixante-dix ans de son existence. Le temps où nous ne savions pas si un agent de liaison absent au rendez-vous avait été intercepté par les Américains ou vendu par les nôtres. Le temps où je t'avais vue te perdre, un jour, dans la foule de l'aéroport de Francfort, après quelques mots d'adieu volontairement insignifiants.

Chakh me fit parler de ton départ, des mois qui l'avaient précédé, des collègues que nous avions vus alors. Je lui racontai comment nous étions restés assiégés dans le restaurant tournant au milieu d'une ville en feu et, en remontant dans le passé, les semaines passées à Londres, plus loin encore, la disparition du couple qui devait nous remplacer : Youri et Youlia. Tes remords de ne pas avoir su les protéger...

« Il était comment, ce Youri ? m'interrompit soudain Chakh.

— Blond, assez costaud, un beau sourire...

— Ça, je le sais, j'ai vu les photos. Tu l'as entendu parler anglais?

— Euh... non, pourquoi? »

Chakh ne répondit pas, me regarda fixement, puis se frotta le front.

« Ce qui est presque sûr c'est qu'elle a vécu un certain temps en Amérique. J'ai les adresses, les contacts. Mais après, il y a eu ce grand chambardement au Centre, et pas mal de casse dans les services, et c'est depuis ce moment-là qu'il est difficile de la repérer... Si tu veux, nous en reparlerons à la fin du mois, j'y verrai sans doute plus clair. »

Chakh était venu à ce rendez-vous avec une valise qui gardait encore des étiquettes d'aéroport. Ce bagage qu'il rangea à côté de notre table me rappela avec force la vie nomade que j'avais menée avec toi et que cet homme menait toujours, dans une ronde incessante de villes, d'hôtels, de matinées d'hiver dans un café vide où siffle le percolateur et où un client, accoudé au comptoir, parle au barman qui opine sans écouter... Et cette valise. Il capta mon regard et m'annonça en souriant :

« Le plus précieux n'est pas dans la valise, mais ici. »

Il donna une petite tape sur une serviette en cuir posée sur la banquette.

« Deux millions de dollars. C'est le prix qu'on me demande pour cette pile de paperasses. La documentation technique complète pour un hélicoptère de combat. Une merveille. Je me demande comment ces ingénieurs qu'on ne paie plus depuis des mois peuvent encore fabriquer des engins de ce niveau. Les Apaches américains sont, à côté, des boîtes de conserve volantes. Mais la Russie reste fidèle à elle-même. Les ingénieurs ne touchent rien et les mafieux qui organisent les fuites s'achètent des villas aux Bahamas... Cette serviette va repartir demain pour Moscou mais, tu vois, le plus fou c'est que je ne sais pas si au Centre on sera vraiment heureux de la récupérer. Il est probable que celui qui va la recevoir attendait plutôt le versement des commissions de la vente... »

En devinant ce qu'était son travail à présent, je repensai au voltigeur privé de filet. Je savais d'expérience que cette absence totale de protection pouvait, dans les cas extrêmes, devenir un grand avantage. Chakh le vivait sans doute ainsi. Ce vide qui seul le séparait de la mort le libérait. Il n'avait plus à tenir compte de la mort ni à maîtriser la peur, ni à prévoir des garde-fous ou des issues de secours. Il rencontrait ceux qui apportaient de Russie ces mallettes bourrées de secrets à vendre, se faisait passer pour un intermédiaire d'un groupe d'armement américain, négociait, demandait du temps pour une expertise. Les vendeurs, il le savait, n'étaient plus les agents d'autrefois avec leurs tactiques rodées et le raffinement des parapluies tueurs. Ceux-là réfléchissaient peu, tuaient vite et beaucoup. C'est son oubli de la mort qui les confondait, ils prenaient cette indifférence pour gage de la respectabilité toute américaine. Et il réussissait car il dépassait tous les degrés imaginables du risque.

Je lui dis, maladroitement et d'un ton absurdement moraliste, que cela ne pouvait pas durer. Le serveur, à ce moment-là, posa nos tasses et, par mégarde, percuta du pied la valise rangée sous la table. Chakh sourit et murmura dans le dos de l'homme qui s'éloignait :

« Il aurait dû faire attention, cette valise est faiblement radioactive. Oui, il m'est arrivé de transporter là-dedans les pièces d'une bombe atomique portative. Je ne plaisante pas. Tu ne peux pas imaginer ce qu'ils parviennent à sortir de Russie. Je me dis parfois qu'ils finiront par démonter le pays lui-même, ou ce qui en reste, et le transporter en Occident. Quant à cette bombe, c'était un vrai jouet. Poids total : vingt-neuf kilos, soixante-dix centimètres de longueur Un rêve pour un petit dictateur qui veut se faire respecter... »

Il but une gorgée, puis reprit d'une voix plus sourde :

« Tu as raison, on ne joue pas longtemps comme je joue maintenant. Ça peut marcher dix fois, pas onze. Mais tu vois, si je croyais encore qu'on puisse gagner, je pense que cela ne marcherait même pas une fois. Peut-être le vrai jeu commence quand on sait qu'on va perdre. Et nous avons déjà perdu. Cet hélicoptère qui est dans ma serviette, il va de toute façon atterrir en Amérique, par une autre filière, avec un petit retard, mais ils l'auront quand même. Comme ils auront tous les chercheurs de talent qui crèvent de faim à Moscou. Comme un jour, ils auront la planète entière à leur botte. Avec l'Europe c'est déjà fait, ce ne sont plus des nations, c'est de la domesticité. Si demain les Américains décident de bombarder quelque peuple fautif, ces larbins répondront présent d'une seule voix. On les autorisera tout de même à préserver leur folklore national, tu sais, comme dans un bordel où chaque fille a son emploi. Les Français, tradition oblige, écriront des essais sur la guerre et prêteront leurs palais pour les négociations. Les Anglais joueront la dignité, la mère maquerelle a toujours une fille qui sait jouer la classe. Et les Allemands feront une pute pleine de zèle comme celle qui essaie de faire oublier ses erreurs du passé. Le reste de l'Europe est quantité négligeable...

— Et la Russie ? »

Je le demandai sans arrière-pensée et surtout sans vouloir du tout lui couper la parole. Mais c'est ainsi que Chakh dut le prendre. Il se tut puis reprit avec un air de regret :

« Excuse-moi, je radote. J'ai joué tant de fois le gros Américain acheteur de secrets que j'ai fini par le détester. Un antiaméricanisme primaire et viscéral, comme diraient les intellectuels parisiens. Non, il ne faut pas être un mauvais perdant. Tu sais, j'ai raconté un jour à... à notre amie la mort de Sorge. Elle a pensé sans doute que je lui faisais un cours de propagande patriotique, je m'y suis mal pris peut-être. Mais je voulais tout simplement dire que dans cette dernière minute, sur l'échafaud, lui, le perdant, avec le nœud coulant sur le cou, il avait su vaincre. Oui, en poussant ce cri qui ferait rire aujourd'hui : "Vive l'Internationale communiste!" Mais qui peut savoir ce qui pèsera plus dans la balance du bien et du mal : toutes les victoires du monde ou le poing levé de cet agent trahi par tous...

— Et la Russie ? »

Je le répétai d'une voix neutre, volontairement distraite, en lui laissant la possibilité de ne pas répondre. Mais sa réponse m'étonna par son ton de confidence :

« Plusieurs fois déjà, j'ai fait ce même rêve : je traverse la frontière russe, en train, c'est l'hiver, des champs blancs à perte de vue et pas une gare, pas une ville, et je comprends qu'il n'y aura plus que ces neiges infinies jusqu'au bout... Cela va faire vingt-deux ans que je n'y suis pas retourné. La dernière personne que j'ai connue là-bas et qui vit encore, c'est notre amie que tu vas finir par retrouver. Les autres Russes, je les ai tous connus à l'étranger. Quant à ceux qui viennent ici pour me vendre ces hélicoptères sur papier, c'est déjà une race nouvelle. Ceux qui vont régner ici-bas après nous. »

Il regarda sa montre, s'inclina pour tirer la valise et, déjà prêt à partir me dit avec un clin d'œil :

« Et puisque tu brûles d'envie de savoir ce qu'il y a dans cette valise, je vais te raconter la suite des événements. Deux beaux spécimens de cette nouvelle race vont ce soir descendre dans le même hôtel que moi, attendre la nuit et pénétrer dans ma chambre. Ne m'y trouvant pas, ils s'attaqueront à la valise. La vigilante police française sera déjà prévenue. Les spécimens seront expulsés vers Moscou et accueillis à Cheremetievo. On essaiera de colmater la brèche par où s'envolent ces hélicoptères de combat et d'autres jouets conçus par nos ingénieurs affamés. »

Il commanda un taxi et, en l'attendant devant la sortie, nous écoutâmes le débit énergique des actualités qui résonnait au-dessus du bar : mélange de grèves, de guerres, d'élections, de matchs, de morts, de buts marqués. « Rien ne m'étonne plus dans ce monde, dit Chakh en regardant la rue grise de pluie, mais que les avions allemands qui bombardent les Balkans aient la même croix noire sur les ailes que du temps où ils bombardaient Kiev et Leningrad, cela ressemble à une très mauvaise farce. »

« Il sera plus facile de parler d'elle là-bas... »

Je savais déjà ce qu'il allait dire. Je l'avais compris à sa voix au téléphone. Puis à son visage. À ce silence dans la voiture. La douleur de ce que j'allais apprendre me paraissait encore, par moments, remédiable — il eût suffi de faire demi-tour, de foncer vers un aéroport, d'atterrir dans une ville où ta présence, même menacée, même improbable, se laissait deviner à l'une de ces adresses dont je pouvais encore, de mémoire, tout reconstituer : la rue, la maison, la trace de notre passage il y a plusieurs années... Une seconde après, je prenais conscience que Chakh allait me parler d'une mort (ni ton nom, ni ton regard n'étaient encore associés, pour moi, à cette mort) déjà ancienne.

Il en parlait en marchant sur ce chemin de campagne, entre deux rangées d'arbres nus, aux troncs bleus de lichen, envahis de broussailles de mûres. Celui qui ne le connaissait pas aurait cru qu'il pleurait. Il essuyait de temps en temps

303

sur ses joues des gouttes de la neige fondue qui nous avait surpris en route. Il parlait peu d'ailleurs et d'une voix sans timbre. Quand ses paroles s'interrompaient, je recommençais à percevoir le sifflement du vent, le piétinement de nos pas sur le chemin détrempé. La douleur rendait le monde de plus en plus méconnaissable. Je me voyais marcher à côté d'un vieil homme, dans un endroit perdu au milieu des champs éteints, un homme que je savais traqué, à bout de forces et qui n'était nulle part chez lui, un homme qui, en essuyant les filets d'eau sur son visage, me disait : « Maintenant, je connais presque exactement le jour de son exécution. » Mais cette précision ne rendait que plus invraisemblable la mort qu'il annonçait et la nécessité de lier cette mort à toi, si intensément vivante encore la veille et, à présent, séparée de nous, séparée de ce jour de printemps froid par un an et demi d'inexistence. Ce chemin même qui longeait une vieille clôture de pierre était frappé d'irréalité car il fallait, d'après ce que venait de dire Chakh, t'imaginer passant par cet endroit, il y a plus de vingt ans, au début de ta vie en Occident. L'invraisemblable était aussi l'idée que ce lieu puisse faciliter l'aveu.

Il me dit la date de la mort et soudain ce ne fut plus possible de te tenir à l'écart de cette disparition. Le monde devint vide, sonore, creux. Ton prénom y résonna à plusieurs reprises, comme l'écho d'une incantation inutile. Par un réflexe d'empressement devant la mort, par respect de ses convenances, l'image d'un cercueil entouré de couronnes et de visages éplorés s'imposa, un instant, à mon regard. La voix de Chakh reprit comme pour balayer la vision de cet attirail funèbre. Il parla d'une mort précédée d'interrogatoires, de tortures, de viols. Et d'un enterrement dans un charnier, au milieu de corps anonymes...

Nous débouchâmes, à ce moment-là, sur cette vaste cour devant une ancienne ferme transformée en restaurant. Je suivais Chakh d'un pas d'automate, traversai la cour d'un bout à l'autre, passai très près de l'attroupement qui entourait un couple de mariés. Je voyais les convives avec une acuité qui me faisait mal aux yeux : la main d'une dame, des doigts veineux crispés sur un petit sac verni, les avant-bras nus de la mariée, une peau rosie et couverte de chair de poule, l'œil fermé, comme dans le sommeil, de ce jeune homme qui filmait la cérémonie avec une petite caméra. Tout paraissait si nécessaire et si absurde dans ce rassemblement qui se dirigeait lentement vers la porte ouverte du restaurant. Tout avait un sens, et ces vieux doigts serrant le cuir noir, et ces bras juvéniles qui frissonnaient sous les gouttes glacées. Et rien n'était plus étrange. Une seconde, dans une pensée qui frôla la déraison, je crus possible de me retrouver parmi eux, d'avouer très simplement ma douleur... Un homme se détacha de leur foule, avec l'air de nous inciter à entrer plus vite, constata son erreur et prit un air d'étonnement offusqué. Le chemin contourna le bâtiment de la ferme et rejoignit l'allée au début de laquelle Chakh avait laissé la voiture. À notre passage, un grand oiseau gris remua dans le branchage et s'élança de biais, dans un vol bas et désordonné à travers le vide des champs piquetés de gouttes. Je crus soudain que plonger dans ce néant printanier, disparaître dans son indifférence était un pas salutaire et si facile à exécuter. Un corps recroquevillé derrière la broussaille, la tempe brune de sang, la main rejetée par la secousse de l'arme... Chakh s'arrêta, regarda dans la même direction que moi et sembla deviner ma pensée. Sa voix eut la fermeté qu'on a en s'adressant à un homme qui a trop bu et qu'on veut rabrouer : « On ne serait pas là, si elle avait parlé. Ni toi ni moi. » Encore noyé dans la torpeur du vide, je me sentais plus proche du corps recroquevillé que de cet homme qui me parlait avec dureté, plus proche de ce suicidé imaginé que de moi-même. Il se détourna en reprenant sa marche et dit d'une voix sourde : « J'ai le nom et l'adresse de celui qui l'a donnée. »

La mort d'un proche affecte non pas le futur mais ce passé immédiat qu'on se rend compte d'avoir vécu dans la dérisoire petitesse du quotidien. En m'installant à côté de Chakh, j'aperçus sur le siège arrière la serviette qui, il y a quelques semaines, contenait la documentation technique dont, en souriant, il m'avait annoncé la valeur marchande. Je me souvins du ton de nos rencontres, de leur légèreté voulue, de l'insignifiance des jours qui les avaient précédées et suivies. Mes vaines plaidoiries au cours des bavardages mondains, le gros homme avec sa camelote cinématographique, l'histoire de la valise de Chakh, cette valise-appât qui m'avait amusé par son côté roman d'espionnage... Ces bribes se mesuraient maintenant à ton absence, à l'impossibilité de te retrouver nulle part en ce monde, à l'infini de cette absence.

Chakh avait sans doute senti lui aussi cette unité de mesure infinie qu'est la mort. En me parlant de celui qui t'avait trahie, il releva un détail comique, mais se reprit aussitôt. « Il habite à Destin, en Floride, disait-il. Un nom pareil, j'espère qu'il ne parle pas français, il y a de quoi devenir superstitieux... » Il se tut, en regrettant cette intonation, et termina sèchement : « D'ailleurs son bureau est à Saint Petersburg Tu ne seras pas dépaysé. »

La mort n'atteignait pas le futur, car ce temps imaginé, je m'en rendais compte maintenant, se résumait à un seul instant très simple que je portais en moi depuis des années : dans la foule d'une gare, au milieu d'un défilé de visages, je reconnaissais ton regard. Je n'avais jamais prévu rien d'autre pour notre avenir.

Il y avait aussi désormais la vision de ce corps

inerte replié derrière les broussailles nues, à côté d'un chemin de campagne. Je me voyais ainsi et le confort d'un tel dénouement était surtout tentant par sa facilité matérielle. Un soir, l'agréable poids du pistolet s'était longuement moulé dans ma paume. Le lendemain, en consultant ma montre, je pensai que dans ces jours vidés de sens, seule la rencontre avec Chakh allait marquer, à midi, une heure, une date et donner à la suite de cette vie un semblant de nécessité.

Il parla. Sa voix fit surgir cette petite ville de Destin, en Floride, puis un homme, un ex-Russe se faisant appeler Val Vinner, un transfuge ordinaire et dont la seule particularité était de t'avoir trahie. Sa silhouette se composait comme un puzzle auquel plusieurs fragments manquaient encore. Prudent, ambitieux, très fier de sa réussite. Engagé par le renseignement américain, il dirigeait la filière qui s'occupait du transfert des savants de l'Est. Il avait su persuader ses nouveaux employeurs qu'importer un savant dont la tête est bourrée de secrets était plus rentable que d'envoyer des agents glaner ces mêmes secrets sur place... J'écoutais Chakh avec l'étrange impression que la mosaïque ébréchée que formait la vie de Vinner devenait ma propre vie, que cette silhouette encore floue me dotait d'un avenir.

« Il voyage tout le temps, surtout en Europe de l'Est, en rabatteur, expliquait Chakh, mais il y a une chance que pendant les vacances de printemps il passe quelques jours en famille. Il faut que tu partes au plus tard après-demain. Essaie de le voir tout de suite. Il est très méfiant. Tu diras que tu viens de la part d'un de ses meilleurs amis. Je te donnerai son nom. Cet ami est actuellement en Chine, en mission, pratiquement injoignable. Ça te laisse au moins quatre jours. S'il refuse fermement tout contact, parle-lui de sa maîtresse à Varsovie. En Amérique, ça peut être un argument... »

Il s'interrompit et me fixa en plissant légèrement les paupières.

« À moins que tu ne sois pas décidé tout simplement à le liquider ? »

Cette question me poursuivit pendant la nuit. Je ne savais ce que je devais faire en rencontrant ce Val Vinner. Lui extorquer des aveux, le faire chanter et l'obliger à se justifier longuement, piteusement, le voir trembler, l'humilier ou, comme disait Chakh, « tout simplement » le tuer ? Un pistolet avec un silencieux, une carte de Floride recouvrant la main armée, l'air d'un touriste égaré, Vinner déjà installé dans sa voiture accepte d'aider, ouvre la portière, s'incline vers la carte : « *Yes, you're on the right road...* », et, en rejetant la tête, il se fige sur son siège, je bloque la fermeture, pousse la portière, il doit avoir des vitres fumées... Il y eut, dans cette nuit blanche, une heure où le ruminement de toutes ces vengeances révéla soudain une raison cachée, celle que je m'efforçais de me dissimuler à moi-même. Chaque nuit possède ce moment de grande lucidité, de sincérité impitoyable dont on est, d'habitude, protégé par le sommeil. Je n'avais aucune protection, cette fois-ci. Les pensées étaient nues, cinglantes. Je ne pouvais rien contre cet aveu qui revenait sans cesse, de plus en plus net : j'allais en Amérique en espérant entendre dire Vinner que ta mort n'était pas cette longue torture dont avait parlé Chakh. Que c'était une mort... ordinaire. Et que de toute façon, je n'aurais pu l'empêcher même si j'avais été à tes côtés. Que tu n'avais pas souffert. Que je n'avais pas à répondre de cette mort devant... Devant qui ?

Je me levai pour interrompre le flux de ces aveux. Mais leur netteté atteignait alors la force d'une voix vivante : « Tu veux voir cet agent défroqué en espérant qu'il va t'absoudre. Comme un bon vieux pope... »

Je m'endormis à la fin de la nuit, d'un sommeil qui garda l'extrême acuité de cette confidence forcée. Mais sa lucidité devint lumière et le tranchant de la douleur, la glace. Le froid d'une chute de jour d'hiver, de la neige qui lentement me glaçait le front. Je revoyais la maison de bois dont tu m'avais souvent parlé, avec son perron bas d'où l'on pouvait voir, derrière les branches de sapin, le rivage du lac gelé... Au réveil, j'éprouvai longtemps la fraîcheur de cette journée racontée, blanche et calme. Dans l'avion, en recomposant mentalement tout ce que je savais sur Vinner, en rejouant comme des combinaisons d'échecs toutes ses réactions possibles, je me retrouvais de temps en temps dans un lointain d'oubli, au bord de ce lac entouré du lent sommeil des arbres enneigés. À un moment, dans un bref accès de douleur, je crus percer ce qui, exprimé en mots, pâlit et ne dit qu'une part de la vérité devinée : « Nous aurions pu vivre dans cette journée d'hiver ! » Non, ce que je venais de comprendre dépassait de loin cette possibilité imaginée. Les mots brisèrent l'instant entrevu en éclats de regrets, de remords, de haine. Je pensai de nouveau et avec une joie mauvaise à la progression de la peur que je saurais doser lors de mes visites à Vinner. Puis m'accusai de vouloir me blanchir, d'espérer secrètement de lui le récit d'une mort douce, de vouloir même le tuer pour ne pas entendre ce qu'il savait... Enfin, pour mettre fin à ce supplice verbal, je repris, une à une, mes combinaisons d'échecs.

Je me souvenais qu'avant de me quitter, Chakh m'avait dit cette phrase dont seul le début m'avait paru utile : « Si tu ne le tiens pas tout de suite, dans les premières dix minutes, tu as perdu, c'est une anguille d'après ce qu'on m'a dit... » La fin de ses paroles me revenait maintenant et me paraissait bien plus importante : « Mais quoi qu'il arrive, n'oublie pas que pour... pour elle, c'est bien égal. Les jeux sont faits. » En répétant ces mots, je me disais que depuis cette promenade avec Chakh dans un chemin qui contournait une vieille ferme, j'avais l'impression de vivre dans une obscure après-vie.

VI

En pensée, j'avais fabriqué la ville où habitait Vinner avec le matériau noirci et humide du printemps parisien. Lui-même m'apparaissait vêtu d'un pardessus, le visage brouillé par la pluie et la méfiance. J'étais épuisé par les nuits sans sommeil, par l'attente de la première rencontre, je n'avais pas pensé au soleil du golfe du Mexique. À l'atterrissage, la lumière et le vent chaud s'engouffrèrent dans cette ville imaginée, c'était moi, l'homme en pardessus sombre. En allant à Destin par le littoral, je sentais cette atmosphère très particulière, à la fois nonchalante et nerveuse, des villes méridionales qui se préparent à la saison des vacances. Elle se devinait dans le bruit avec lequel cet ouvrier sortait d'une remise des sommiers de plage, dans l'odeur de peinture de ces lettres neuves qui promettaient un rabais mirifique aux mange-tôt... À l'hôtel, je me débarrassai de mes vêtements parisiens comme de témoins honteux et ridicules sous ce ciel léger.

Je sortis aussitôt, moins par peur de manquer Vinner (je ne savais même pas s'il était chez lui), que pour devancer un nouvel afflux de doutes. Je suivis le conseil de Chakh de venir directement, sans téléphoner, sans m'attarder à une habituelle reconnaissance des lieux. D'ailleurs, l'ambiance des stations balnéaires où tout est prévu pour alléger le poids des choses contribua certainement à la facilité avec laquelle, une demi-heure après, à l'angle d'une rue, je trouvai la maison de Vinner. Non pas une bâtisse grisâtre, blockhaus imprenable que mon imagination avait construit avec la pierre humide des immeubles parisiens, mais une villa à un étage, en retrait dans un jardin dominé par plusieurs faisceaux de jeunes palmiers. Derrière la grille, à gauche de l'étroite allée qui menait à la maison, était garée une voiture avec le coffre ouvert qu'un homme, me tournant le dos, nettoyait avec un petit aspirateur faisant penser à un arrosoir. J'appuyai sur la sonnette. L'homme se retourna, débrancha l'appareil en l'abandonnant dans le coffre et, au lieu de venir vers moi, ce qui m'eût paru naturel, marcha vers une petite guérite, en briques claires, qui flanquait la grille et disparaissait presque entièrement sous les feuilles d'une plante grimpante. J'entendis sa voix tout près de mon oreille, dans l'interphone, et remarquai au même moment l'œil plat et noir de la caméra de surveillance. La voix était lente, pâteusement américaine. En expliquant qui j'étais, je m'entendais à peine, ébloui par la dérisoire évidence de ce que je venais de voir : ce quinquagénaire aux cheveux coupés ras, un homme corpulent qu'une chemisette blanche et ouverte sur la poitrine rendait presque carré, cet homme qui promenait son aspirateur sur la moquette du coffre et qui, à présent, approuvait mes explications par des « okay » traînants, cet homme était Val Vinner ! Un être presque fabuleux par le mal qu'il avait fait, par la dimension de ce qu'il avait, négligemment, détruit et qui maintenant s'exposait dans toute la banalité de ce petit paradis sous les palmiers, dans la paix domestique d'une matinée de vacances...

Patiemment, en imitant très bien cette bienveillance obtuse que les Américains mettent dans l'éclaircissement des détails, l'ex-Russe continuait à me questionner sur notre ami commun en voyage en Chine, sur le but de ma visite... Soudain, ce que je vis derrière la grille effaça notre conversation à travers le mur. Un enfant, un garçon de six ou sept ans, contourna la voiture et vint vers l'entrée, s'agrippa aux barreaux en me dévisageant avec curiosité. Son frère, encore pas très assuré sur ses jambes, traversa la cour pour rejoindre l'aîné. Je saurais plus tard que l'aîné était le fils de la femme de Vinner, mais en voyant ces deux enfants, j'eus l'impression de venir d'une époque révolue, depuis laquelle ce transfuge avait eu le temps de s'américaniser et de fonder cette famille vieille d'au moins huit ans...

C'est alors qu'un homme, apparu sur le perron de la maison, appela les enfants. Je levai le regard et, surmontant en quelques secondes l'invraisemblance de ce visage sous un tel nom et dans ce lieu, je reconnus Youri.

Il alla à la grille, attrapa le petit, le détacha des barreaux malgré ses protestations. L'homme carré à la chemisette blanche (un gardien ? un garde du corps ? un jardinier ?) surgit de la guérite et se mit à lui répéter les informations recueillies, en écorchant mon nom, en essayant de couvrir les piaillements de l'enfant. Mais déjà, Vinner me parlait en russe et me faisait entrer par la porte à côté de la guérite.

« Je suis vraiment désolé, mais aujourd'hui j'emmène ces deux voyous à Miracle Strip. Je leur ai promis ça depuis Noël. Vous connaissez ce parc ? Il y a plein d'attractions pour les gosses. Et même une énorme montagne russe de je ne sais combien de mètres de haut. Notre ami va donc bien ? La Chine, à présent, ça doit être quelque chose. Je crois qu'il m'a parlé de vous... Deiv, arrête de le pousser ou bien tu n'iras pas avec nous ! »

Il formula cette menace en anglais, dans ce bon anglais compréhensible qui trahit les étrangers et il me jeta un coup d'œil où la sévérité feinte se mua en une fierté souriante de père. Je me disais que son visage avait très peu changé et que son regard avait même gardé cette clarté juvénile qui t'avait autrefois touchée. C'est son corps qui avait beaucoup mûri, il avait du ventre et ses avant-bras remplissaient les manches courtes de son maillot d'une rondeur molle comme chez les athlètes qui délaissent l'exercice... Une femme grande, blonde sortit de la maison, rentra aussitôt et réapparut avec un gros thermos rouge. Elle s'approcha, Vinner me la présenta, elle me serra la main, et j'eus le temps d'apercevoir sur son visage la trace de cette distraction matinale que les femmes s'autorisent à voler à leur famille. Les enfants criaient d'impatience et poussaient leur père vers la voiture. J'avais encore sous le bras la carte de Floride et dans mon sac, un pistolet chargé. D'une main j'écartai ce sac en bandoulière derrière mon dos, comme on cache aux enfants un objet tranchant.

Vinner me proposa de nous revoir le lendemain.

La nuit, en me rappelant sa mimique, je remarquai que ces traits, même collés à un nom haï, faisaient renaître en moi ta voix, le calme de ton regard, quelques jours de notre vie ancienne, quelques-uns de ces instants de bonheur perdus au milieu des errances et des guerres.

Puis, me souvenant de l'avertissement de Chakh qui me donnait les dix premières minutes pour attaquer et gagner, je reconnus mon échec. J'imaginais les deux enfants des Vinner en train de dévaler la montagne russe. D'ailleurs, je parvenais de moins en moins à définir quelle aurait pu être la victoire.

En contemplant la plage qui s'étendait à quelques pas de la terrasse sur pilotis à laquelle nous étions installés, Vinner avait l'air souriant et fier du coauteur de ce panorama ensoleillé. C'est ainsi qu'en montrant à un étranger l'Arc de Triomphe ou le Louvre on se sent un peu leur architecte ou, au moins, un tailleur de pierre. Il commentait, pointait sa fourchette vers le large pour énumérer les noms des poissons et des coquillages, poussait un petit rire et me lançait un clin d'œil à la vue d'une jolie baigneuse qui longeait la terrasse. Et quand ce groupe de jeunes gens en maillots de bain s'élança vers les vagues, en s'interpellant dans leur course et en se jetant un grand ballon par-dessus la tête des estivants, il eut un sourire indulgent et m'expliqua que ces trublions étaient hélas inévitables en période de *spring break*. Il prononça le mot avec un plaisir évident.

« Ça vous change des pluies parisiennes, n'est-ce pas ? Et des Européens anémiques. Je me rappelle, un jour, sur une plage quelque part à côté de... La Rochelle ? Je confonds sans doute, c'était déprimant tous ces corps mal fichus, on aurait dit un musée de la dégénérescence.

Surtout les femmes. Et ici, vous voyez, ils pètent la santé, ces jeunes. Et même les moins jeunes. La forme. Déjà cet air. Non, mais sentez-le ! Pas un atome de nicotine. Personne ne fume. En Europe, en deux jours je deviens un vieux cra-choteux. Et les pays de l'Est, n'en parlons pas, c'est pire que Tchernobyl... Elle est pas mal celle-là, non, l'autre, sous la douche. Oui, peut-être, un peu trop, vous avez raison. Mais elles sont toutes très sportives ici. Et très saines. Vous savez, en fait, l'homme nouveau que notre pro-pagande nous promettait, c'est ici qu'il est en train de naître. Staline voulait le forger grâce à la schizophrénie de la terreur et de l'héroïsme. Hitler, par le messianisme biologique. Et ici, ils n'ont pas besoin de lavage de cerveaux. Chacun comprend, comme dit l'un de mes amis, qu'il vaut mieux être sain, bronzé et riche que cher-cheur russe à Moscou... »

En parlant de l'Amérique, Vinner disait tantôt « ils », tantôt « nous ». Je l'interrompis deux ou trois fois pour demander : « Nous, c'est qui ? Les Russes ou les Américains ? » Je le fis par agace-ment, mais aussi pour éviter la confusion entre ce « nous qui mettions un peu d'ordre dans ce bordel planétaire » et le « nous qui ne savions que mendier des crédits à l'Occident au lieu de bosser ». En souriant, il accepta la rectification et durant quelques minutes veilla à l'emploi des pronoms. Les bons « nous » accomplissaient leur lourde mission de maître du monde en punissant les coupables, en protégeant les justes, mais surtout en démontrant par leur exemple que la formule du bonheur universel était trouvée et qu'elle était à portée de tous. Un moment après, la confusion revenait et les mauvais « nous » se mettaient « à boire, à jouer l'hystérie à la Dostoïevski, à mendier des dollars ».

Il y avait, en effet, beaucoup de beaux corps sur le sable très clair de la plage. Et leur jeunesse et la tranquille insolence de leurs mouvements balayaient toute tentative de critique. Le bonheur était trop évident, il était sur leur peau, dans leurs muscles, dans cette coulée de voitures qui venaient du nord pour déverser ces corps bronzés sur le sable et les terrasses ou bien pour les emporter vers d'autres plaisirs. Leur joie de vivre semblait dire : « Vous pouvez ronchonner tant que vous voulez, c'est nous qui avons raison ! »

D'ailleurs, ce que disait Vinner était plutôt son habituel numéro de test d'embauche, un discours bien rodé pour tâter les opinions des chercheurs qu'il recrutait à l'Est. Il savait qu'on apprend bien plus sur un homme non pas en le laissant parler mais en lui parlant et en observant ses réactions. Au lieu d'objecter, j'essayais d'imaginer les objections de mes prédécesseurs. Qu'avaient-ils pu dire devant ce paradis que leur faisait visiter Vinner ? Certains opinaient sans doute, en craignant de mécontenter leur bienfaiteur. D'autres, se souvenant de leur enfance soviétique d'après-guerre, se lançaient, la nostalgie aidant, dans la défense de la pauvreté qui stimule, paraît-il, l'élévation de l'esprit. D'autres encore, les plus ingrats et d'habitude les plus indépendants grâce à leur poids scientifique, osaient rappeler que cette oasis du rêve américain avait un prix et, avec une exagération toute russe, se mettaient à évoquer l'esclavagisme, Hiroshima, le napalm au Viêt-nam et parfois, dans un accès de colère (que Vinner appelait : l'hystérie à la Dostoïevski), se révoltaient en criant « Oui, bien sûr, vous êtes les plus riches, les plus forts ! Mais c'est parce que vous pillez le monde entier. Votre foutue Amérique c'est une pompe à sang ! Vous pensez qu'on peut tout acheter avec vos dollars ? » À de tels moments, Vinner se taisait. Il connaissait trop bien la nature détonante mais oublieuse de ses anciens compatriotes. Mais surtout il était sûr qu'on pouvait vraiment tout acheter. Et que l'hystérie n'était qu'un symptôme passager chez celui qu'on était en train d'acheter.

Je pensais qu'à toutes ces objections on pouvait ajouter aussi les guerres provoquées pour tester de nouvelles armes et les guerres décidées pour baisser le prix d'un baril de brut. Et bien d'autres revers des choses. Mais je laissais Vinner exécuter son numéro comme on laisse un guide terminer une excursion dans un site sans intérêt. Il ne prit pas de café mais une boisson lactée, très moussante. Et les dernières explications (il parlait de la réussite du melting-pot : « Au soleil tous les chats sont bronzés, n'est-ce pas ? ») s'accompagnaient de succions gargouillantes et rythmiques. Je me disais que le seul argument en accord avec la bonhomie de notre entrevue eût été de critiquer l'obésité de certains vacanciers autour de nous... Vinner regarda sa montre et se hâta de conclure.

« Je verrai ce que je peux faire. Je ne promets rien, des médecins, vous savez, il y en a ici tant et plus. Mais j'ai un ami qui sera peut-être intéressé par votre expérience de médecin en Tchétchénie. J'aurai une réponse dans... euh... disons quatre ou cinq jours. »

C'était la légende que nous avions rapidement fabriquée avec Chakh : un médecin militaire qui fuyait le Caucase via la Turquie, pour atterrir en Amérique. Très sommaire, elle avait l'avantage de correspondre à mon métier d'autrefois et de croiser le métier de Vinner. « Quatre ou cinq jours », c'est-à-dire jusqu'au retour de son collaborateur parti en Chine. J'eus envie de ne pas attendre, de lui dire qui j'étais et pourquoi j'étais venu. Notre voisine obèse se leva et, comme dans un gag à la télévision, faillit soulever le fauteuil en plastique moulé à ses hanches. Vinner me lança un clin d'œil en aspirant bruyamment le reste de l'écume au fond de son verre.

J'avais besoin de mots qui auraient éclipsé ce soleil, effacé la blancheur du sable, figé les cris, les éclats de rire. Des mots qui auraient été nuit, granit noir et humide des rues, solitude. Je comprenais que je n'étais jamais sorti de cette nuit et que le paradis balnéaire de Vinner était une époque future dans laquelle j'avais pénétré par erreur, et que dans quatre ou cinq jours je devrais revenir dans ma nuit.

« Je vais lui demander le sucre, il a oublié... »

Je me levai, j'allai au bar qui se trouvait à l'autre bout de la terrasse. Il me fallut attendre que le barman émerge d'un buffet où il rangeait bruyamment les bouteilles vides. La colonne décorative qui s'élevait du comptoir jusqu'au plafond était recouverte de fragments de miroir. Un des éclats cadra la table que je venais de quitter et celle, derrière la nôtre, occupée par un homme qui lisait un journal. Tout au long de notre déjeuner j'avais entendu le froissement des pages. À présent, dans le reflet, je voyais distinctement son visage. Il avait abaissé le journal et il parlait, sans avoir l'air de s'adresser à quiconque. Vinner était légèrement tourné vers cette bouche qui parlait dans le vide. Quelques secondes après, il eut un petit hochement de tête. Le lecteur de journal ramassa le sac posé sous la table et partit. Son visage, reflété par la colonne, sauta d'un carré de miroir à l'autre...

Vinner prenait donc mon apparition plus au sérieux que les bavardages sur l'homme nouveau et le melting-pot de plage ne le laissaient entendre. Je trouvai mon propre reflet dans l'un des éclats. Je ne savais pas s'il avait pu reconnaître ce visage avec des lunettes à monture dorée, avec cette barbe. Je ne savais pas ce que représentaient pour lui ces années qui le séparaient de la poussière et de la chaleur d'une capitale africaine où se préparait une guerre, où nous l'avions vu pour la première et la dernière fois. Certainement, ce n'était, pour lui, qu'un passé étouffé, volontairement rayé de la mémoire, rejeté dans la préhistoire médiocre de son glorieux présent. Je ne savais même pas de quelle manière le fait de t'avoir trahie était conservé, porté, supporté dans les brefs moments de vérité et de solitude qu'il ne pouvait éviter...

« Attention aux coups de soleil, me prévint-t-il en me quittant, et aux voleurs. Ils flairent les étrangers à dix kilomètres. Surtout les jeunes Noirs et aussi les Latinos, quelle engeance !

— Ah bon, je pensais que le melting-pot...

— Non mais ça, c'est entre nous, de Russe à Russe. Ne le répétez pas, sinon vous allez vous faire lyncher. »

Le soir, le taxi avançait lentement, souvent gêné par les voitures qui cherchaient à se garer près des restaurants, par la foule des jeunes vacanciers qui entamaient leur nuit de fête. Il pleuvait une fine poussière chaude. Un vernis noir luisait sur la peau hâlée de ces jeunes passants très peu vêtus. Plus encore que sur la plage, on devinait leur avidité de vivre, leur nonchalante revendication de bonheur... Le chauffeur, comme je le lui avais demandé, sortit de Destin, longea la côte. Il y avait beaucoup trop de mouvement dans ces rues pour savoir si on avait droit à une escorte. Je jetai un dernier coup d'œil par la vitre arrière, puis demandai de rebrousser chemin. Je me rendais compte qu'il était sans importance de comprendre ce que Vinner savait ou ne savait pas et comment il s'apprêtait à réagir à mon apparition. Je n'avais ni à me protéger, ni surtout à imaginer ce que serait ma vie après ce voyage à Destin. Tout ce qui me restait à vivre se concentrait ici, en ces heures-là.

Le taxi me déposa dans une rue étroite et calme, une rue de villas qui paraissaient déjà assoupies. On entendait la pluie, plus dense qu'il y a un moment, et quelque part au fond de la végétation touffue, les voix d'un téléviseur, ces répliques d'un film de science-fiction sans doute et qui évoquaient une civilisation du vingt-cinquième siècle. De l'effervescence de la ville, il ne restait qu'un halo de clarté délavée dans le ciel. Je marchai en perdant peu à peu l'écho de la conversation des hommes des siècles futurs, n'entendant plus que la pluie. Je reconnus la maison de Vinner aux ornements en fer forgé de la grille.

L'obscurité était entrecoupée de pans bleuâtres le long des réverbères. L'alternance de cette lumière crue et des feuillages noirs transformait ma venue en un étrange négatif de ma première visite, la veille, dans le soleil matinal. La répétition était si exacte qu'elle allait laisser le loisir d'observer de brèves trouées d'absurde et de mutisme entre les mots et les gestes.

Le gardien surgit, vêtu d'un coupe-vent, me regarda à travers la grille, disparut dans la guérite. L'interphone chuinta, j'épelai mon nom, puis le nom de celui qui me recommandait... Les questions pâteuses du gardien revenaient inchangées depuis la veille, comme dans les refrains rimés d'un jeu d'enfants. Vinner sortit sur le perron, une kyrielle de lumignons brilla, traçant la courbe de l'allée qui menait vers la grille. Il s'approcha, en cillant sous les gouttes de pluie, me vit, effaça rapidement d'un sourire un léger tic de dépit ou de crainte qui s'embusqua dans l'une des rides de ce sourire forcé. Avant qu'il n'atteignît la grille, un chien puissant mais parfaitement silencieux s'interposa, dressa vers moi tout son corps long et musclé, bouillonnant d'une énergie difficilement contenue. Vinner me fit entrer, toujours en souriant, en écarquillant les yeux et en aspirant comme quelqu'un qu'on eût dérangé dans la première somnolence de la nuit.

« Vous savez, ici, en Occident, venir comme ça, sans prévenir, vers dix heures du soir, est le moyen le plus sûr de provoquer un infarctus chez vos connaissances. Essayez de le faire à Paris ou à Londres. Vous sonnez à l'improviste, on vous ouvre et vous annoncez comme nous le faisions en Russie : voilà, je passais dans la rue, j'ai vu que c'était allumé chez vous, j'ai décidé de monter. L'arrêt cardiaque garanti ! Bon, j'exagère un peu, entrez, j'ai du bon whisky... »

Je comprenais que ce ton allait, en quelques secondes de plus, rendre de nouveau imprononçable ce que j'avais à dire. Les paroles de Vinner avaient le même effet anesthésiant que les gargouillements d'une paille dans l'écume lactée de son verre, que l'effort d'une vacancière obèse qui se levait, le fauteuil en plastique enfoncé dans les bourrelets de ses hanches...

« J'ai oublié de vous donner une chose », dis-je d'une voix très neutre, en fouillant dans mon sac.

Le chien se tendit encore plus et fit entendre un étranglement gras, menaçant. Je continuai à parler en russe, avec l'air légèrement penaud d'un distrait.

« Votre chien est sans doute entraîné à réagir aux gestes nerveux. Je n'en ferai pas. J'ai un silencieux et je tirerai à travers le sac au moindre refus de votre part. Pour commencer, dites au gardien de s'en aller et d'emmener le chien... »

Il s'exécuta. Sa voix resta enjouée, mais ne put dissimuler une vibration sonore et surtout son accent russe, soudain plus perceptible. Le gardien attrapa le chien par le collier et disparut au fond du jardin. Le pointillé des lampes le long de l'allée s'éteignit et le visage de Vinner n'était à présent éclairé que par la vague bleuâtre venant des réverbères. Il essaya de sourire, voulut parler... Et se tut en entendant à travers une fenêtre ouverte la voix de sa femme qui réprimandait doucement les enfants.

Je me nommai du nom que je portais au moment où nous nous étions connus. Je rappelai l'arrivée de leur couple, Youri et Youlia, leur naïveté si bien jouée, leur disparition. Je parlai de toi, de ton remords de ne pas avoir su les protéger, de tes tentatives pour les retrouver... Je me rendis compte qu'en fait j'avais très peu de choses à lui dire. Le cri depuis longtemps préparé (« Tu l'as trahie, salaud ! ») et qui devait précéder le coup de feu paraissait incroyablement faux et ne collait pas à cet homme en sandales de plage, avec une goutte de pluie suspendue au bout du nez. La voix de sa femme devint plus distincte. « Non, tu ne sors pas dehors, Deiv. J'ai bien dit "non", tu m'entends ? D'abord parce qu'il pleut et puis tu es pieds nus. Non, tu vas trouver tes pantoufles... » Je vis les yeux de Vinner biaiser une seconde vers la fenêtre éclairée de la maison. Je m'interrompis comme avant la sentence finale, mais en réalité ne sachant comment terminer ce monologue qui ne lui apprenait rien de nouveau. Il regarda, dans le même biaisement rapide, mon sac toujours ouvert et ma main qui semblait y chercher un objet égaré. Nous nous vîmes, un instant, avec une divination réciproque totale, avec une conscience aiguë de ce que nous étions, ici, sous cette pluie, parta-

geant ce passé qui rendait notre vie raisonnable-
ment impossible et en même temps parfaitement ordinaire, comme ses sandales de plage,
comme mon sac acheté la veille à l'aéroport.

Il y eut à ce moment-là un bref répit dans
le chuintement des gouttes, une seconde de
silence complet, et de ce fond humide et immobile de l'obscurité se détacha un léger bâille-
ment, un soupir féminin suivi du bref grincement d'une fenêtre refermée. Nous nous
regardâmes. Instinctivement, je baissai la voix. Je
me surpris à lui parler de ce que je n'avais pas
l'intention de dire, de ce qu'il me semblait
impensable à raconter.

« Il y avait près du port des docks où l'on avait
entassé tous les opposants, pêle-mêle avec
quelques suspects dont elle. Comme elle n'avait
rien avoué, les Américains l'avaient livrée aux
autorités locales, à ces coupeurs de têtes para-
militaires. Une semaine après, quand l'un de
leurs chefs a pensé la monnayer dans les négociations avec les gouvernementaux, il n'a pas osé
la montrer. Une semaine de viols et de tortures.
Elle n'avait plus de visage. Ils ont préféré la tuer.

— Je ne le savais pas... »

Il le dit sur un ton sourd et cassé dont sa voix
me paraissait incapable.

« Mais si, vous le saviez très bien. Pendant cette
semaine vous étiez en train d'écouter les interrogatoires enregistrés par les Américains. Ses
interrogatoires...

— Je ne le savais pas.

— Ce qui m'intéresse c'est ce que vous savez. Tout ce que vous savez sur ces jours-là. Jusqu'au dernier mot. En homme ordonné, vous avez même conservé certains objets qui lui appartenaient, n'est-ce pas? Des photos... Tout ce que vous savez, par écrit. Pour vous aider, je vous poserai des questions. Oui, un interrogatoire, vous en avez l'habitude...

— Mais je n'ai rien gardé! Je ne me souviens de rien! »

Nous nous retournâmes. Dans le silencieux répit entre deux vagues de pluie, le gravier sous les pas crissait avec une sonorité de verre. La femme de Vinner sembla ne pas remarquer ma présence. Droite, l'air de la dignité froissée, elle s'arrêta à quelques mètres de nous.

« Qu'y a-t-il, Val? »

Son intonation, un léger haussement de son menton résumèrent toute leur vie de couple : oui, j'ai un mari au passé bizarre et dont le métier n'est pas très facile à définir devant les amis, mais mon tact et ma sérénité distante rendent cela parfaitement acceptable.

« J'ai oublié de donner à votre mari cette revue scientifique dont il aura besoin demain », annonçai-je en tirant de mon sac un magazine.

Elle sourit distraitement comme si elle venait de m'apercevoir dans l'obscurité et s'éloigna en souhaitant une bonne nuit sans véritable destinataire. Au milieu de l'allée, près d'un lumignon, elle s'accroupit pour ramasser une petite pelle en plastique oubliée par les enfants. Le tissu de sa robe de chambre, très fin et satiné, dessina la ligne de son dos, l'évasement de ses hanches. Déjà dans une vision d'irréalité, je pensai à la nuit qu'ils allaient passer ensemble, aux nuits qu'il passait à côté de ce beau corps féminin, à leur plaisir...

« Ne compliquez pas les choses, dis-je à Vinner en me dirigeant vers la grille. Je n'ai rien à perdre. Et vous, vous avez une belle vie devant vous. Ça vaut bien quelques aveux... Demain, j'attends de vos nouvelles. Et n'oubliez pas que je travaille en binôme, comme disent les tireurs d'élite. Si je suis réveillé à quatre heures du matin par la police, mon collègue sera obligé de vous réveiller à quatre heures et demie. *Sweet dreams.* »

Il m'appela à neuf heures et me proposa de nous rencontrer dans deux jours, à son bureau, à Saint Petersburg.

Dans le hall de mon hôtel, sur une étagère serrée entre deux plantes aux larges feuilles lustrées, je tirai au hasard trois ou quatre volumes pour occuper ces deux jours pluvieux, pour ne pas penser à Vinner. J'essayais de m'attacher aux personnages de ces romans américains, de croire à la vie d'un éleveur de chevaux candide et généreux ou d'une jeune provinciale naïve piégée par la grande ville... Mais d'une façon détournée, ma pensée revenait à notre conversation dans la nuit. J'enviais vaguement ces auteurs qui savaient tout sur la moindre saute d'humeur de leurs héros, qui devinaient leurs intentions même quand « sans savoir la raison de son choix, Hank évitait, depuis, de prendre la route de North Falls ». Il me semblait comprendre pourquoi ces pages feuilletées par tant de mains pouvaient plaire, pourquoi tous ces mondes fictifs des livres plaisaient. Pour le confort de l'omniscience, pour la vision du chaos vaincu, épinglé comme un hideux insecte sous le verre d'une collection.

Je pensais à Vinner en me rendant compte que je ne savais même pas si, durant cette conversation sous la pluie, il avait eu peur, s'était senti coupable, m'avait cru vraiment prêt à tirer sur lui, sur sa femme. Je ne savais pas si le changement de sa voix était un jeu ou non. Je ne savais pas dans quel ordre il avait placé les moyens de se débarrasser de moi : la police, un tueur à gages, une issue à l'amiable. Je ne savais pas s'il était tant que ça perturbé par mon apparition. En somme, je ne savais rien de ce qui se passait dans sa tête !

Je refermais le livre, j'imaginais Vinner qui, après mon départ, montait à la maison, fermait la porte, exécutait tous les petits gestes d'hygiène d'avant le sommeil, s'étendait à côté de sa femme. Je sentais que ces gestes quotidiens glissaient tout près de la folie. Et que la vraie démence serait justement d'imaginer Vinner s'allongeant à côté du beau corps féminin que je venais de voir sous le tissu satiné de la robe de chambre, de l'imaginer caresser ce corps, de les imaginer faire l'amour. Car il n'était pas du tout exclu que tout se passât précisément ainsi : la petite routine d'hygiène, leur chambre, leurs corps. Je me disais que le vrai livre aurait dû recopier cette invraisemblable suite d'actes vrais. Un homme apprend ce qu'avait appris Vinner, monte dans sa maison, se lave, se couche, attire sa femme à lui, presse sa poitrine, caresse ses hanches, la pénètre en respectant fidèlement les petites singularités de leur rituel charnel...

Je passai les deux jours d'attente entre cette fantasmagorie des gestes imaginés, des bribes de lecture et cette conviction de plus en plus claire dans mon esprit : quoi qu'il arrive je partirais sans avoir compris ce que Vinner avait sur le cœur, pour parler comme ces romans qui meublaient l'étagère de l'hôtel.

Il m'accueillit devant l'entrée de l'immeuble. Un troisième Vinner, pensai-je, en me rappelant le premier, l'imposant guide du paradis balnéaire, puis le deuxième, un homme en sandales dérangé dans sa paisible soirée familiale. Et à présent, cet homme d'affaires en costume sombre qui enchaîna en un seul mouvement rapide le froid sourire du salut, la poussée sur le cuivre de la porte tournante, cet avis exprimé par un bref constat catégorique : « Il nous faudra laisser nos sacs à la consigne, ils ont installé un détecteur de métaux. » Il donnait déjà le sien au préposé.

En entrant dans son bureau, il eut un signe de tête rapide en direction de deux hommes qui étaient en train de déplacer de volumineux cartons : « Désolé pour le désordre, mais nous sommes en plein déménagement. J'espère que leur présence ne vous gênera pas. » Je reconnus dans l'un des déménageurs le lecteur de journaux que j'avais vu, en reflet, dans un éclat de miroir sur la colonne du restaurant, le jour de notre déjeuner. Les cartons étaient placés juste derrière le fauteuil que Vinner me proposa. La rapidité avec laquelle il entamait ce rendez-vous avait le petit goût d'une opération bien préparée. Il avait sans doute réussi à joindre notre prétendu ami commun en Chine, à moins que celui-ci ne fût déjà rentré. Et puis, en deux jours, il avait pu vérifier que j'étais seul à Destin. En jetant un coup d'œil sur les caisses, je remarquai que certaines d'entre elles étaient assez grandes pour contenir le corps d'un homme.

« J'ai une dette envers vous, dit-il en ouvrant un tiroir de son bureau. Ce magazine que vous m'avez offert pour ne pas effaroucher mon épouse. Je vous le rends, mais avec un supplément... »

Vinner me tendit un journal anglais. Il avait assurément prévu le coup de théâtre, mais ne pouvait pas mesurer la force du choc. Il y avait plusieurs articles sur le trafic d'armes contrôlé par la mafia russe. Des photos, des statistiques. Et soudain, ce titre : « La mort de l'un des barons de la filière nucléaire. » Sur le cliché, très distinct, je découvris le visage de Chakh.

Je n'entendis pas le début des commentaires faits par Vinner. Il me demanda probablement si j'avais bien connu l'homme photograhié. Je n'ai pas donné de réponse, encore aveuglé par l'expression des yeux, le mouvement des lèvres que je devinais derrière la fixité de la photo. L'article

337

ne faisait qu'énumérer les habituelles compo-
santes de la trame criminelle : des contrats dou-
teux, la fuite des technologies militaires d'une
Russie en déliquescence, les commissions exor-
bitantes, les rivalités, les règlements de comptes,
la mort d'un « baron de la vente d'armes ». C'est
en parcourant ces paragraphes que je rattrapai
la voix de Vinner. Curieusement, elle avait la
même résonance vaguement méprisante et victorieuse que le style de l'article.

« ... drôle de personnage. Je ne l'ai vu qu'une
fois et encore pour une raison très technique. Et
il n'a rien trouvé de mieux que de me parler de
la guerre. Enfin de sa guerre. C'était tellement
hors de propos que j'ai failli lui demander s'il
avait conduit un char lui-même, histoire de lui
faire toucher le fond de la bêtise. Et puis... »

Je remarquai que les deux hommes, dans
mon dos, avaient cessé leur remue-ménage, mais
restaient toujours dans la pièce. J'interrompis
Vinner :

« Il vous aurait répondu que oui. D'abord près
de Leningrad, puis dans la bataille de Koursk...

— Près de Saint-Pétersbourg, vous voulez
dire ? Ha ha...

— Je ne sais pas s'il faut commencer à le pro-
noncer à l'américaine...

— Ça viendra, ça viendra... N'empêche,
quelle ironie du sort : lui qui a si vaillamment
lutté contre les trafiquants d'armes est abattu
sous l'étiquette d'un mafieux. Quelle fin de car-

rière ! C'est vrai qu'il n'avait pas la chance que vous avez de travailler "en binôme", comme vous dites. Un compagnon fidèle peut toujours venir en aide ou, le cas échéant, réhabiliter votre honneur à titre posthume. Mais dans son cas... »

Il continuait à parler avec un sourire de plus en plus dédaigneux. J'étais sûr à présent que le soir de notre rencontre sous la pluie il avait eu très peur et qu'il était beaucoup trop inquiet pour penser au beau corps de sa femme, et qu'il avait passé ces deux jours dans une humiliante inquiétude qu'il essayait d'effacer par ce ton méprisant de vainqueur. Je comprenais aussi que je ne sortirais pas de ce bureau. Les deux hommes derrière mon fauteuil ne faisaient même plus semblant de déplacer leurs caisses... Mais la mort de Chakh m'avait poussé dans un étrange éloignement d'où je regardais Vinner : son visage ressemblait à un masque parcouru de crampes. Je lui coupai la parole de nouveau et c'est en parlant que je me rendis compte de la tension avec laquelle il m'écoutait, et aussi de la raideur de mes lèvres.

« Vous m'avez promis quelques notes sur... sur vous savez qui.

— Je n'ai pas pu rassembler grand-chose, mais... tenez. »

Il me tendit un classeur fermé par des élastiques. Son geste avait une précision déjà un peu mécanique, comme s'il avait peur que je refuse, comme si de la précision de cette passation dépendait la suite des mouvements dans ce bureau. Sans détourner le regard de son visage, je pris le classeur, le posai sur mes genoux. Vinner me regardait fixement, puis eut un coup d'œil rapide sur mes mains immobiles. Je devinais qu'il attendait que je baisse les yeux, que je commence à tirer les élastiques. Tout était réglé sur cette seconde d'inattention. Une latte de parquet grinça derrière mon dos. Je me mis à parler très bas pour ne pas rompre cet équilibre instable :

« Je voudrais vous transmettre les amitiés d'une personne qui vous est très chère et qui habite à Varsovie. Je pourrais aussi vous proposer quelques documents qui retracent votre tendre liaison mais un classeur ne suffirait pas. Il y a des cassettes, des films... Je vous donne rendez-vous demain, à neuf heures du matin, sur une jolie plage près de Destin, loin de tous ces détecteurs de métaux. Vous viendrez seul, vos dépositions sous le bras. Car aujourd'hui, je suppose, vous m'offrez un bloc de feuilles vierges... »

J'ouvris le classeur : entre les pages blanches, une seule photo était glissée et qui me parut faire partie de l'habillage. Du coin de l'œil, j'interceptai un signe de tête que Vinner envoyait à ses hommes. Leur travail reprit.

En sortant, je poussai du pied l'un des cartons. « Merci de m'avoir donné l'occasion de voir mon propre cercueil. » Cette petite pique, par l'esprit de l'escalier, me viendrait de retour à l'hôtel.

Mais au moment même de mon départ, il y eut entre nous cette banale gêne de deux hommes qui ne peuvent pas se serrer la main.

Le soir, en rentrant à Destin, je lus la page du journal anglais qui publiait la photo de Chakh. La fatigue, le dégoût, la peur affluaient à présent sur moi avec le retard d'une onde de choc. Mais plus forte que ces émotions retardées était la surprise. Je ne parvenais pas à croire à la mort de Chakh. Ou plutôt en admettant qu'on ait pu le tuer, je le voyais pourtant vivre, d'une vie plus libre même que la mienne et dont je cherchais en vain à saisir le sens. Elle m'apparaissait comme la vie de ces soldats qui, à la guerre, protégeaient la retraite d'une armée et se sacrifiaient en sachant que leur mort ferait gagner quelques heures aux troupes retirées. Je pensais à leur présence étrange dans cette pause sciemment acceptée entre la vie et la mort. Quelques heures, une journée peut-être et cette intensité toute neuve du regard et déjà l'abandon de tout ce qui, la veille encore, semblait important.

En restant sur ce banc à moitié enlisé dans le sable, on ne remarquait pas la force du vent. Derrière la dune, à l'abri, la première clarté du matin donnait déjà l'impression d'une belle journée de soleil, oisive et chaude. C'est en se levant qu'on sentait le souffle qui avait blanchi la mer et criblait le visage de minuscules piqûres de sable. D'ailleurs même assis, j'apercevais sur la crête de la dune des tourbillons qui s'élevaient un instant et retombaient avec un bruissement sec, heurtant les touffes de longues herbes emmêlées. Deux ou trois fois, lancé de la plage, un cerf-volant incisa l'air au-dessus de la crête, puis disparut en obliquant dans une trajectoire tendue et sifflante...

Je m'étais levé bien avant le jour, sans avoir vraiment dormi, et en allant vers la mer je l'avais surprise encore dans sa vigilante lenteur nocturne. J'avais nagé au milieu de l'obscurité rythmée par de longues vagues silencieuses, perdant peu à peu toute conscience de ce qui m'attendait, tout souvenir du pays massé derrière la côte (l'Amérique, la Floride, prononçait en moi une voix perplexe), toute attache à une date, à un lieu. Du noir, un flot plus vif parfois surgissait, me recouvrait de son écume, disparaissait dans la nuit. Je me rappelais l'homme que j'allais revoir (un souvenir incontrôlable : la joue de Vinner avec une fine éraflure laissée par le rasoir). Je m'étonnais en pensant que la haine de cet homme était le tout dernier lien qui me rattachait encore à la vie de ceux qui vivaient sur cette côte endormie, à leur temps, à la multiplicité de leurs désirs, de leurs gestes, de leurs paroles qui reprendraient dès le matin. Le visage de Vinner s'estompait, je retournais à cet état de silence et d'oubli qu'un jour, sans pouvoir trouver le mot juste, j'avais appelé l'« après-vie » et qui était, en fait, ce qui me restait à vivre dans une époque révolue, dans ce passé que je n'avais jamais réussi à quitter... J'étais resté longtemps assis sur le sable, adossé à la coque d'une barque retournée. La nuit au-dessus de la mer formait un écran noir, profond et vivant, pareil à l'obscurité mouvante derrière les paupières closes. La mémoire traçait sur ce fond nocturne des visages d'autrefois, une silhouette égarée dans ces jours en ruine, un regard qui semblait me chercher à travers les années. Toi. Chakh. Toi... Les ombres de cette après-vie n'obéissaient pas au temps. Je voyais ceux que j'avais à peine connus ou ceux qui étaient morts bien avant ma naissance : ce soldat, les lunettes éclaboussées de boue, qui portait sur son dos un blessé, cet autre, étendu dans un champ labouré d'obus, ses lèvres entrouvertes vers lesquelles une infirmière approchait un petit miroir en espérant ou n'espérant pas capter une légère buée de souffle. Je voyais aussi celle qui me parlait de ces soldats, une femme aux cheveux argentés, arrêtée dans l'infini de la steppe et qui me regardait par-delà cette plaine, par-delà le temps, me semblait-il. Un homme aussi, un visage de quartz, un bandeau de pansements sur le front, qui parlait en souriant, narguant la douleur. Chakh marchant dans la foule, dans une avenue londonienne, il venait à notre rendez-vous, ne me voyait pas encore et je le piégeais dans cette solitude. Toi, devant une fenêtre noire qu'éclairait le rougeoiement des incendies dans les rues voisines. Toi, les yeux fermés, allongée à côté de moi dans une nuit de fin de combats et me racontant une journée d'hiver, la forêt muette sous les neiges, une maison qu'on découvrait en traversant un lac gelé. Toi...

Je m'étais redressé en remarquant que le sable commençait à se colorer dans la première lueur du matin. La nuit, toujours ce négatif qui m'abritait, allait se développer en gammes bleues et ensoleillées d'une journée balnéaire, se remplir de corps bronzés, de cris, s'imprimer dans un cliché photographique de belles vacances. Je m'étais dépêché de me retirer de ce cliché en développement, j'étais monté sur la dune (on voyait de son sommet, au loin, les premières maisons et la terrasse du café où Vinner allait me rejoindre dans deux heures et demie), je m'étais installé sur ce banc à l'abri du vent qui écrêtait déjà les vagues.

Le silence ensoleillé de cet endroit protégé par la dune et, en arrière, par les broussailles, distillait les bruits un par un : tantôt ce cri venant de la plage, tantôt le passage d'une voiture derrière les arbres. Ces bruits semblaient arriver de très loin, isolés par la distance, tels des signaux d'un monde étranger. Ce monde, une matinée de vacances de plus, se réveillait alentour dans la quotidienne bonhomie de ses habitudes et rendait ma présence ici de plus en plus incongrue. J'étais cet homme qui venait d'une époque oubliée pour demander des comptes à un vacancier qui, sans ma venue, se serait amusé avec ses deux enfants à construire des châteaux de sable ou à pêcher des coquillages... On entendait des voix plus fréquentes et plus distinctes que le vent apportait de la plage. La rumeur des voitures devenait plus soutenue. Il y avait un ton de tranquillité victorieuse dans cette cadence qui accordait peu à peu les bruits de la journée. La présence du revenant que j'étais ne pouvait absolument rien y changer.

C'est pourtant un bref à-coup dans ce rythme qui me tira de ma somnolence. Le bruit d'une voiture qui s'arrête et qui repart à fond de train.

Tout se passe si vite que je ne me rends pas compte dans quel ordre arrivent les bruits. « Quelqu'un ouvre une bouteille de champagne », suggère une pensée engourdie par le soleil. Mais avant ce claquement sourd auquel subitement répond une douleur qui me brûle l'épaule, avant cette douleur, il y a ce bond : deux adolescents dévalent la dune, précédés de leur cerf-volant qui, malmené par le vent, se débat sur la pente, rebondit, fonce sur moi. Je m'incline pour l'éviter. Il m'embrouille de ses fils de nylon. C'est à ce moment que, derrière les arbres, quelqu'un ouvre une bouteille de champagne. Les garçons se jettent vers moi, en criant des excuses, en me libérant. Leur « sorry » a l'intonation de : « On est désolé, mais il faut être le dernier des crétins pour se trouver sur ce banc, déjà tous ces baigneurs qui nous gênent sur la plage... » Pendant leurs manœuvres, j'ai le temps de reconstituer la suite des bruits. L'apparition, d'abord, du cerf-volant qui a frôlé ma tête. L'homme qui vient de tirer (avec un silencieux : le « champagne »), en visant de sa voiture arrêtée derrière les arbres, a été dérangé par l'apparition des enfants. Il n'a pas répété son tir. Un professionnel aurait dû le faire, quitte à abattre deux lanceurs de cerf-volant. Je glisse ma main sous la serviette de plage autour de mon cou. Les doigts se souviennent des gestes anciens sur les corps des blessés : une plaie lacérée, pas plus, beaucoup de sang déjà. Ne pas faire peur aux enfants. Ils s'éloignent en grimpant sur la dune. Le vent fait faseyer les ailes de leur cerf-volant. Ils ne se sont aperçus de rien.

À l'accueil de l'hôpital, il me fallut un assez long moment pour prouver que j'étais solvable. L'employée m'expliquait en détail quel genre d'assurance médicale je devais avoir pour être admis. La serviette sur mon épaule ne retenait plus le sang qui coulait le long du bras. Je parvins à lui faire accepter ma carte bancaire. Elle téléphona à un supérieur pour se rassurer. Sur les murs, je regardai les photos qui faisaient valoir l'appareillage le plus performant dont disposait l'hôpital. Tout en parlant, l'employée frotta ma carte avec un kleenex pour enlever les traces de sang puis s'essuya les doigts avec un tampon imbibé d'alcool.

Dans le couloir où l'on me fit attendre, je tombai sur toute une rangée de jeunes cuisiniers avec leur habit blanc, certains leur toque sur la tête. Tous, dans le même geste, tenaient leur main blessée enveloppée dans un pansement de fortune. On aurait cru voir les victimes d'un tueur maniaque décidé à exterminer tous les mitrons. La fatigue m'empêcha d'abord de comprendre qu'il s'agissait tout simplement d'accidents du travail. Des centaines de restaurants de la côte, des couteaux qui coupent un doigt en même temps qu'une tranche de bifteck... En attendant mon tour, je repensai à la pingrerie de

Vinner qui avait engagé ce tueur pas vraiment professionnel, un contrat bon marché pour la proie facile que j'étais. Je me souvins de l'employée qui m'expliquait très logiquement pourquoi je n'avais pas droit aux soins. Ce monde avec son air victorieux me parut tout simplement triste comme un livre de comptabilité qu'on aurait voulu égayer de quelques vues marines.

L'infirmière qui vint me chercher crut que j'avais perdu connaissance. Je restais immobile, les yeux fermés, la nuque contre le mur. Dans le questionnaire que l'employée de l'accueil m'avait dit de remplir, je venais de trouver, en dernière position, cette formule : « *Person to contact in case of emergency.* » J'avais répondu à toutes les autres questions et je m'apprêtais à marquer un nom en face de celle-ci... Le nom d'un proche, d'un ami. Je pensai à toi. À Chakh. Dans un éclair de mémoire, je revis une femme aux cheveux blancs, au milieu de la steppe... Je me rendais compte que vous étiez les seules personnes dont j'aurais pu marquer le nom sur les lignes du questionnaire. Les seules parmi lesquelles je me sentais encore vivant.

La nuit, à l'hôpital, je tirai de mon sac de voyage le classeur avec le bloc de papier que Vinner m'avait transmis. Puis le journal anglais — la photo de Chakh, la légende : « L'un des barons de la filière nucléaire. » Cette photo, cette légende idiote. Il ne resterait rien d'autre de sa vie.

En ouvrant le classeur, je tombai sur un cliché que Vinner avait dû glisser en appât. Je l'examinai, le reconnus... Il y a des années, je passais avec toi deux semaines en Russie, après plus de trois ans vécus à l'étranger. C'était en février, l'abondance de lumière claironnait déjà le printemps. Grisés par ces journées de soleil, nous avions cru, un instant, pouvoir vivre la vie des autres, avec la paisible accumulation des souvenirs, des lettres, des photos. J'avais acheté un appareil et pour le tester avais fait un premier essai, l'objectif tourné vers le bas. Cela avait donné ce cliché étrange : le sol enneigé, la travée d'une vieille clôture en bois, deux ombres sur la surface blanche éblouissante de soleil. Nous n'avions pas gardé les photos prises durant ces deux semaines. Elles auraient pu nous trahir au moment d'une perquisition. Seule cette vue, sans repères, sans date s'était mise à voyager avec nous (tu en faisais parfois un marque-page), indéchiffrable pour les autres.

« Tout ce qui restera de sa vie. » Je fis taire cette pensée avant de l'avoir vraiment formulée. Trop tard, car la vérité était là, imparable. Tout se résumerait bientôt à cette vue d'hiver sur laquelle j'étais seul à pouvoir encore discerner tes traits, deviner l'une des journées de ta vie.

Ma propre disparition, qui n'était pour Vinner qu'une question d'organisation, apparut soudain sous un aspect tout autre que les jeux de filatures et de poursuites. Avec stupeur, je me vis être le dernier qui pût parler de toi, dire ton vrai nom, te faire exister parmi les vivants, ne fût-ce que par le dérisoire rappel du passé.

Je me mis fébrilement à chercher quelques éclats de notre vie ancienne, éclats de villes, de ciels, de joies. Ils surgirent et s'effritèrent rapidement sous le toucher de la mémoire. Il me fallait un fait plus solide, une parcelle de toi qui imposerait son évidence. Une fiche d'état civil presque, avec les informations, pensai-je, bêtement administratives mais irréfutables, comme lieu et date de naissance...

Lieu et date de naissance... Je répétai ces données qui étaient censées retenir ta vie au bord de l'oubli, je me rappelais maintenant le jour où je les avais apprises. Une journée pluvieuse, en Allemagne, notre voyage qui m'exaspérait par son absence de but lorsque soudain ce but surgit. Tes paroles.

C'était quelques mois avant la fin de cette vie nomade qui était la nôtre depuis tant d'années... Tu m'indiquas une ville dans ce qui, récemment encore, était l'Allemagne de l'Est et nous partîmes, en franchissant bientôt la frontière abolie. Le contraste était toujours visible : « Un garrot a sauté, me disais-je, et les bienfaits occidentaux vont maintenant se déverser dans le membre longtemps comprimé. Les bienfaits ou peut-être le venin. Les deux sans doute. » On constatait déjà le début de ce transvasement. Les routes commençaient à être refaites, les façades se décrassaient. Mais la pluie ce jour-là escamotait les changements sous la grisaille d'automne, mélangeait les deux Allemagnes dans la même question : « Comment peuvent-ils vivre dans ces petites villes noires, humides et qui s'endorment à six heures du soir ? » Dans une rue, une fenêtre donnant sur un carrefour sale et bruyant me laissa voir, un instant, un rideau en tulle très blanc, une plante fleurie, une multitude de petits vases et figurines en faïence — tout cela à trois mètres des gros camions qui grimpaient en rugissant sur un viaduc. Et plus loin, dans l'entrée basse d'une brasserie, s'attroupaient des hommes en costumes folkloriques et leurs rires se mêlaient à une musique aux sons stridents et rieurs.

Cette course vers l'est me devenait de plus en plus pénible. Avant de partir, tu m'avais vaguement expliqué que nous avions un contact à reprendre dans l'une de ces villes que j'avais hâte de traverser. Leur laideur, la pauvreté des forêts nues rendaient le but de notre course par avance incertain, fondu dans l'air glauque de cette journée de pluie. Absurde comme tout notre travail à présent, pensai-je, en me souvenant de ma première visite à Berlin encore divisé par le Mur. Ton silence, le silence de quelqu'un qui sait où il va, me pesait. C'est en voyant les rideaux de tulle, en entendant le tintamarre folklorique que je me mis à parler en feignant l'ironie :

« Je sais que je suis devenu suspect à tes yeux et aux yeux de Chakh. Comment donc ! J'ai osé mettre en doute l'utilité de notre héroïque activité. Mais même croulant sous vos soupçons, je pense avoir le droit de savoir ce que nous sommes en train de faire dans ce petit bled moisi... »

Ce ton n'était qu'une nouvelle tentative de provoquer une vraie explication, de te faire dire les doutes que je devinais en toi. Tu me regardas avec l'air de ne pas comprendre et tu répondis seulement : « Je ne sais pas... » Puis devant mon air interdit, t'éveillant de tes pensées, tu ajoutas :

« Nous sommes en train de chercher l'endroit exact de ma naissance. Cela ne doit pas être loin. À la sortie de ce village, peut-être. On a pas mal construit, depuis... Oui, j'ai pensé que cela pouvait t'intéresser. Et comme nous avions trois heures devant nous... Ce doit être par ici. Sous ces entrepôts. Joli lieu pour naître. On fait quelques pas ? »

Le bout d'une banlieue, des entrepôts en tôle ondulée, un terrain d'herbe morte près duquel je garai la voiture. Nous fîmes quelques pas sous une pluie en aiguilles de verre et c'est en regardant les champs gris derrière les baraquements que tu me parlas de cette longue journée de soleil, d'une belle journée de mars 1945.

Cela s'était passé sur cette même route, plus étroite à l'époque et défoncée par les chenilles des chars. La vapeur tiède qui montait des champs éblouis de soleil se mélangeait à de brefs souffles venant des plaques de neige tassées à l'abri des broussailles. L'endroit était vide : les Allemands avaient reculé dans la nuit, le gros des troupes russes était retenu par les combats plus au nord et apparaîtrait sur cette route seulement vers le soir. Pour l'instant, on ne voyait que ces deux nuages de poussière, deux groupes de civils qui avançaient péniblement l'un vers l'autre. L'un, étiré en une file chancelante d'une vingtaine de personnes, se dirigeait vers l'ouest. L'autre, plus compact et moins frappé par la fatigue, marchait vers l'est. Les premiers, survivants d'un camp liquidé à l'approche des Russes, étaient amenés, avant même le lever du soleil, vers une gare d'où l'on devait les expédier plus au fond du pays. À mi-chemin, leurs gardes avaient appris que la gare était déjà attaquée par l'ennemi. Ils avaient abandonné les prisonniers et s'étaient sauvés. Les prisonniers n'avaient pas changé la direction de leur marche, avaient seulement ralenti le pas... Les seconds, ceux qui allaient vers l'est, des jeunes femmes et quelques adolescents, faisaient partie de la main-d'œuvre qu'on raflait sur les territoires soviétiques occupés et qu'on envoyait en Allemagne. Les paysans chez qui ces jeunes travaillaient s'étaient débarrassés de leurs serfs en devinant l'issue de la guerre, fuyant eux-mêmes devant l'offensive russe... L'une des femmes était enceinte. Son maître s'était abaissé à ensemencer une race inférieure. Elle marchait, en laissant entendre une plainte ininterrompue, les doigts noués sous son énorme ventre.

Les deux groupes s'approchèrent l'un de l'autre, s'arrêtèrent près du croisement des routes, se dévisagèrent en silence. Il y a quelques minutes seulement, les jeunes femmes qui marchaient vers l'est croyaient avoir touché l'extrême limite du malheur : plusieurs journées de marche, sans nourriture, le froid vif des nuits, une rafale de balles, ce matin, partie d'un camion allemand. À présent, on n'entendait plus aucun geignement dans leur groupe. La femme enceinte s'était tue elle aussi, s'adossant sur la ridelle d'une remorque abandonnée. Elles regardaient, muettes, et ne comprenaient pas tout à fait ce qu'elles voyaient. Les êtres, en face d'elles, ne se laissaient pas reconnaître selon les marques habituelles : Russes ou Allemands, hommes ou femmes, vivants ou morts. Ils étaient au-delà de ces différences. On ne pouvait soutenir leur regard que le temps d'y voir comme les premières marches d'un escalier qui descend dans le noir et que ce regard contenait en entier, jusqu'au fond. Celui qui, dans la file des prisonniers, marchait à la traîne, venait de tomber. Il portait, solidement fixée à son avant-bras, une étrange boîte en bois.

Les jeunes femmes regardent et ne comprennent pas.

Ces prisonniers sont du matériel scientifique. C'est pour cela qu'ils ont été épargnés. Il y a parmi eux ceux dont le visage est brûlé au phosphore liquide : on étudiait les moyens de traiter les effets des bombes incendiaires. Les femmes, brûlées aux rayons X : expériences de stérilisation. Quelques prisonniers infectés avec le typhus. D'autres encore dont les habits rayés cachent des amputations expérimentales. Le cas médical de chacun correspond aux sujets des thèses que les auteurs des expériences comptaient avoir le temps de soutenir. Celui qui vient de tomber traîne, accrochée à son avant-bras, une boîte remplie de moustiques porteurs du paludisme. Le Reich aurait pu être amené à combattre l'ennemi dans les régions infestées...

Les jeunes femmes les observent, rencontrent leur regard, aperçoivent les premières marches de l'escalier qui plonge dans les ténèbres et elles détournent les yeux, comme des enfants qui risqueraient juste les premiers pas dans l'escalier d'une cave.

Sur une route transversale qui vient du nord, on voit apparaître une longue traînée poudreuse : une compagnie envoyée en reconnaissance. Un blindé léger, une voiture tout terrain, des soldats qui sautent déjà à terre, courent vers la foule rassemblée au croisement des routes. Les jeunes femmes se mettent à pleurer, à rire, à embrasser les soldats. Les prisonniers se taisent, immobiles, absents.

L'enfant naîtra sous ce soleil de printemps, sur une grande cape en toile de tente que l'officier étendra à côté de la route. On coupera le cordon avec une baïonnette lavée à l'alcool, avec cette lame qui a plongé tant de fois dans les entrailles des hommes. Quand les cris de la jeune mère cesseront, il y aura cet instant de silence suspendu à la légèreté du ciel printanier, à la senteur de la terre chauffée par le soleil, à la fraîcheur des dernières neiges. Ils s'attrouperont tous autour de ce carré de toile : les jeunes serves, les prisonniers, les soldats.

Cet instant durera à l'écart du temps humain,

à l'écart de la guerre, au-delà de la mort. Il n'y a encore personne dans ce vide ensoleillé pour donner des leçons d'histoire, pour faire la comptabilité des souffrances, pour désigner celui qui est plus digne de compassion qu'un autre.

Il y aura ces jeunes femmes qui, de retour dans leur patrie, seront jusqu'à la mort considérées comme traîtresses. Ces soldats qui le lendemain poursuivront leur route sur Berlin et dont la moitié ne verront pas la fin de la guerre. Ces prisonniers qui seront bientôt embrigadés parmi des millions de victimes anonymes.

Mais à cet instant, il n'y a que le silence autour de la mère et de son enfant enveloppé dans une large vareuse propre que l'officier a tirée de son sac. Il y a, au croisement des routes, ce prisonnier étendu sur le bas-côté, mort, avec sur son avant-bras une boîte dans laquelle s'agitent les moustiques qui sucent le sang de ce corps sans vie. Il y a cette femme aux cheveux ras, aux yeux immenses dans un visage de verre, celle qui a aidé la mère, et qui lève son regard sur les autres, ce regard où ils voient comme une lente remontée du fond des ténèbres. Il y a ce premier cri de l'enfant.

Nous repassâmes par cette petite ville allemande, en la parcourant en sens inverse : les entrepôts, la brasserie, le viaduc, la fenêtre avec les rideaux de tulle. En suivant le défilé des façades délavées par la pluie, tu murmuras doucement et sans émotion : « Il est fort probable que j'aie quelques cousins qui habitent dans les parages. Peut-être même mon père. Le monde est vraiment petit... »

C'est sur ce chemin du retour que tu me parlas de la maison au nord de la Russie où s'étaient écoulées les premières années de ton enfance. De cette horloge à poids dont ta mère remontait souvent la chaîne, de peur que le nœud n'arrête la marche du temps. Ta mère était morte quand tu avais trois ans et demi. Pour tout souvenir d'elle tu avais gardé cette journée d'hiver avec la voltige sommeilleuse des flocons, la forêt assoupie sous la neige et le lac qu'on n'osait pas encore traverser sur la glace trop fragile qui venait de tapisser la surface brune de l'eau. Et au milieu de ce calme, une légère inquiétude car le nœud de la chaîne pouvait à tout moment interrompre ces heures neigeuses.

Je marquai ton nom et le nom de la ville allemande près de laquelle tu étais née. Et me rendis compte que la feuille provenait du bloc de
papier que Vinner m'avait donné. Jamais encore
les traces de notre passé ne m'avaient paru aussi
dérisoires et effaçables. Je me souvenais que, plusieurs années auparavant, en parlant de ce passé,
tu m'avais dit sur un ton qui semblait regretter la
fragilité de tous les témoignages : « Il faudra, un
jour, pouvoir dire la vérité... » La vérité était là,
sur cette feuille, un message sans destinataire,
sans chance de convaincre. Comme toutes ces
ombres que nous gardions en nous. Ce soldat
devant les lignes de barbelés, la main portée à
son visage brisé par un éclat de grenade. Ce
couple dans leur refuge montagnard encerclé
par des hommes armés...

Le froissement des pas glissa à travers le couloir, s'arrêtant en face de ma porte (une infirmière ? un envoyé de Vinner ? s'enquit une pensée inquiète, inextinguible jusqu'à la mort grâce

au réflexe de survie), et me rappela inutilement la brièveté du sursis. Étrangement cette durée menacée me semblait à présent très longue, presque infinie. Suffisante pour dire la vérité qui n'avait besoin d'autre destinataire que toi et qui allait se dire sans que j'aie besoin de plaider, de justifier, de convaincre. Elle était très simple, indépendante des mots, du temps qui me restait à vivre, de ce que les autres pouvaient penser d'elle. Cette vérité répondait à une parole ancienne dont j'avais toujours aimé la force altière et l'humilité : « Il ne m'a pas été demandé de vous le faire croire, mais de vous le dire. » Je ne la pensais pas, je la voyais.

Je voyais le soldat qui venait de tomber, une main portée à son visage brisé. Je le voyais non pas à l'instant de sa mort, mais dans la toute première clarté d'une matinée qui n'appartenait plus à sa vie mais était toujours sa vie, le sens même de sa vie. Je le voyais assis à côté d'autres soldats, sur les bancs d'un fourgon militaire. Leurs regards suivaient la route par l'arrière relevé de la bâche. Ils se taisaient. Leurs visages étaient graves et comme éclairés par une grande douleur enfin surmontée. Leurs vareuses décolorées par le soleil ne portaient aucune décoration, mais gardaient, à hauteur de la poitrine, les traces plus sombres laissées par les médailles enlevées... Le camion traversa les faubourgs encore endormis d'une grande ville, s'arrêta dans une rue enveloppée de pénombre. Le soldat sauta à terre, salua ses camarades, les accompagna du regard jusqu'au tournant. Puis ajusta son sac à l'épaule et entra sous le porche d'une maison. Dans la cour, dans ce puits de pierre aux murs sonores, il leva la tête : un arbre qui seul semblait éveillé dans cette naissance du jour et au-dessus de ses branches aux feuilles pâles, cette fenêtre où brillait une lampe.

La vérité de ce retour du soldat était indémontrable, mais avait pour moi la force d'un pari mortel. Si elle n'avait pas de sens, rien n'avait plus de sens.

Je voyais aussi, en moi et très loin de moi, cet homme et cette femme qui se tenaient immobiles, dans la nuit, sur la berge d'un cours d'eau. Les montagnes incisaient par leurs contours la transparence sonore de l'air. Le flux de la rivière emportait les étoiles, les poussait dans l'ombre des rochers, à l'abri des vagues. L'homme se retourna, regarda longuement la porte entrouverte d'une maison de bois, le rougeoiement du feu apaisé entre les lourdes pierres du foyer et cette flamme longue, droite de la bougie sur un éclat de roc au milieu de la pièce.

Ce n'était pas un souvenir, ni une minute vécue. Je savais simplement qu'un jour cela serait ainsi, que c'était déjà ainsi, que ce couple vivait déjà dans le silence de cette nuit.

Tu sais, il me faudra partir bientôt. Mais avant le départ j'aurai le temps de te dire l'essentiel.

Cette journée d'hiver que je vois et qu'une part de moi commence à vivre. Une journée éteinte, traversée d'un lent souffle de flocons. Tout sera, un jour, comme dans cet instant d'hiver. Tu apparaîtras au milieu du sommeil enneigé des arbres, au bord d'un lac figé. Et tu te mettras à marcher sur cette glace encore fragile — chaque pas sera pour moi une douleur extrême et une joie. Tu marcheras vers moi, en me laissant, à chaque pas, te reconnaître. En t'approchant, tu me montreras, dans le creux de ta main, une poignée de baies, les toutes dernières, trouvées sous la neige. Amères et glacées. Les marches gelées du perron de bois feront un crissement que je n'aurai pas entendu depuis l'éternité. Dans la maison, j'enlèverai la chaîne de l'horloge à poids, pour en défaire le nœud. Mais nous n'aurons plus besoin de ses heures.

DU MÊME AUTEUR

Au Mercure de France

LE TESTAMENT FRANÇAIS, 1995, *prix Goncourt, prix Médicis ex aequo et prix Goncourt des Lycéens* (Folio n° 2934)

LE CRIME D'OLGA ARBÉLINA, 1998 (Folio n° 3366)

REQUIEM POUR L'EST, 2000 (Folio n° 3587)

Chez d'autres éditeurs

LA FILLE D'UN HÉROS DE L'UNION SOVIÉTIQUE, 1990, *Éditions Robert Laffont* (Folio n° 2884)

CONFESSION D'UN PORTE-DRAPEAU DÉCHU, 1992, *Éditions Belfond* (Folio n° 2883)

AU TEMPS DU FLEUVE AMOUR, 1994, *Éditions du Félin* (Folio n° 2885)

LA MUSIQUE D'UNE VIE, 2001, *Éditions du Seuil. Prix RTL-Lire*

Composition CMB Graphic.
Impression Société Nouvelle Firmin-Didot
à Mesnil-sur-l'Estée, le 23 octobre 2001.
Dépôt légal : octobre 2001.
Numéro d'imprimeur : 57300.

ISBN 2-07-041808-1/Imprimé en France.